विचार का आईना

कला ✦ साहित्य ✦ संस्कृति

मुक्तिबोध

सम्पादक

बसन्त त्रिपाठी

श्रृंखला सम्पादक

बद्री नारायण

लोकभारती पेपरबैक्स

लोकभारती पेपरबैक्स में
पहला संस्करण : 2023

लोकभारती पेपरबैक्स : उत्कृष्ट साहित्य के लोकप्रिय संस्करण

लोकभारती प्रकाशन
पहली मंजिल, दरबारी बिल्डिंग, महात्मा गांधी मार्ग
प्रयागराज-211 001
द्वारा प्रकाशित

शाखाएँ : 1-बी, नेताजी सुभाष मार्ग, दरियागंज, नई दिल्ली-110 002
अशोक राजपथ, साइंस कॉलेज के सामने, पटना-800 006
वेबसाइट : www.lokbhartiprakashan.com
ई-मेल : info@lokbhartiprakashan.com

बी.के. ऑफसेट
नवीन शाहदरा, दिल्ली-110 032
द्वारा मुद्रित

मूल्य : ₹250

Vichar Ka Aina
Kala Sahitya Sanskriti
MUKTIBODH
Edited by Basant Tripathi

ISBN : 978-93-92186-30-1

गजानन माधव मुक्तिबोध

13 नवम्बर, 1917—11 सितम्बर, 1964

पहले 'तार सप्तक' के बहुचर्चित कवि। जीवित रहते हुए दो ही किताबें प्रकाशित हो पाईं। पहला कविता-संग्रह 'चाँद का मुँह टेढ़ा है' तब प्रकाशित हो पाई जब वह मृत्युशैया पर बेसुध हाल में थे। कविता, कहानी, आलोचना, निबन्ध आदि अनेक विधाओं में किया गया उनका काम कालजयी है। उनके लिखे हुए की महत्ता दिन पर दिन बढ़ती ही गई है।

सम्पादक

बसन्त त्रिपाठी

कवि, कथाकार और आलोचक। अब तक चार कविता संग्रह, एक कहानी संग्रह और कई आलोचना पुस्तकें प्रकाशित। कई पत्रिकाओं के विशेषांकों सहित अनेक किताबों का सम्पादन। 'सूत्र सम्मान' और 'लक्ष्मण प्रसाद मंडलोई सम्मान से सम्मानित। इलाहाबाद विश्वविद्यालय के हिन्दी विभाग में अध्यापन।

श्रृंखला सम्पादक

बद्री नारायण

हिन्दी के महत्त्वपूर्ण कवि और समाजविज्ञानी। कविताओं के चार संग्रह प्रकाशित। हिन्दी और अंग्रेजी में अनेक किताबों के लिए चर्चित। आजकल गोविन्द बल्लभ पंत सामाजिक विज्ञान संस्थान के निदेशक। 'भारतभूषण अग्रवाल पुरस्कार' और 'साहित्य अकादेमी पुरस्कार' सहित अनेक महत्त्वपूर्ण सम्मानों से सम्मानित।

श्रृंखला संयोजन

डॉ. सूर्य नारायण
डॉ. विवेक निराला
डॉ. सुबोध शुक्ल

दो शब्द

कला, साहित्य, संस्कृति लोकभारती प्रकाशन की एक अनूठी पुस्तक शृंखला है जिसमें भारत के मनीषियों, रचनाकारों एवं चिन्तकों के कला, साहित्य एवं संस्कृति पर केन्द्रित आलेखों, विचारों एवं साहित्य और अभिव्यक्ति की अनेक विधाओं में अभिव्यक्त चिन्तनपूर्ण गद्य का संकलन किया गया है।

आज के बाजारवाद के दौर में कला, साहित्य एवं संस्कृति को बचाए रखने के लिए यह जरूरी है कि हम अपने लेखकों, कवियों, मनीषियों, राजनीतिक द्रष्टाओं के कला, साहित्य एवं संस्कृति विषयक विमर्शों को याद करें एवं उनसे अपने को जोड़ें। ये विमर्श ही हमारी रचनाशीलता पर उपस्थित खतरों से हमें बचा पाएँगे। आज तो हमारी सामाजिकता पर भी खतरे उपस्थित हो गए हैं। मुझे तो लगता है कि कला, साहित्य एवं संस्कृति न हो तो समाज नहीं, समाज नहीं तो हम नहीं। फिर प्रश्न उठता है कि कला, साहित्य एवं संस्कृति को सत्ता एवं बाजार से कैसे बचाया जाए? मुझे तो लगता है कि खुद साहित्य, कला एवं संस्कृति में निहित, प्रवाहित एवं अभिव्यक्त हो रहे विचार ही साहित्य, कला एवं संस्कृति को बचा पाएँगे। उन विचारों को जितना स्मरण एवं पाठ किया जाएगा, उतना ही कला, साहित्य एवं संस्कृति के बचने के स्पेस हम निर्मित कर पाएँगे।

यह शृंखला न केवल हिन्दी वरन् अनेक विश्व भाषाओं में इसलिए विशिष्ट है क्योंकि इसमें भारतीय लोक एवं समाज चिन्तन की वैचारिक छाया भी मौजूद है। इस शृंखला में शामिल चिन्तकों एवं लेखकों का चयन एक अत्यन्त संवेदनशील विद्वानों के समूह ने किया है। साथ ही इसमें हरेक खंड के सम्पादक अपने-अपने क्षेत्र के महत्त्वपूर्ण नाम हैं।

शृंखला का यह खंड हिन्दी के महान कवि मुक्तिबोध पर केन्द्रित है। मुक्तिबोध जितने बड़े कवि थे, उतने ही बड़े चिन्तक। वे हमारी सभ्यता के समीक्षक थे। वे अपने चिन्तनपरक लेखों एवं कविताओं

के माध्यम से अपनी सभ्यता, संस्कृति, समाज एवं राज्य की समीक्षा करते रहते थे। वे साहित्य के माध्यम से अपने समय की निर्मम पड़ताल करनेवाले महान आलोचक थे। उनकी प्रखर आलोचनात्मक दृष्टि उनकी कविताओं एवं गद्य दोनों को धार देती थी।

हिन्दी के समकालीन कवि श्री बसन्त त्रिपाठी ने संकलित एवं सम्पादित कर यह खंड हम सबके लिए तैयार किया है। इन्होंने मुक्तिबोध के विचारपरक आलेखों का बहुत ही प्रखर किस्म का संकलन तो तैयार किया ही है, अपनी भूमिका से इन्होंने पाठकों को मुक्तिबोध के विचारों से जुड़ने की राह भी बनाई है।

विश्वास है यह खंड हमें एक सजग एवं सचेत मानुष बनाए रखने में मदद करेगा।

—बद्री नारायण
गोविन्द बल्लभ पन्त सामाजिक विज्ञान संस्थान,
प्रयागराज-2110019

भूमिका

गजानन माधव मुक्तिबोध बीसवीं शताब्दी के उन सचेत और बेचैन बुद्धिजीवियों में से हैं जो सृजनशीलता के नये रूपों की तलाश और व्याख्या में अपने को पूरी तरह खपाए हुए थे। उनके चिन्तन का दायरा जितना विस्तृत है उतना ही गहन भी। इतिहास, दर्शन, राजनीति, विचारधारा, सौन्दर्यशास्त्र और मनोविज्ञान जैसे क्षेत्रों से वे बतौर रचनाकार टकरा रहे थे। भारतीय और वैश्विक साहित्य व कला के बुनियादी सवालों को वे अपने समय की जरूरतों और अपेक्षाओं के अनुरूप नये सिरे से समझना चाहते थे। इन क्षेत्रों की बहसों को वे कविता के दायरे में खींच लाना चाहते थे। इसलिए विगत श्रेष्ठता, उसकी सीमाएँ तथा वर्तमान चुनौतियाँ और उसका द्वंद्व उन्हें लगातार परेशान किए हुए था। और इस परेशानी से उबरने का उनके पास कोई सर्व-स्वीकृत रास्ता भी नहीं था। यही वह बिन्दु है जहाँ से वे दूसरों से बहस करते हुए लगातार अकेले होते चले गए।

मुक्तिबोध कविता की जमीन पर खड़े होकर ही साहित्य, कला और संस्कृति के सार्वभौम सवालों से जूझते हैं। केवल इतिहास और पत्रकारिता से सम्बन्धित लेख (सभी नहीं) इससे अलग हैं। इसका कारण केवल यही है कि इन्हें लिखते हुए उनके प्रयोजन दूसरे थे। इतिहास उन्होंने पाठ्य-पुस्तक की प्रविधि के अनुरूप लिखा और पत्रकारिता से सम्बन्धित अधिकांश लेख 'नया खून' की दैनिक जरूरतों के अनुरूप। अपने नाम से भी और छद्म नाम से भी। यदि इतिहास और पत्रकारिता सम्बन्धी लेखन को थोड़ी देर के लिए छोड़ दें तो मुक्तिबोध की समस्त चिन्तनधारा का केन्द्र उनकी खुद की रचना-प्रक्रिया थी। लेकिन इसका अर्थ ये नहीं है कि इन लेखों का सम्बन्ध साहित्येतर समाज से नहीं है।

मुक्तिबोध कवि को साधारण मनुष्य से इतर कोई विशिष्ट प्राणी नहीं मानते थे। वे अभिव्यक्ति-कौशल के दूसरे रूपों, मसलन आपसी संवाद और भाषण तक को महत्त्व देते थे। कवि उनके लिए केवल

इस अर्थ में अलग था कि वह अपने कहने के तौर-तरीकों का अलग रूप चुनता है। जब वे जीवन को त्रिकोणात्मक कहकर आन्तरिक जीवन, बाह्य जीवन और चेतना रूपी तीन भुजाओं की संकल्पना प्रस्तुत करते हैं तो इसे सभी मनुष्यों पर समान रूप से लागू मानते हैं। चूँकि उनके लिए आन्तरिक जीवन, बाह्य जीवन से भिन्न कोई स्वायत्त इकाई नहीं थी और अभिव्यक्ति इनके सन्तुलन और तनावों का प्रतिफलन थी इसलिए वे अपने समय के द्वंद्वों को समझने के लिए मौजूदा और विगत संस्कृति और कलात्मक रूपों की ओर गए। जो लिखा जा रहा था, उससे वे असन्तुष्ट थे। जो लिखा जाना चाहिए, वह उनके सामने स्पष्ट तो था, लेकिन उस तक पहुँचा कैसे जाएगा, वह पूरी तरह स्पष्ट नहीं था। इसलिए वे समस्याओं को बार-बार उठाते हैं और अक्सर कई बार उसे अधूरा छोड़ देते हैं।

साहित्य और कला के स्वभाव और तत्कालीन संस्कृति से उसके सम्बन्ध पर वे आरम्भ से ही सोचते रहे हैं। विशेषकर अपने आरम्भिक रोमानी रुझानों से बाहर आने के बाद जब वे खुद को कविता की नई जमीन में खड़ा पाते हैं तो उनके बीच तार्किक संगति के तलाश की प्रक्रिया शुरू हो जाती है। सतत संवाद और प्रश्नाकुलता उनके भीतर बढ़ती जाती है। रचनावली में उनके जो आरम्भिक निबन्ध मिलते हैं उनमें भी विगत वैभव की स्वीकार्यता और उससे मुठभेड़ की छटपटाहट आसानी से देखी जा सकती है। अस्तित्ववादी दर्शन और मनोविज्ञान से जूझते हुए वे व्यक्ति के अन्तर्मन पर पड़नेवाले प्रभावों का मुआयना करने लगते हैं। वे उस वैज्ञानिक की तरह हैं जो शरीर की आन्तरिक संरचना को समझने के लिए अपने ही शरीर की चीरफाड़ करता है। इस तरह वस्तु और अध्येता, दोनों वे खुद ही होते जाते हैं। ज्ञान के किसी भी क्षेत्र का कोई भी सवाल, उनके निकट ऐसा सवाल नहीं रह जाता, जिसका सम्बन्ध उनके निजी जीवन से न हो।

वस्तुतः मुक्तिबोध की साहित्य, कला और संस्कृति विषयक अवधारणाओं का सम्बन्ध उस निर्माणाधीन भारत से था जो सुदूर ही नहीं निकट अतीत से संगति और असंगति के दोराहे पर खड़ा वैश्विक सभ्यता के बरक्स अपनी पहचान को पाने के लिए संघर्षरत था। लेकिन उस पहचान पर युगों का ज्ञान और अज्ञान जमा था। वैचारिक रूप से सचेत हुए बिना न ज्ञान की श्रेष्ठता को स्वीकार किया जा सकता था और न ही अज्ञान के बोझ से मुक्त ही हुआ जा सकता था। वे भारत के निम्न-मध्यवर्गीय और मेहनतकश तबके को

सांस्कृतिक रूप से उन्नत देखना चाहते थे। उन्नति की संकल्पना की आधार-भूमि मार्क्सवाद ही थी। इसलिए क्रान्तिकारी परिवर्तन को वे जरूरी मानते थे। लेकिन परिवर्तन का यह रास्ता आसान नहीं था। वे समानधर्मा बुद्धिजीवियों को आजादी के बाद अचानक उपलब्ध हुए अनन्त अवसरों के समक्ष घुटने टेकते हुए देख रहे थे। ऐसे लोग प्रत्यक्ष आलोचना से बचने लगे थे और सौन्दर्यवादी हो रहे थे। मुक्तिबोध अभिव्यक्ति के रास्ते में जब सेंसर की चर्चा करते हैं तो वे मध्यवर्गीय बुद्धिजीवियों के अवसरवाद की ओर ही इशारा कर रहे होते हैं। उनके चिन्तन में केवल विश्लेषण ही नहीं है बल्कि जनता के प्रति निभाए जानेवाले कर्तव्यों का भी उल्लेख है। इस मायने में उनकी कविताएँ विशेष रूप से ध्यान देने योग्य हैं। मठ और गढ़ तोड़ने का प्रण यूँ ही नहीं था। अच्छा होता यदि मैं इस संकलन के लिए उनकी कविताओं के कुछ अंशों को भी दे पाता जो कला या संस्कृति विषयक उनके मतों का सीधे प्रतिनिधित्व करते हैं।

मुक्तिबोध के लेखकीय जीवन का अधिकांश समय सुदृढ़ हिन्दी केन्द्रों के बाहर बीता। हिन्दी उनकी अभिव्यक्ति की भाषा थी। लेकिन अभिव्यक्ति के लिए वे हिन्दी की ज्ञात परम्पराओं पर पूर्णत: निर्भर नहीं थे। वे हिन्दी के साथ-साथ यूरोप, बांग्ला और मराठी नवजागरण के जन-मन पर पड़नेवाले प्रभावों को भी निकट से देख रहे थे और उसकी तुला पर अपने को परख भी रहे थे। इसलिए कला और संस्कृति विषयक रूढ़ हो चुकी मान्यताओं से ही नहीं, उसकी शब्दावली से भी वे असन्तुष्ट थे। अपने समकालीनों की तुलना में समाज, संस्कृति, कला और साहित्य के विश्लेषण क्रम में वे जितने नये पदबन्धों का निर्माण करते हैं वह विशेष रूप से ध्यान देने योग्य है।

मुक्तिबोध की चिन्तन प्रक्रिया विधाओं के सम्मिश्रण का उल्लेखनीय उदाहरण है। चूँकि चिन्तन की निरन्तरता का उनकी ओर से कोई पटाक्षेप नहीं होता था इसलिए उनके द्वारा उठाए जा रहे सवाल रूपगत और विधागत परिवर्तन के साथ भी बने रहते हैं। इसे हम मुक्तिबोध के लेखन की अपनी मौलिक विशेषता कह सकते हैं। कविता, कहानी, निबन्ध, पत्र, डायरी, समीक्षा, पत्रकारिता अर्थात् ऐसी कोई भी विधा इतनी स्वायत्त नहीं थी कि उनमें दूसरी विधाओं की उपस्थिति न हो। कोई भी विधा इतनी निरपेक्ष भी नहीं कि उसमें हम उनके निजी जीवन की प्रत्यक्ष या परोक्ष उपस्थिति न देख सकें। निजी जीवन की कशमकश के अतिक्रमण की चाहत को महसूस न

कर सकें। यह अन्य रचनाकारों के लिए भी कहा जा सकता है लेकिन मुक्तिबोध का मामला थोड़ा अलग है।

मुक्तिबोध के सम्पूर्ण लेखन में से इस संकलन के लिए कुल 21 (19 पूर्ण एवं 2 आंशिक) निबन्ध, डायरी या पत्र का चयन किया गया है। दो निबन्धों के विशेष अंश इसलिए नहीं चुने गए हैं कि उनके शेष हिस्से महत्त्वपूर्ण नहीं हैं। बल्कि शेष हिस्सों को इसलिए छोड़ा गया कि उनमें निहित मुद्दे किसी अन्य निबन्ध में आ गए हैं।

इस संकलन को तैयार करते हुए मुझे जिन मुश्किलों का सामना करना पड़ा, उसकी चर्चा जरूरी है। मुक्तिबोध के निबन्ध, डायरी और पत्र एक-दूसरे से घुले-मिले हुए भी हैं और अलग भी। अपने लगभग हर निबन्ध में वे कोई ऐसी बात उठाते हैं जिस पर वे पहले भी विचार कर चुके हैं। लेकिन हर बार वे उसमें कुछ नया जोड़ देते हैं। इसलिए उनके निबन्धों का कोई भी ऐसा प्रतिनिधि संकलन तैयार करना मुश्किल है जिसमें किसी भी तरह की पुनरावृत्ति न हो। फिर भी, कम-से-कम पुनरावृत्ति हो, इसका ध्यान रखते हुए ही कुछ प्रसिद्ध आलेखों को छोड़ना पड़ा। साहित्यिक डायरी का 'तीसरा क्षण' ऐसा ही है। विधागत अलहदगी के अलावा इसमें जो बातें उठाई गई हैं वे 'वस्तु और रूप' या कि 'नई कविता का आत्मसंघर्ष' से भिन्न नहीं हैं। इसीलिए 'तीसरा क्षण' को मैंने इस संकलन में स्थान नहीं दिया है। यद्यपि यह आलेख मुक्तिबोध की रचना-प्रक्रिया का प्रतिनिधित्व करता है। इसी तरह उनके एक और प्रसिद्ध निबन्ध 'समाज और साहित्य' को भी शामिल करने का मोह छोड़ना पड़ा। पुनरावृत्ति से बचने के अलावा इनका दीर्घकाय होना भी एक कारण था। ये दोनों मिलकर इस संकलन के लगभग साठ पृष्ठ घेर लेते। यदि उनके एक और महत्त्वपूर्ण प्रदीर्घ निबन्ध 'समीक्षा की समस्याएँ' को भी शामिल करने का मोह न छोड़ता तो इस संकलन में उक्त तीनों निबन्ध ही आ पाते। इसलिए जानबूझकर कुछ प्रसिद्ध आलेख, जो मुक्तिबोध की चिन्तन-परम्परा के पूरक मान लिए गए हैं, को छोड़ना पड़ा। फिर भी मैं कहूँगा कि कला-साहित्य-संस्कृति विषयक उनके प्रमुख अभिमत इस संकलन में शामिल हैं। श्रीपाद अमृत डांगे को लिखा पत्र साहित्य, कला, संस्कृति, समाज और विचारधारा सबकी चिन्ताओं को अपने में समेटे हुए है।

साहित्य, कला और संस्कृति शीर्षक विभागों के अन्तर्गत शामिल किए गए निबन्धों, पत्र या डायरी के सम्बन्ध में भी कुछ स्पष्टीकरण

आवश्यक है। यह पहले ही कहा जा चुका है कि मुक्तिबोध के समस्त लेखन में विधागत ही नहीं विभागगत पार्थक्य भी सुनिश्चित नहीं है। किसी एक ही निबन्ध में अपने समय की कविता पर विचार करते हुए वे कला के अनसुलझे सवालों और संस्कृति-विमर्श के मुद्दों को उठा सकते थे। ऐसे में किसी सम्पादक या संकलनकर्ता द्वारा उन्हें विभागों के अन्तर्गत अलगाना धृष्टता ही कही जाएगी। कविता, कहानी, निबन्ध या डायरी को उसके रूपगत आधार पर विभाजित किया भी जा सकता है लेकिन उन्हें साहित्य, कला और संस्कृति केन्द्रिकता के आधार पर विभाजित करना लगभग नामुमकिन है। फिर भी मैंने यह विभाजन इस श्रृंखला को ध्यान में रखकर ही किया है। पाठक इसे इन पंक्तियों को लेखक की मजबूरी समझकर उदारतापूर्वक स्वीकार करेंगे, यही अपेक्षा है।

कला, साहित्य व संस्कृति श्रृंखला के मुक्तिबोध केन्द्रित इस चयन के प्रति मुझ पर विश्वास करने के लिए सम्पादक मंडल और राजकमल प्रकाशन समूह के प्रति आभार। का. डांगे को लिखे पत्र का अंग्रेजी से हिन्दी में अनुवाद करने के लिए डॉ. जनार्दन जी के प्रति विशेष आभार।

—बसन्त त्रिपाठी

क्रम

संस्कृति

कला

साहित्य में व्यक्तिगत आदर्श

मानव-चरित्र के चित्र का नाम कला है। व्यक्ति-धारा जब मानवता-सिन्धु में डूब जाती है तब उसके संगमस्थल पर जो कलरव होता है, वही कला बन जाती है। यह संगम-स्थान क्या मानवता-सिन्धु को निषिद्ध कर उत्पन्न होता है? या, वही, व्यक्ति-धारा को निषिद्ध कर अपना अस्तित्व ग्रहण कर सकता है? केवल 'नहीं' इसका उत्तर है। तो कला मानव-समाज की वाणी में झंकृत व्यक्तिगत कम्पन है।

इस बृहत मानव-समाज में अपने को पर्यवसित करने से जो आन्तरिक विस्तार प्राप्त होता है, यह वैयक्तिक सुख है। आकाश के कोने-कोने छू लेने की चाह से पक्षी के छोटे-से हृदय में एक नया आकाश बन जाता है। यह नया आकाश उसका वैयक्तिक आकाश है, पक्षी का आकाश है।

परिस्थिति निर्माण करने के लिए एक संघर्ष की आवश्यकता होती है। इस संघर्ष को कलात्मक रूप देने के पहले उसके विश्वात्मक रहने और वैसा मूल्य प्राप्त करने की जरूरत होती है। यदि यह संघर्ष प्रकृति की पुकार है, उसकी अनिवार्यता है तो उसका उद्‌देश्य भी है और उस उद्‌देश्य के गर्भ में एक आदर्श भी है। यह संघर्ष का आदर्श व्यक्ति-अतीत है। उस व्यक्ति-अतीत विश्व में ही, और उसी के सन्दर्भ में उसका मूल्य है। यह व्यक्ति-अतीत, मूल्य-गौरवित संघर्ष अपनी स्थिति की शर्त से ही वास्तविक होता है। व्यक्ति-अतीत इस अर्थ में कि उसकी परिधि में व्यक्ति आने पर भी उसका केन्द्र समाजव्यापी आदि-स्फूर्ति ही है जो समाज की विकास-भावना के पीछे की प्राकृतिक आवश्यकता से सुलगती और पूर्ण होती है। इस सामाजिक मूल्य-स्फूर्ति की अग्निमय लहरें व्यक्ति की क्रान्ति-भावनाएँ हैं, संघर्ष-विचार हैं, भविष्य कल्पनाएँ हैं।

मानवता-सिन्धु इस मूल्य-विश्व [का] काव्यात्मक नाम है। यह मूल्य-विश्व मानव-विकास का आकाश है जहाँ इस विकासशीलता को किरणें मिलती हैं, पानी मिलता है।

विश्वात्मक संघर्ष की लहरों को अपने अन्दर पानेवाला व्यक्ति है और उसके अनुभव व्यक्तिगत हैं। वह महत्तर बाह्य से किरणें और पानी लेता है और हृदय में

नया ओज अनुभव करता है। इस ओज की अभिव्यक्ति फिर उसी विराट् विस्तार में लीन होकर ही रूप प्राप्त कर पाती है। वह स्वयं उस व्यापकता में लीन हो जाती है, परन्तु इससे हृदय में से उत्पन्न दुगुना कम्पन एक व्यक्तिगत अनुभव है। वह सुख व्यक्तिगत चाह का एक कदम है।

परिणामत: इस महान बाह्य से वह स्वयं 'महान' होना चाहता है। और उसके अपने 'महान' होने का रूप उसका मूर्त आकार वह निजी तत्त्वों से बनाना चाहता है। ये निजी तत्त्व प्रकृति का वह वैविध्य हैं जिनका केन्द्र और एकत्व स्वयं प्रकृति है। प्राकृतिक क्रियमाणता के एकत्व की अभिव्यक्ति इसी वैविध्य-सृजन और रक्षण के मार्ग द्वारा होती है। इसीलिए प्रकृति व्यक्ति-धारा के मानवता-सिन्धु में लीन होने पर भी, उसकी लीनता के निजी रूप की रक्षा किया चाहती है। व्यक्ति प्रकृति का स्फुलिंग है, समाज प्रकृति की ज्वाला है।

इस समाज-सिन्धु में व्यक्ति-धारा की मग्नता का संगीत व्यक्ति का अपने रूप में दिया हुआ सामाजिक तत्त्व है। इसी अर्थ में बृहत्तर विराट में व्यक्ति अपने को ही अन्तत: खोजता और पाता है। यह बृहत्तर विराट व्यक्ति द्वारा निर्मित समाज-कल्पना है।

व्यक्ति प्रकृति की विराटता अपने अन्दर भी बन्द किये है। प्रकृति की क्रियमाणता उसके अन्दर भी चल रही है। प्रकृति का खेल इस लघु विराट से बृहत्तर विराट के मेल में ही चलता और फलीभूत होता है।

प्रकृति के इस खेल में ही संघर्ष है। प्रकृति स्वयं वस्तु बनकर आत्मा को धक्का देती है। आत्मा धक्के खाकर अपने रूप को परिवर्तित करती है। व्यक्ति, समाज और समाजोत्तर प्रकृति, तीन हिस्से हैं। व्यक्ति के लिए समाज एक परिस्थिति है; दूसरी, समाज-बाह्य प्रकृति। समाज के लिए केवल समाज-बाह्य प्रकृति एकमात्र परिस्थिति है। और प्रकृति इन तीनों को अन्तर्भूत करती है। उसकी क्रियमाणता इन तीनों के परस्पर द्वंद्वों के द्वारा चला करती है। व्यक्ति और समाज के द्वंद्व के मूल और अन्त में समन्वयात्मक एकता है।

साहित्य इसी अन्त:स्थित समन्वयात्मक एकता का रूप है। व्यक्तिगत स्फूर्ति का मूल है यही समन्वयात्मक एकता। स्फूर्ति का अभिव्यक्ति-प्रयत्न एक साक्षात् द्वंद्व है। यही साहित्य-मनोविज्ञान का द्वंद्ववाद है। इसीलिए कलाकार की लेखन-स्फूर्ति के आधार—वे तत्त्व जो उसकी सृजन-भूमि हैं, जिनकी एकीकृत अभिव्यक्ति वह चाहता है—से अलग उनका अभिव्यक्ति-चित्र पाता है। सृजन-भूमि के तत्त्व जो कि स्फूर्ति के द्वारा अभिव्यक्त होने पर वैसे नहीं रह पाते, बल्कि कुछ अलग विशेष हो पड़ते हैं। कलाकार स्वयं अपने को उस अभिव्यक्ति-चित्र में नया देखता है।

साहित्य वह समन्वय है जिसकी रूप-रचना का आकार व्यक्तिगत शक्ति से बना होकर भी जिसके तत्त्व सामाजिक हैं। जिसके तत्त्व समाज-प्राप्त होकर भी वैयक्तिक शक्ति से शरीर-प्राप्त हैं। साहित्य आत्मा की संस्कृति है और आत्म-संस्कृति

समाज की अन्तश्चेतना है। आत्म-संस्कृति के माध्यम से ही समाज की अन्तश्चेतन चेतना विकसित होकर अभिव्यक्त होती है। केवल संस्कृति समाज-चेतना है और आत्म-संस्कृति समाज की अन्तश्चेतना।

समाज की अन्तश्चेतना के माध्यम से, आत्म-संस्कृति के मार्ग के द्वारा ही प्रकृति की विकास-तृषा साहित्य में अपनी अभिव्यक्ति और पूर्ति प्राप्त करती है। परिणामतः, साहित्य में विशाल समन्वय होने के बाद भी उसकी व्यक्ति-रूपता रक्षित रहती है। प्रकृति अपने स्पेसीज के द्वारा ही अपनी गति जारी रखती है। अतः विशालतम समन्वय में भी व्यक्ति की छाप घनी रहती है। यह सब इसलिए होता है कि व्यक्ति की इकाई के बगैर समन्वय-स्थिति असम्भव है।

अतः, साहित्य जितना भी ऊँचा होगा, उतनी ही व्यक्ति-विशेषता भी अपने सम्पूर्ण निजत्व के साथ प्रकट होगी। व्यक्ति के अन्दर जितनी भी प्रकृतियाँ हैं, वे उसकी तृषाओं के अनुसार ही आगे बढ़ती और परिपूर्ण होती हैं। अतः और अन्ततः व्यक्ति इन्हीं आत्मतृषाओं की पूर्णतम अभिव्यक्ति के लिए अपने से और बाह्य से लड़ता रहता है। परिणामतः, चाहे जितना भी वस्तुतथ्यात्मक वह हो ले, उसके आन्तरिक व्यक्तित्व की माँग ही उसे मूल में मिल जाएगी। परन्तु यह आत्म-तृषा समूह उस वर्ग का अभिन्न अंग होगा जिसका प्रतिनिधि होकर कलाकार अपनी बात कह रहा है, कि जिस वर्ग में उसकी आत्म-तृषाओं की परिपूर्णता की आशा है, क्योंकि अपने को इनकार करके वह उस वर्ग-विश्व को इनकार करता है। अपने को इनकार करके मनुष्य विश्व को इनकार करता है, जिसमें साहित्य भी शामिल है।

कलाकार का व्यक्तित्व उसके सामाजिक अर्थ में सामाजिक तत्त्वों से बना हुआ है। परन्तु मेरे प्रस्तुत विषय के लिए मुझे उसका मनोवैज्ञानिक विश्लेषण करना जरूरी है। अतएव मैं केवल उसकी निराली व्यक्ति-मनोरचना की गतिमान शक्तियों का, जो कि साहित्य में अभिव्यक्त होती हैं, अंकन करना चाहता हूँ। इसीलिए मैं जानबूझकर ऐसी शब्दावली का उपयोग कर रहा हूँ जो मनोविश्लेषणात्मक दृष्टिकोण के अनुकूल है।

तो मैंने यह कहा कि उसका आन्तरिक व्यक्तित्व, जो एक समाज-वृक्ष का फूल है, उसकी विकास-तृषाओं का संगठित और एकीकृत पुंज है, जो तृषाएँ एक ओर उसकी अवचेतन शक्ति रहते हुए आदर्श स्वप्न, या कह लीजिए कल्पना-स्वप्न, बनकर चेतन-मार्ग द्वारा समाज-प्रकाश प्राप्त कर लेती हैं, तो दूसरी ओर, समाज-व्यक्ति द्वंद्व में व्यक्ति को समाज के ऊपर और समाज को व्यक्ति के ऊपर विजय प्राप्त करती-कराती हैं। व्यक्ति समाज का अनुभव-केन्द्र है। इन विकास-तृषाओं के अनुकूल ही व्यक्ति अपनी दूसरी प्रवृत्तियों को गति देता है, उनका मूल्य-निर्णय करता है और इसी के द्वारा समाज से अपना गतिमान सामंजस्य प्राप्त करता है।

ये ही विकास-तृषाएँ अपनी अवचेतन आदिम स्थिति रूप में मनुष्य को आगे बढ़ने के लिए धक्का देती हैं, और आदर्श-स्वप्न बनकर मोहित करतीं, तर्क प्रदान करतीं सक्रियता की ओर बढ़ा ले जाती हैं। इसी अर्थ में वे उसकी भावना-बुद्धि (ब्रेन ऑफ पैशन) हो जाती हैं।

साहित्यकार के मन में जब तक कि चेतन के किसी भाग का अवचेतन से आवयविक सम्बन्ध न हो तब तक उस चेतन-शक्ति की साहित्यिक अभिव्यक्ति असम्भव है। इसी अर्थ में यह ठीक है कि चेतन मन की जो सृजनशील धारा होगी, उसके अनुकूल ही अवचेतन शक्तियाँ भी होंगी। चेतन मन की सृजनशीलता अवचेतन शक्ति की प्राकृत धारा के बिना असम्भव है।

फ्रॉइड का यह कहना ठीक है कि कला में जो अनायासता और प्रवाह है, जो रंगीन चित्रात्मक वातावरण है, वह अवचेतन स्रोतों के कारण है। मैं अपनी एक बात स्पष्ट कर दूँ कि फ्रॉइड का (सब-कॉन्शस) केवल दमित इच्छाओं का पुंज मात्र है। मेरे लिए वह केवल यही न होकर प्राकृत शक्ति का एक गतिमान प्रवाह है जिसके तत्त्व समाज से प्राप्त होते हैं, संस्कारों द्वारा, आनुवंशिकता द्वारा यह प्रवाह अपने शक्ति-रूप में व्यक्तिगत (जेनोटाइप) होता है। परन्तु प्रवाह में बहनेवाले तत्त्व सामाजिक ही होते हैं।

साहित्य में अवचेतन मन अनायासता और रंगीन चित्रात्मकता भरता है, परन्तु वही प्राकृत शक्ति चेतन, मन में परिकल्पना (कन्सैप्शन) होकर उस अवचेतन के चेतन में मार्ग-रेखा बनाती है। कलाकृति की कल्पना (कन्सैप्शन) चेतन मन का एक उच्चतर समन्वय है। कला में इन दोनों की अवचेतन शक्ति और कल्पना का सामंजस्य अनिवार्य है। अवचेतन सामंजस्य की क्रिया में चेतन को सशक्त करता है, और चेतन-अवचेतन का उदात्तीकरण (सब्लीमेशन) करता है। चेतन-अवचेतन की यह क्रियमाणता एक वैयक्तिक गति है, परन्तु अवचेतन स्वयं अनभिव्यक्त और आपेक्षिक रूप में दमित विकास तृषाओं का शक्तिमान केन्द्र है। यह मानवी प्रकृति की अन्तर्धारा का स्वरूप है। किसी बाह्य को पहचानने के लिए एक अनुभव-केन्द्र की रचना बाह्य तत्त्व और आत्मशक्ति का संयुक्त रूप है। इसीलिए अवचेतन की शक्ति व्यक्तिगत होते हुए भी उसका कंटेंट बाह्यगत और समाजगत होता है।

तो यह अनायास बहनेवाली अवचेतन शक्ति का रूपाधार मनुष्य की तृषाएँ ही हैं, जो मनुष्य के समाज से गतिमान सम्बन्ध को ही बतलाती हैं। चेतन मन का सृजनशील धर्म-समन्वय स्वयं अन्त:शक्ति और बाह्यधार के तत्त्वों से निर्मित होता है। इसलिए, चेतन से निर्मित कन्सैप्शन और अवचेतन शक्ति-धारा का जब सामंजस्य हो जाता है तभी किसी भी क्षेत्र में सृजन सम्भव है। यह सामंजस्य तभी सम्भव है जबकि मनुष्य को आन्तरिक आवश्यकता के अनुकूल सामाजिक रोल प्राप्त हो।

यानी, व्यक्ति और समाज के सामंजस्य से चेतन और अवचेतन का सामंजस्य सफल हो सकता है, अन्यथा नहीं।

यदि ऐसा न हो तो मन:शक्तियों के और इतर उच्च गुणों के बावजूद कलाकार विभ्रमित असन्तुलित और आत्मध्वंस में संलग्न होगा।

[आगामी कल : अगस्त और सितम्बर, 1943 में प्रकाशित। नई कविता का आत्मसंघर्ष, दूसरा संस्करण, 1983 में और अब रचनावली में पहली बार दूसरे संस्करण में संकलित]

कलात्मक अनुभव

बाल्यकाल से ही हमारा मनोमय जीवन आरम्भ हो जाता है। कल्पना कीजिए ऐसे बालक की, जो आस-पास के जगत् की संवेदनाएँ ग्रहण कर, फिर उस जगत् के बिम्बों को अपने मन में घुमाता-फिराता हो। अपनी माँ से मिलने आनेवालियों के वह चेहरे देखता रहता है। उनके वस्त्र, उनके मुख की आभा-रेखाएँ, उनके व्यवहार की विशेषताएँ देख-देखकर, वह बालक उनके सम्बन्ध में, उनके जीवन के सम्बन्ध में, तरह-तरह की कल्पनाएँ करके आत्मलीन होता रहता है। वे कल्पना-चित्र कभी उसे रुला दें, या उदास कर दें, या कभी हँसा दें अथवा एक अपरिसीम कुतूहल उद्दीप्त कर दें। मुख्य बात यह है कि संवेदनाएँ, भावनाएँ, बोध-शक्ति, परस्पर सहकार करके उसे निराले जगत् में ले जाती हैं। वह निराला जगत् कल्पना का लोक है, फिर भी वह वास्तविक जगत् की प्रतिमाओं ही से बना हुआ है। उस जगत् में वास्तविक के स्वप्न के रंग हैं। बालक का मन उसमें डूब जाता है।

कभी पड़ोसी के यहाँ कोई दुर्घटना हो जाती है। बालक उस दुर्घटना के मनोमय चित्र बनाता रहता है। उसे पता चलता है कि वहाँ एक नन्हा मर गया। मरने के पहले (माँ ने बताया था) जोर की साँस लगी थी। भयानक साँस! बालक उस साँस की कल्पना करता है! उस नन्हे को कौन-सी वेदनाएँ होती होंगी? कौन-सी तकलीफ होती होगी? उसकी माँ का जी किस तरह रोता होगा? उसके जी पर क्या बीती होगी? बालक का हृदय इन काल्पनिक चित्रों में भीगता रहता है।

और न जाने किस नियम से बालक का हृदय और कहीं बह जाता है। अच्छा तो वो अपने को बहुत बड़ा समझते हैं! माँ को और पिता को यह अच्छा नहीं लगता, फिर भी वे उनकी आवभगत करते हैं। बड़ी मेहमानदारी होती है। हमें भले ही चाय का एक कप भी न मिले, लेकिन उनकी सेवा जरूर होगी। उनके बड़ेपन से माँ, बाबूजी, दबे-दबे रहते हैं। आखिर, इसकी जरूरत क्या है? सिर्फ इसलिए कि वो कहीं तहसीलदार हैं?

माँ कहती है, बब्बू से मत खेलो! क्यों न खेलें? वह कहती है, बब्बू चपरासी का लड़का है। ऐसे लड़के बुरे होते हैं। गरीबों के लड़कों को तमीज नहीं होती। उन्हें बुरी-बुरी आदतें होती हैं, वे गुंडे होते हैं। वे खोमचेवाले से दो पैसे के भजिये

खाते हैं। लेकिन मैले-कुचैले गरीबों के ये जो लड़के हैं, उनके चेहरे कहाँ बुरे हैं! क्या हँसी, क्या किलकारी, कैसी बढ़िया शरारत, कैसी घनी उदासी और प्यारी नजर! गरीबों के लड़के भी तो अच्छे हो सकते हैं। पता नहीं क्यों, माँ घर के अर्दलियों से तो दिल की बात करती है, लेकिन मुझे बब्बू से खेलने नहीं देती। यह बुरी बात है। आजादी कितनी अच्छी होती है। कब मैं बड़ा हूँगा, पूरा आजाद हो जाऊँगा! कब, कब, वो दिन कब आएगा! आखिर क्या हुआ, अगर मैले-कुचैले रहें तो? बब्बू से तो खेल सकेंगे, नाथू के घर जाकर बात तो कर सकेंगे! नाथू की माँ बड़ी अच्छी है, मुझे गुलगुले देती है। लेकिन, घर से निकलने को मिले तब न!

पिताजी कहते हैं कि कृष्णराव नौकरी से निकाल दिये गए। इसीलिए तो लच्छू का चेहरा कितना उतरा हुआ था। अब उनके घर में कैसी सूनी-सूनी, पीली-पीली, गहरी-गहरी उदासी होगी! सबकी चालें ढीली हो गई होंगी, सबके कन्धे झुक गए होंगे, सबके बाल बिखरे-बिखरे होंगे। लोग कैसे थके-थके से चलते होंगे! उनके गले में रुआँसी का काँटा कसकता होगा! लच्छू मारा-मारा फिरता होगा!

वे लोग बड़े अच्छे हैं। हमारे घर से आज उनके घर दो सेर आटा गया, दाल और शक्कर भी, चाय का एक पुड़ा भी। आखिर ऐसा क्यों हुआ? कृष्णराव का चेहरा कितना अच्छा है! बाल बढ़े हुए हैं, जिनमें से दुनिया का सारा भलापन हँस रहा है। वह भलापन है कि खिलते अंगारों की मीठी गरमीवाली सिगड़ी है! लम्बा गोरा-लाल चेहरा, लम्बी नाक और आँखें कैसी अच्छी हैं, कैसी कोमल मुलायम रोशनी फेंकती हैं! हाय रे! दुनिया इतनी बुरी क्यों है? इतने अच्छे आदमी को अच्छा रहने क्यों नहीं देती? हमारी बूढ़ी फूफी कृष्णा काका को बेवकूफ समझती है। पिताजी, सभी, उन्हें मूर्ख समझते हैं। लेकिन मेरी माँ वैसा नहीं समझती। सीधे चौके में चले जाते हैं, और माँ से बात करते हैं। माँ उनके लिए चाय बनाती है। मुझे चाय नहीं देती। यही तो बुरी बात है!

कृष्णा काका बहुत अच्छे हैं, मुझे प्यार करते हैं। पास बिठा लेते हैं, चाय का एक घूँट मुझे भी दे देते हैं। मैं उनके यहाँ जाऊँगा, उन्हीं के यहाँ रहूँगा। लच्छू उदास है, आज उसी के साथ खेलूँगा। कृष्णा काका का चेहरा देखता रहूँगा, उनके पैर दाबूँगा। हमारी काकी इतनी अच्छी नहीं हैं। वह मुझे 'बड़े आदमी का लड़का' कहती हैं, मुझे दूर-दूर रखती हैं, उनके घर की मिट्टी से कहीं मेरी चड्डी गन्दी न हो जाए! उनका लच्छू भी मुझे दूर-दूर रखता है। लच्छू के यहाँ फटा-फटा टाट है, हमारे यहाँ आरामकुर्सियाँ हैं। लच्छू के यहाँ कैसी भन्नाती हुई गहरी उदासी है, हमारे यहाँ चहल-पहल! लेकिन जब अपने घर कृष्णा काका मुझे गोद में ले लेते हैं, तो लच्छू खड़ा-खड़ा ताकता रहता है। उसकी माँ मुझे दूर-दूर भले ही रखे, जी होने पर वह मुझे शक्कर फाँकने को भी देती है। लेकिन लच्छू! न जाने उसके दिल में क्या है! मेरा क्या गुनाह कि मैं बड़े आदमी का लड़का हूँ? मैंने कौन-सा पाप

किया? कहो तो यह निकर, यह साफ शर्ट उतारकर फेंक दूँ? लेकिन क्या करूँ, माँ बहुत डाँटती है। तो क्या! लच्छू भले ही अकड़े, मैं जान-बूझकर उसे हँसाऊँगा, उससे खेलूँगा, उसकी उदासी तोड़ दूँगा। लच्छू आखिर कृष्णा काका का लड़का है। आज लच्छू उदास है, बहुत उदास! आज मैं उससे जरूर खेलूँगा। उसके आगे नाचूँगा! अगर वह जौ-भर भी मुस्करा उठे, तो मजा आ जाएगा! कृष्णा काका खूब खुश होंगे। लेकिन, ऐसा क्यों होता है? कृष्णा काका की नौकरी क्यों छूट जाती है? वे तो बड़े शान्त स्वभाव के हैं।

वे प्राइवेट नौकरी क्यों करते हैं? नाना कह रहे थे, सरकार उन्हें नौकर नहीं रखती। कहते हैं, बरसों पहले, जब मेरा जन्म भी नहीं हुआ था, उनके घर से बम मिले थे, बन्दूकें भी, तमंचे भी। तब से उनका भाग्य फिरा। सजा काटकर आए। क्या होती है सजा? बड़ी-बड़ी दीवारें, काल-कोठरी। हाथ-पाँव में जंजीरें! चक्की पीसनी पड़ती है, चक्की। ...घर उजड़ गया। सब मुनीमी करते हैं। कोई उन्हें पूछता नहीं। घरवाले, हमारे नाना, पिताजी, सब—सब उन्हें बेवकूफ कहते हैं। कहते हैं, उन्होंने बीच में एक अखबार भी निकाला, और चौपट हो गए। अब तो सरकारी नौकरी मिल ही नहीं सकती। लोग भी उन्हें बेवकूफ कहते हैं।

लेकिन कृष्णाराव कैसे हैं! बेवकूफी करते रहते हैं। आखिर उन्होंने यह क्यों नहीं सोचा कि सबसे पहले बेवकूफी की छानबीन की जाए और अपना नतीजा कागज में लिखकर, उस कागज को सबके चेहरे पर दे मारें! कृष्णाराव कृष्ण नहीं, शंकर महाराज हैं। महेश हैं, जिनके हाथ में किसी जमाने में बम था। वह बम मुझे अभी भी दीख रहा है। कोई भी रखने को तैयार नहीं, इसलिए कि वे बेवकूफ हैं। मुझे भी लोग बेवकूफ कहते हैं। मैं अटकता हूँ, सवाल का जवाब देते नहीं बनता। इसीलिए मेरी पिटाई होती है। कई बार तो चाँदनी की मुंडेर पर बैठा कि नीचे कूदकर कूच कर जाऊँ। लेकिन तभी खयाल आता है कि मैं सड़क पर मरा पड़ा हूँ, मेरे सिर के पास धाड़ मारकर माँ रो रही है, पिताजी पैर उठा रहे हैं। नहीं-नहीं, मैं अपने माँ-बाप को दुख नहीं दूँगा! मरूँगा नहीं, जिन्दा रहूँगा। बेवकूफी नहीं करूँगा, नहीं ही।

लेकिन मैं भी कितना टुच्चा हूँ! उनसे एक दिन रास्ते में इकन्नी माँग बैठा! उन्होंने बराबर एक इकन्नी निकालकर दे दी। पिताजी बड़े नाराज हुए। उससे इकन्नी क्यों ली? कृष्णाराव के लिए उनके मन में दया-भाव है। मुझे वह पसन्द नहीं। कृष्णा काका एक इकन्नी तो क्या, मुझे सब कुछ दे सकते हैं, सिवाय मार के।

लेकिन टुच्चा तो मैं हूँ ही। नाना ने कल रामायण सुनाई। उनकी नीली चादर मुझे पसन्द है, और उसके भीतर दुबका बैठा उनका गोरा अंग। कहानी कहते-कहते मुझसे ज्यादा हँसते हैं। उन्होंने कहा कि जीवन-हत्या पाप है। लेकिन रोज खुद खटमल मारते हैं, मारते-बैठते हैं। जो हो, जीव-हत्या पाप जरूर है। मरते वक्त कितनी तकलीफ होती होगी जीव को! कल बारिश हुई। गली पानी से भर गई। पानी में

लगातार छेद पड़ते जा रहे थे। बड़ा मजा आ रहा था। एक जीव फँस गया। शायद झींगुर था। मैंने पानी में से उसे अलग करना चाहा। लेकिन मेरी कोशिशें बेकार हुईं। वह दूर था। मैं डंडे से उसे पास खींच रहा था। वह तड़प रहा था। भयानक थी उसकी छटपटाहट। पता नहीं, मुझ पर क्या भूत सवार हुआ। उसकी तड़पन से मेरे दिल में कुछ ऐसी तड़पन हुई कि मैंने निशाना लगाकर उसे डंडा दे मारा। वह खत्म हो गया। मेरे हाथ से पाप हुआ। वह छूट गया, मुझे छोड़ गया, सिर्फ तड़पने के लिए, अपने दुख में, पराये दुख में। बार-बार सपना आया है उस तड़पते झींगुर का, जो पानी में औंधा पड़ा था और हाथ-पैर मार रहा था।

मैं भी झींगुर हूँ, जो इस पानी में औंधा पड़ा हूँ—एक अजीब गन्दे पानी में। रास्ते चलते दुख दे जाता हूँ और फिर बुरा लगता है, मन खुद को काटने दौड़ता है। अपने पर काबू नहीं कर पाता। यही कारण है, गणित में मन लगाने की कोशिश करता हूँ, लेकिन जमकर काम नहीं होता। मन भागता है, भागता रहता है। इसीलिए तो मुझे माँ, फूफी, पिताजी बेवफूफ कहते हैं। सिर्फ नाना वैसा नहीं कहते! बेवकूफ तो हूँ भी। लेकिन इसके लिए लाचार हूँ।

कल्पना कीजिए कि इसी तरह की बात सोचते-सोचते बालक की आँख लग जाती है। मन थक जाने से वह सो जाता है।

यह उसका मनोमय जीवन है। किन्तु इस मनोमय जीवन में बाह्य की सामग्री है, बाह्य के तत्त्व हैं! तो क्या अन्तर के तत्त्व हैं ही नहीं? अवश्य हैं। लेकिन, वस्तुत:, वे उसकी आभ्यन्तर शक्तियाँ हैं—संवेदना, बोधशक्ति, कल्पना और इच्छाएँ। ये उसकी अन्तर की चेतना के अंगभूत हैं। इन सभी शक्तियों या प्रवृत्तियों का बाहर से जब सम्मिलन होता है, तब वह प्रक्रिया शुरू होती है जिसे मैं बाह्य का आभ्यन्तरीकरण कहता हूँ। वह [बालक] शुरू ही से जीवन-जगत् का आभ्यन्तरीकरण करता आया है। इस आभ्यन्तरीकरण के दौरान ही वह बाह्य से शिक्षा तथा संस्कार की प्राप्ति करता है, साथ ही वह अपनी प्रवृत्ति के अनुसार, जीवन-जगत् से प्राप्त मानवीय मूल्यों द्वारा, उसी जीवन-जगत् की आलोचना भी करता है। आत्मालोचन भी करता है। यदि उसके संस्कार बुरे हैं, तो निश्चय ही उसकी मूल्य-दृष्टि भी विकृत होगी।

बालक स्वभावत: संवेदनशील होता है। उसमें कल्पनाशीलता भी तीव्र होती है। उसका जीवन-निरीक्षण भी, उसकी अपनी सीमा में, तीव्र होता है।

मुख्य बात यह है कि वह अपनी संवेदनाओं के आग्रहों से, अपने अनुभवों के आधार पर, कल्पना द्वारा, जीवन की पुनर्रचना करता है, अपने अनुसार। कल्पना के रंगों में डूबी इस जीवन-पुनर्रचना के रंग निस्सन्देह भावुक हैं। इन कल्पनायित चित्रों के रंग में डूबकर, वह उन्हीं चित्रों से प्राप्त संवेदनाओं में भावुक होकर रम जाता है। अपने मनोमय जीवन के इन क्षणों में जब वह उन चित्रों में, तन्मय होकर, उनमें प्रस्तुत हुई जीवन की संवेदनाएँ और अनुभूतियाँ ग्रहण करने लगता है, उस

समय वास्तविक बाह्य से क्रिया-प्रतिक्रिया करने में व्यस्त और ग्रस्त रहनेवाले मन को—जो वैयक्तिक सुख-दुख से मंडित रहता है—बहुत पीछे छोड़ देता है, उसके ऊपर उठ जाता है, उसके परे हो जाता है। संक्षेप में, एक ओर उसकी मुक्ति हो जाती है, तो दूसरी ओर, उसी के साथ एकबद्धता आ जाती है। तटस्थ और तन्मयता, दूरी और सामीप्य का द्वंद्व, उच्चतर स्तर पर, एकीभूत हो जाता है। संवेदना के आग्रह—अर्थात् संवेदनात्मक उद्देश्य, जिसमें इच्छित विश्वास के तत्त्व भी मिले रहते हैं, इच्छा के तत्त्व भी मिले रहते हैं—उनके बल से, उनके जोर से, वास्तविक अनुभवों के आधार पर, उसकी विधायक कल्पना उन्हीं अनुभव-तत्त्वों को मिलाकर जीवन की एक पुनर्रचना कर बैठती है। संवेदनात्मक उद्देश्य अपनी पूर्ति के लिए एक विशेष दिशा में उन कल्पना-चित्रों को वेगायित कर देते हैं। ऐसे कल्पना-चित्रों में डूबकर उसी जीवन का प्रगाढ़ अनुभव होता है, कि जो जीवन अपना सार-सार प्रतीत होता है।

बाह्य जीवन-जगत् के रूप-स्वरूप और गति-प्रगति के जो अपने नियम हैं, वे इस पुनर्रचित जीवन के नहीं। पुनर्रचित जीवन किसी संवेदना की पूर्ति के लिए ही होता है। उसकी चित्रमाला उन्हीं संवेदनात्मक उद्देश्यों की पूर्ति की दिशा में दौड़ती है। दूसरे शब्दों में, पुनर्रचित जीवन-लोक की अपनी ऑटोनॉमी है, उसका अपना एक स्वायत्त-तंत्र है। किन्तु उसकी यह ऑटोनॉमी, यह स्वायत्त-तंत्र, सापेक्ष है, क्योंकि वह वास्तविक जीवनानुभवों के ठोस आधार पर खड़ा हुआ है, और उनके बिना वह असम्भव है। इस मूलाधार के कोष में से ही, संवेदनात्मक उद्देश्यों को और कल्पना को वे तत्त्व मिलते हैं, कि जिन तत्त्वों के विभिन्न पैटर्न्स इस प्रकार गढ़ना या बनाना, कि जिनसे उन संवेदनात्मक उद्देश्यों की पूर्ति हो, विधायक कल्पना का मूल कार्य है।

विधायक कल्पना द्वारा पुनर्रचित जीवन, किसी एक विशिष्ट अनुभव, यानी एक खास तजुर्बे की तस्वीर नहीं, वरन् तत्समान सारे अनुभवों का वह वस्तुत: एक सामान्यीकरण है। इसलिए उन मानस-प्रत्यक्षों में विशेष प्रातिनिधिकता आ जाती है। व्यवस्थित रूप से शब्दबद्ध होने पर वे ही चित्र, अपनी इस प्रातिनिधिकता के फलस्वरूप, पाठक या श्रोता के अन्त:करण में तत्समान संवेदनाओं द्वारा तत्समान चित्रों को जाग्रत् कर देते हैं। अनुभूति-क्षण की विशिष्टता के रूप में वे विशिष्ट हैं, और अपनी प्रातिनिधिकता के कारण वे सामान्य भी। इस प्रकार विशिष्ट और सामान्य के द्वंद्व की उच्चतर एकीभूत स्थिति के रूप में ही कल्पना द्वारा जीवन की पुनर्रचना होती है, इस पुनर्रचना में से ही जीवन का प्रगाढ़ अनुभव होता है। ध्यान में रखने की बात केवल इतनी है कि इस पुनर्रचना का अपना एक स्वायत्त-तंत्र होने के बावजूद, उसके मूल तत्त्व वास्तविक जीवन के अनुभूत तथ्यों में से ही अर्थात् हृदय में संचित जीवन-अनुभवों में से इस प्रकार उद्गत होते हैं मानो वे अपने जिये

जानेवाले जीवन की सारभूत विशेषताएँ हैं। वास्तविक अनुभूत बाह्य जीवन की सारभूत विशेषताएँ जीवन की पुनर्रचना में, तथ्यात्मक प्रतीत होने के कारण ही, उन पुनर्रचित जीवन-चित्रों में हमें जीवन ही का, जगत ही का तथा अपना खुद का, प्रगाढ़तम अनुभव होता है।

इस प्रकार का मनोमय जीवन और उसका अनुभव, वस्तुतः कलात्मक है। उसी से हमें उस आह्लाद की प्राप्ति होती है, जिसमें एक ओर ज्ञान का प्रकाश है तो दूसरी ओर जीवन का आनन्द।

इस प्रकार के अनुभव बालकों से लेकर वृद्धों तक को होते हैं, कवियों से लेकर अकवियों तक को होते हैं, मजदूर से लेकर सम्पन्न तक को होते हैं, लेखकों से लेकर श्रोताओं तक को होते हैं। इन्हीं अनुभवों को हम कलात्मक अनुभव या सौन्दर्यानुभव कहते हैं। केवल मनुष्य ही सौन्दर्यानुभव प्राप्त कर सकते हैं, पशु नहीं।

सारा मनोमय जीवन कलात्मक नहीं होता। जिन क्षणों में मन निज-बद्ध स्थिति में रहता है, वह कल्पना द्वारा पुनर्रचित जीवन में तन्मय और तदाकार होकर अपनी निज-बद्धता नहीं खो सकता, अर्थात् जब वह मुक्ति और बद्धता, तटस्थता और तन्मयता, सामीप्य और दूरी, विशिष्टता और सामान्यता के मूल द्वंद्वों की, उच्चतर स्तर पर, एकीभूत स्थिति में नहीं पहुँच सकता, तब वैसी हालत में उसका मनोमय जीवन कलात्मक नहीं कहा जा सकता। इस प्रकार के अकलात्मक मनोमय जीवन में मन को उसके व्यक्तिगत सुख-दुख और राग-द्वेष ही घेरे रहते हैं। फलतः, मन को अपने से मुक्ति नहीं, छुटकारा नहीं। दूसरे शब्दों, में मनोमय जीवन के कलात्मक क्षणों में अपने-आप से छुटकारा होकर जीवन का प्रगाढ़ और व्यापक अनुभव होता है।

उसी मनोमय जीवन के कुछ क्षण ऐसे भी होते हैं, जब मन एक ओर अपने से तो परे हो जाता है, अपने से तो ऊपर उठकर सोचता है, किन्तु दूसरी ओर, संवेदनात्मक उद्देश्यों की प्रबलता इतनी नहीं होती कि कल्पना उद्दीप्त होकर जीवन का पुनर्विधान करे। मनुष्य यदि एक ओर अपने विशिष्ट सुख-दुख का भोक्ता है, तो दूसरी ओर, वह उनका द्रष्टा भी है। अपने से परे जाने, दूसरों से अपने को मिलाने, ज्ञान तथा बोध द्वारा विशिष्टों का सामान्यीकरण करने, और सार-सार पहचानने और ग्रहण करने की उसमें अद्भुत शक्ति है। कलात्मक अनुभव की घटना के पूर्व, और निज-बद्धता की स्थिति से उबरने के क्षण के पश्चात् जो एक बीच की हालत पैदा होती है, उस हालत में संवेदनात्मक उद्देश्यों की सापेक्षिक मन्दता के कारण, विधायक कल्पना के विचलन और प्रस्फुरण के अभाव में, अर्थात् मात्र तटस्थता, मात्र द्रष्टा-स्थिति के रूप में रहने पर, हमारे मन में जो धाराएँ बहती रहती हैं, उन्हें हम एक प्रकार का मनन ही कह सकते हैं। मनोमय जीवन में ऐसा जीवन-मनन चलता रहता है।

इसी स्तर के जीवन-मनन या जीवन-चिन्तन में ही हमारी बोधक-शक्ति और ज्ञान-शक्ति प्रबल होती है। भीतर-ही-भीतर सोच-विचार जारी रहता है। हृदय के भीतर

समाये अनुभवबोध और ज्ञान की सक्रियता के फलस्वरूप, अधिकाधिक प्रांजल और अधिकाधिक उज्ज्वल होते जाते हैं। वे उज्ज्वलतर और प्रांजलतर अनुभव हृदय में संचित होते रहते हैं। दूसरी ओर, बाह्य का अनवरत आभ्यन्तरीकरण होते रहने से, नव-प्राप्त तत्त्वों का, नये अनुभवों का, मार्जन और उनका संचयन भी आवश्यक ही है। वह भी अपने आप ही होता जाता है। मनोमय जीवन के इस रूप को, इस स्तर को, हम कलात्मक चेतना का सिंह-द्वार कहेंगे। ऐसा क्यों, यह आगे चलकर स्पष्ट होगा। ध्यान में रखने की बात है कि इस रूप या इस स्तर पर प्रांजलीकृत अनुभवों का दारिद्र्य जिस कलाकार में होगा, जो कलाकार इस स्तर के महत्त्व को ही न समझता होगा, अथवा जिसके अनुभव-बोध और ज्ञान द्वारा प्रांजल न बनेंगे, वह एक ओर अनुभवों की अपरिमार्जित विकृत स्थिति प्राप्त करेगा, तो दूसरी ओर, अनुभवों के दारिद्र्य का भी वह अधिकारी होगा।

यह तो सही है कि बोध और ज्ञान-शक्ति द्वारा ही ये अनुभव परिमार्जित होते हैं, यानी पूर्व-प्राप्त ज्ञान द्वारा मूल्यांकित और विश्लेषित होकर, प्रांजल होकर, अन्त:करण में व्याख्यात होकर, व्यवस्थाबद्ध होते जाते हैं। किन्तु स्वयं अनुभवों में भी संवेदना की चिनगारी हुआ करती है। अतएव बोध और ज्ञान का कार्य भी संवेदना से विरहित नहीं है, किन्तु उसके योग से है, भले ही उस समय संवेदन अधिक तीव्र दशा में न हों।

मनोमय जगत् में यही वह स्तर है, जिसे हम अपनी मूल व्यक्तिग्रस्त प्रवृत्तियों के परिमार्जन की आरम्भिक स्थिति भी कह सकते हैं। अपने से परे जाने, अपने से ऊपर उठने, दूसरों से अपने को मिलाने, विशिष्ट से सामान्य पर पहुँचने की यह जो ज्ञानात्मक संवेदनों की दशा है, ज्ञानात्मक अनुभवों की दशा है, वह सबमें होती है। वह मनुष्य की मूल उदात्तता का लक्षण है। किन्तु किसी में वह थोड़ी और बहुत थोड़ी होती है, किसी में बहुत और बहुत अधिक।

यही वह स्तर है जहाँ हम किन्हीं आदर्शों, ध्येयों, वांछनीय गुणों, अभिलाषणीय लक्ष्यों से एकात्म होने का, उन्हें अपने में मिलाने का, उनकी सहायता से अपना परिमार्जन करने का, अपने को एक दिशा देने का प्रयत्न करते हैं। और इस प्रकार व्यापकतर और उदात्ततर जीवन-प्रणाली या जीवन विकसित करने का प्रयत्न करते हैं। संक्षेप में, यह वह स्थान है जहाँ [हम] ज्ञानार्जन करने, व्यापकतर अनुभव अर्जन करने, अपने आप को अनुभव-दारिद्र्य में न रहने देने की, इच्छा से संचलित होते हैं। यहाँ अपने बहिरन्तर जीवन की व्याप्ति और क्षेत्र को और भी विस्तृत करने की इच्छा हो जाती है। यही वह स्तर है जहाँ हमारी शिक्षा-दीक्षा, संस्कार आदि, दृष्टिकोण तथा मूल्य-भावना का कार्य होता है। केवल सुविधा के लिए मैं इसे मनोमय जीवन का दूसरा स्तर कहूँगा। पहला स्तर निजबद्धता का स्तर है। इस दूसरे स्तर पर विकासशील मनुष्य की वास्तविक आत्म-चेतना सक्रिय रहती है। यह सक्रिय

आत्म-चेतना हमारे अनुभवों को अधिकाधिक व्याख्यात और व्यवस्था-बद्ध करके, उज्ज्वल और प्रांजल करती हुई, अपने आप को परिपूर्त करती रहती है। प्रांजल और उज्ज्वल हुए ये अनुभव हमारे हृदय में संचित होते जाते हैं। उनके स्तर-पर-स्तर बनते और बढ़ते जाते हैं। ज्ञानात्मक वृत्तियों के कारण वे अनुभव विशृंखल राशि-रूप नहीं, वरन् व्यवस्था-रूप में हृदय में स्थित होते हैं।

ध्यान में रखने की बात है कि वास्तविक सौन्दर्यानुभवों के, अर्थात् कलात्मक अनुभवों के, क्षण में अर्थात् मनोमय जीवन के तीसरे स्तर पर जब संवेदनात्मक उद्देश्यों से प्रेरित कल्पना जीवन-विधान करती है, तब उस जीवन-विधान के अनुभव तत्त्व, (इसी दूसरे स्तर में गड़ी हुई) इसी संचित अनुभव-व्यवस्था से प्रस्फुटित होते हुए उस तीसरे अर्थात् कलात्मक क्षण को उपलब्ध होते हैं। संक्षेप में, विधायक कल्पना संवेदनात्मक उद्देश्यों द्वारा विचलित किये गए जिन अनुभवों के पैटर्न्स बनाती है, वे अनुभव इसी दूसरे स्तर में समाहित रहते हैं। मनोमय जीवन के इस दूसरे स्तर पर पाए जानेवाले अनुभव यदि अल्प हैं, अथवा उनमें वैभिन्न्य नहीं है, या लेखक द्वारा उनका उचित मूल्यांकन नहीं हो पा रहा है, सिर्फ उन्हें अटाले में डाल दिया है, तो वैसी स्थिति में इस दूसरे स्तर के सापेक्षिक दारिद्र्य के कारण लेखक की कला भी छिछली, सतही, निरी व्यक्तिबद्ध होगी। साथ ही, उसका दृष्टिकोण भी सीमित, सतही और अस्वच्छ होता है। इसी स्तर के विकास की पुष्टता पर उसकी कला की पुष्टता निर्भर है।

इसी बात को ध्यान में रखते मुझे यह प्रतीत होता है कि अपने से परे जाने, अपने से ऊपर उठने, अपने को दूसरों से मिलाने और उनमें डूब जाने का यह कार्य अधिक सावधानी से, ज्यादा गहराई से, और अधिक बार होना चाहिए। कलाकार की जागरूकता का अर्थ ही यह है। अपने से परे जाना, अपने से ऊपर उठना, वृथा भावुकता नहीं है, वरन् इसके विपरीत, वस्तु-दर्शन या तत्त्व-दर्शन का वह अनिवार्य अंग है। ज्ञान का जो मनोवैज्ञानिक गुण है, वही इसका गुण भी है। जीवन के बिना, कि जिस जीवन में वह अपने से परे जाकर, अपने से ऊपर उठकर हृदय का विस्तार करता रहता है, वे सर्वोच्च कलात्मक क्षण, सौन्दर्यानुभूतियों के वे क्षण, जहाँ विधायक कल्पना द्वारा जीवन पुनर्रचित हो जाता है, वस्तुतः सम्भव ही नहीं हैं। यदि हम कलात्मक क्षण को तीसरा स्तर मानें, तो अपने से परे जाकर हृदय का विस्तार करनेवाले इस साधारण स्तर को हम दूसरा स्तर ही कहेंगे।

यह कहना गलत है कि दूसरे स्तर के, या उस तीसरे स्तर के, मनोमय जीवन का अनुभव कलाकार के अतिरिक्त किसी अन्य को होता नहीं। अपने से परे जाना, अपने से ऊपर उठकर जीवन-जगत् में भीगना, उसमें रमना, और इस प्रकार उदात्त प्रेरणाएँ ग्रहण करना, वस्तुतः एक गहन मानवीय प्रक्रिया है। यदि यह प्रक्रिया अपूर्ण है, अधूरी है, अत्यन्त सीमित है, तो वैसी स्थिति में उस लेखक की कला भी छिछली

और सतही रहेगी। किन्तु जो लेखक मनीषी है, मानव-जीवन में जिसकी दिलचस्पी गहरी है, वह कुछेक भावनाओं की या मन:स्थितियों की 'सुन्दर आकृतियाँ' उपस्थित करके सन्तोष नहीं पाएगा। वह अपने सम्पूर्ण अनुभूत जीवन को अभिव्यक्त करने का प्रयत्न करेगा, भले ही उसकी वह अभिव्यक्ति कलावादियों की दृष्टि से असुन्दर ही क्यों न हो। नि:सन्देह, कबीर की बहुत-सी बानियों में ऊबड़-खाबड़ है, फिर भी वे सुन्दर होती हैं। क्यों हैं? इसलिए कि सौन्दर्यात्मक प्रभाव, रचना के भाव-संवेदन और कल्पना-रेखाओं से शुरू होकर बाहरी अभिव्यक्ति-रूपों की संगति तक चला चलता है। यही कारण है कि हम लोग नजीर की शायरी का आनन्द उठा लेते हैं, भले ही उसमें स्थान-स्थान पर बाह्य रूपात्मक तोड़-मरोड़ हो। सुन्दर आकृति का बहाना करनेवाले लोग, वस्तुत: कलात्मक अभिव्यक्ति को किन्हीं विषयों तक ही सीमित रखना चाहते हैं। यही नहीं, वरन् उन्हें किन्हीं अभिव्यक्ति-पैटर्नों में ही सौन्दर्य दिखाई देता है।

यह आवश्यक नहीं है कि सौन्दर्यानुभूति का क्षण, कलात्मक अनुभव का क्षण, उस अनुभूति या अनुभव की कलात्मक अभिव्यक्ति का भी क्षण हो। उसी तरह यह भी जरूरी नहीं है कि कलात्मक अभिव्यक्ति के कार्य के दौरान में सौन्दर्यानुभूति का एकच्छत्र साम्राज्य हो। कवि-कर्म न केवल प्रतिभा का प्रकटीकरण है, वह अभ्यास की भी अभिव्यक्ति है। प्रतिभा और अभ्यास के योग से कवि-कर्म निष्पन्न होता है। किन्तु आप इस प्रतिभा की क्या परिभाषा करेंगे? व्यक्तित्व के विशेष विकास से प्राप्त जो आभ्यन्तर गुण हैं, और गुण-धर्म हैं, वही प्रतिभा है। कवि-कर्म श्रम-साध्य है। उसके लिए रियाज की जरूरत होती है। अभिव्यक्ति-सम्पदा बढ़ाने की जरूरत होती है। यह अनिवार्य नियम नहीं है कि कवि-कर्म या कलाकृति की रचना का क्षण कलात्मक अनुभूति या सौन्दर्यानुभूति का उच्चतम क्षण हो। अभिव्यक्ति-प्रयत्न एक दूसरे प्रकार का, एक अन्य स्तर का अंग है, कि जिस स्तर में शब्द, मुहावरे, बिम्ब, स्वर आदि के स्वरूप की तुलना हृदय में उठते हुए भावों के स्वरूप से करते हुए, प्रतिकूल शब्दों, बिम्बों आदि को निकालकर अनुकूल को रखा जाता है। एक ओर, लेखक अपने भावों के प्रति उद्बुद्ध, तो दूसरी ओर, वह शब्दों के प्रति जागरूक रहता है। वह क्षण, कवि-कर्म की विशेष दृष्टि से, आलोचना का क्षण भी होता है, क्योंकि कवि हृदय में उमड़ते भावों में संगति उपस्थित करना चाहता है। अनेकानेक ऐसे भाव भी उत्पन्न होते हैं, जो मूल भाव से सम्बद्ध होते हुए भी, अत्यन्त सौन्दर्य-सम्पन्न होते हुए भी, की गई रचना के भीतर जो संगति स्थापित हो चुकी है, उसमें जम नहीं पाते और अवान्तर प्रतीत होते हैं। किन्तु यदि उन्हें महत्त्वपूर्ण जानकर ठूँस-ठाँस की जाए, तो दूसरे प्रकार की संगति के लिए प्रयत्न करना होगा, क्योंकि ठूँस-ठाँस से पहले प्रकार की संगति तो टूट-फूट चुकी है। संक्षेप में, संवेदनात्मक उद्देश्यों द्वारा उनकी अपनी दिशा में, परिचालित होनेवाली

विधायक कल्पना द्वारा, जीवन की जो पुनर्रचना हुई है, उसमें डूबकर आह्लाद ग्रहण करनेवाली, ज्ञात प्राप्त करनेवाली जो अनुभूति है—वह जो कलात्मक अनुभूति या सौन्दर्यानुभूति है—उसके कुछ अंशों के अतिरिक्त, कवि-कर्म का आनन्द भी उन्हीं क्षणों होता रहता है।

मनुष्य-मन उदास होकर जिन्दगी में गहरी दिलचस्पी लेने लगता है। मानव-जीवन उसका मूल विषय हो जाता है और उस जीवन की प्रेरणाएँ उसे बेचैन करती हैं। वह कार्य की ओर भी प्रवृत्त होता है। इसलिए हेमिंग्वे और कॉडवेल स्पेन के युद्ध में गए थे। अपनी इन भीतरी कलात्मक प्रेरणाओं के कारण ही वे उस ओर उन्मुख हुए। अनेकानेक रूसी लेखकों ने 'अक्टूबर क्रान्ति' में और दूसरे विश्व-युद्ध में अपने देश की ओर से भाग लिया। यही कारण है कि सार्त्र आज भी अपने देश की राजनीति और सामाजिक समस्याओं में और देशवासी जनता के जीवन में दिलचस्पी रखता है।

यह कहना बिलकुल गलत है कि कलाकार के लिए राजनीतिक प्रेरणा कलात्मक प्रेरणा नहीं है, अथवा विशुद्ध दार्शनिक अनुभूति कलात्मक अनुभूति नहीं है—बशर्ते कि वह सच्ची वास्तविक अनुभूति हो, छद्‌मजाल न हो। यह बिलकुल सही है कि कलाकार की प्रकृति राजनीतिज्ञ या दार्शनिक प्रकृति नहीं है। वह राजनीतिक क्षेत्र में भी जिन आदर्शों को लेकर जाता है, वे आदर्श हृदय के अपरिसीम विस्तार के आवेश से सम्बद्ध होने के कारण उस कलाकार के लिए तो कलात्मक ही हैं। वह राजनीतिक कौशल प्राप्त करने के लिए राजनीति में नहीं जाता, पद-प्राप्ति के लिए या कीर्ति के लिए भी वह वहाँ नहीं जाता; वरन् मानव-जीवन के एक क्षेत्र में भीगने, रस लेने, ज्ञान-दीप्ति प्राप्त करने और उसे उत्तमतर बनाने और उचित दिशा में परिवर्तित करने के लिए वहाँ जाता है। इस विशेष अर्थ में, उसके लिए राजनीतिक आदर्श, कलात्मक ही है। यदि वह दर्शन के क्षेत्र में भी जाता है, तो इसलिए नहीं कि वह पूर्व-प्राप्त दर्शनों की काट-छाँट कर एक नई पद्धति चलाए, वरन् इसलिए कि उसे अपनी और दूसरों की जिन्दगी का एक बड़ा डिफेन्स मिल सके। हाँ, यह सम्भव है कि इस बीच लगे-हाथ वह अपना एक नया वाद भी चला दे, लेकिन वह तो अनायास ही होता है। सच तो यह है कि उसकी दार्शनिक वृत्ति जीवन की अधिकाधिक उच्चतर परिणति के लिए होती है। हाँ, यह बात अलग है कि वह जिसे उच्चतर कहता हो, वह वस्तुत: उच्चतर न हो। संक्षेप में, कलाकार के दार्शनिक प्रयत्न, वस्तुत: कलात्मक प्रयत्न ही हैं।

हमारे यहाँ कुछ ऐसे महामनीषी भी हैं, जो लेखक को हृदय के द्रवण से संलग्न कल्पना की दीप्ति के क्षण से बाँध रखना चाहते हैं। वे उसे केवल उस क्षण में ही कलाकार समझते हैं। वे यह नहीं समझते कि कलाकार का व्यक्तित्व धीरे-धीरे बढ़ता है, कि कलाकार के व्यक्तित्व-निर्माण की भी समस्याएँ होती हैं। और वे समस्याएँ

और कलात्मक चेतना इसी जीवन में विकसित होती है। वे यह नहीं समझना चाहते कि वास्तविक कलाकार की हालत यह है कि उसके कलाकार की हैसियत उससे कहीं भी नहीं छूटती—कार्यालय में भी नहीं, चूल्हा फूँकते वक्त भी नहीं, लकड़ी चीरते वक्त भी नहीं, अस्पताल से दवाई लाते वक्त भी नहीं, पिताजी के पैर दाबते समय भी नहीं, कर्ज देनेवाले पठान के सामने भी नहीं, बालक के जन्म के समय भी नहीं, श्मशान-यात्रा में भी नहीं, प्रेताग्नि में लकड़ी डालते वक्त भी नहीं। कलाकार की वह छाया, वह व्यक्तित्व, वह हैसियत, उसके साथ-साथ लगी हुई है, वह हर जगह हर मौके पर है। हाँ, यह हो सकता है कि कहीं वह अधिक तीव्र और उद्दीप्त होगी, कहीं अल्प और मन्द! पाँच बजकर एक मिनट पर कम तेज और पाँच बजकर दस मिनट पर ज्यादा तेज। संक्षेप में, कलाकार का एक सच्चा वास्तविक मनोमय जीवन होता है, जो उसके साथ-साथ चलता रहता है, चाहे वह जहाँ जाए, जहाँ रहे। मुश्किल यह है कि बहुत-से लेखक ऐसे होते हैं जिनका यह मनोमय जीवन बहुत छिछला, सतही, क्षणभंगुर और संक्षिप्त होता है। हाँ, यह सम्भव है कि छन्द, भाव और भाषा पर उनका अधिकार होने के कारण ऐसे कलाकार, जिनके पास जीवन की सामग्री वस्तुतः अल्प है, सुन्दर-सुन्दर चित्राकृतियाँ प्रस्तुत करके और उनकी पब्लिसिटी करके अमरता के अधिकारी हो जाएँ। इस प्रकार की घटना साहित्यिकों तथा प्रकाशकों के समाज की वस्तुस्थिति पर निर्भर रहती है, युग की विशेषताओं पर निर्भर रहती है। चूँकि वह हमारा मूल विषय नहीं है, इसलिए उसके सम्बन्ध में हम चुप रहेंगे। हम तो सिर्फ यह कहना चाहते हैं कि मनोमय जीवन का यह जो दूसरा स्तर है, वह कलाकार के लिए न केवल महत्त्वपूर्ण है, वरन् सच्चे कलाकारों के लिए वह अत्यन्त स्वाभाविक ही होता है। इसी दूसरे स्तर के मनोमय जीवन के अन्तर्गत न मालूम कितने ही प्रकार की समस्याएँ उसके हृदय को स्पर्श करती रहती हैं, न जाने कितने ही उच्च जीवन-चित्र उसे भीतर से प्रेरित करते हैं। साथ ही, नये-नये जीवन-क्षेत्रों के अनुभव प्राप्त करने की, प्राप्ति करते रहने की, उसे इच्छा होती है।

साधारणतः, यह देखा गया है कि हमारा लेखक प्रारम्भिक प्रयत्नों के अनन्तर, प्राप्त हुई आपेक्षिक ख्याति के उपरान्त, आर्थिक सुसज्जता, ऊपरी पॉलिश और अच्छी जिन्दगी बसर करने की ओर प्रवृत्त होकर, ऊँचे प्रकाशकों, ऊपरी अधिकारियों, श्रेष्ठ सम्पर्कों और शक्तिशाली तत्त्वों से गाढ़ संसर्गों को प्राप्त करने के लिए छटपटाता रहता है। यही वह आधार-भूमि है जहाँ वह वैयक्तिक स्वातंत्र्य का प्रयोग करता है। इस प्रकार के जीवन में उसे अनेक प्रकार की सफलताएँ और असफलाएँ होती हैं। यही नहीं, जो संसर्ग और सम्पर्क प्राप्त होते हैं, वे इतने प्रगाढ़ और आत्मीय नहीं हो पाते कि मन की तृप्ति हो। मन को न केवल प्रेम चाहिए, उसे एक ऐसी दिशा भी चाहिए कि जिस ओर वह जिन्दगी मोड़ सके। बस, यही नहीं हो पाता, वह दिशा नहीं मिल पाती। फलतः, उन संसर्गों और सम्पर्कों को बनाये रखने के लिए, श्रेष्ठों

और उत्तमों की बैठक में आने-जाने के लिए, उनमें से एक बनने के लिए, वह चाहे जो करता है। हिन्दी के साहित्य-क्षेत्र में, एक लम्बे अर्से से दो विशेष वर्ग काम करते आ रहे हैं। एक को हम कहेंगे सुसम्पन्न उच्च-मध्यवर्ग, और दूसरे को हम कहेंगे गरीब निम्न-मध्यवर्ग। इस सुसम्पन्न मध्यवर्ग ने हिन्दी साहित्य में बहुत-कुछ काम किया है। पन्त, प्रसाद आदि इसी सुसम्पन्न मध्यवर्ग की प्रगाढ़ छाया-माया के एक अंग थे। किन्तु प्रेमचन्द नहीं। प्रेमचन्द और नन्ददुलारे वाजपेयी के बीच जो विवाद चल पड़ा था, वस्तुतः वह दो विपरीत प्रवृत्तियों, दो विपरीत रुखों, दो विपरीत रवैयों, दो प्रतिकूल दृष्टिकोणों की आपसी लड़ाई थी। नन्ददुलारे वाजपेयी और प्रेमचन्द की मुठभेड़ विचारधारागत थी। प्रेमचन्द की जनतांत्रिक मनोधारा भारतीय संस्कृति के सौन्दर्यलोक में पलनेवाले आध्यात्मिक माया-स्वप्नों से अनुस्यूत कलावाद से टकरा जाती थी। वाजपेयी और प्रेमचन्द का झगड़ा आकस्मिक नहीं था। वह प्राकृतिक और अनिवार्य था।

किन्तु आज के हमारे निम्न-मध्यवर्गीय लेखक लोग, अपने ही दरिद्र बन्धु-बान्धवों को तलाक देकर, उनके अपने वर्ग का त्याग करने के लिए उत्सुक रहते हैं। वे शीघ्रातिशीघ्र एरिस्टोक्रेटिक पश्चिमीकृत संस्करण बनाना चाहते हैं। यह हाल, खास तौर से, बड़े शहरों के निम्न-मध्यवर्गीयों का है। वे अपनी आधार-भूमि को छोड़कर परायी आधार-भूमि पर स्थित होना चाहते हैं। उच्च-मध्यवर्गीयों की जीवन-प्रणाली के प्रति उनके अन्तःकरण में लोभ-लालसा जगती रहती है। आश्चर्य की बात है कि बहुतेरे ख्यातिप्राप्त प्रगतिशील, लेकिन एक जमाने के निम्न-मध्यवर्गीय, लेखकों ने भी वही एरिस्टोक्रेटिक जिन्दगी अपना ली है। उन्होंने अपने वर्ग का त्याग कर दिया है। इस अभिशाप से कोई बचा नहीं है। ऐसी हालत में, उनकी प्रगतिशील भावधारा, केवल देव-पूजा की भाँति, आध्यात्मिक और कृत्रिम हो जाती है—भले ही वे अपनी शब्द-क्रीड़ाओं में प्रगतिशील भावना का दीपक जगाएँ। उन्होंने अपने ही वर्ग की जनता का त्याग कर दिया है। यही कारण है कि उनकी प्रगतिशील भावधारा यांत्रिक है, कृत्रिम है, देव-पूजा के मंत्रों के समान है। उनके अपने साहित्य में निम्न-मध्यवर्ग का चित्रण होते हुए भी उसमें जान नहीं है।

ऐसी स्थिति में यदि निम्न-मध्यवर्ग के अन्य लेखक, ऊँचे एरिस्टोक्रेटिक जीवन के मायाजाल में फँसकर, लोभ-लालसा, ईर्ष्या और द्वेष के आवेग में जलकर, उसी उच्च-मध्यवर्गीय साहित्याभिरुचि, मनोवृत्ति, भावधारा आदि को अपनाकर, अन्तःकरण के नाम पर, हृदय के नाम पर, कला के नाम पर, अन्तःकरण हृदय और कला ही को काट-छाँटकर फेंक दें, तो इसमें आश्चर्य ही क्या है!

[सम्भावित रचनाकाल : 1959-64, नये साहित्य का सौन्दर्यशास्त्र में संकलित]

अन्तरात्मा और पक्षधरता

पक्षधरता का प्रश्न हमारी आत्मा का, हमारी अन्तरात्मा का प्रश्न है। मैं उस आत्मा का, उस अन्तरात्मा का पक्षधर हूँ और चूँकि मेरी अन्तरात्मा की हलचल और बेचैनी आपकी अन्तरात्मा की हलचल और बेचैनी से मिलती-जुलती है, इसलिए जहाँ तक अन्तरात्मा का प्रश्न है, मैं आपका भी पक्षधर हूँ, और आप मेरे भी पक्षधर हैं। और चूँकि हम-आप-जैसे अन्तरात्मावाले बहुत-से लोग इस संसार में हैं, इसलिए हम सब उन सबके और वे सब हम सबके पक्षधर हैं, चाहे वे हिन्दी-क्षेत्र के हों, या अन्य भाषा-क्षेत्र के, भारत-भूमि के हों, या उसके बाहर के। संक्षेप में, हम सब एक प्रवृत्ति हैं, एक धारा हैं—भावधारा, विचारधारा, जीवनधारा—और हम सब उसी धारा के अंग हैं। और हम इस धारा के पक्षधर हैं। और हम बिना इस पक्षधरता के अपने आप को अपूर्ण, मूल्यहीन और निरर्थक पाते हैं।

क्या हमारी यह पक्षधरता गलत है? पक्षधर होने की हमारी यह खुली प्रवृत्ति गलत है? अपनी अन्तरात्मा का और अपनी-जैसी अनगिनत अन्तरात्माओं का, पक्षधर होना गलत है? जवाब साफ है। नहीं, बिलकुल नहीं। हम अपनी अन्तरात्मा की और अपनी-जैसी अन्य अन्तरात्माओं की पक्षधरता और मजबूत बनाएँगे। इस धारा को दृढ़ करेंगे, विस्तृत करेंगे। और अगर विपक्षी हमारी इस धारा पर हँसते हैं, धिक्कारते हैं, चिड़चिड़ाते हैं, तो उन्हें हँसने दो या खीजने दो, क्योंकि वे वे हैं, हम हम हैं।

एकदम यह सही है कि हमारी अन्तरात्मा जो कुछ हमें कहती है, उसके अनुसार हम चल नहीं पाते, कर नहीं पाते, वैसा साहित्य-सृजन नहीं कर पाते। और इसीलिए तो अन्तरात्मा है जो यह कहती है कि बेवकूफ, तुम यहाँ चूक गए!

हाँ, यह सही है कि अन्तरात्मा जिन भाव-समुदायों को, जिस भावधारा को, जिस विचारधारा को लेकर चल रही है, उसमें ज्ञान के प्रकाश के साथ ही साथ अज्ञान और पूर्वग्रहों का अनजाना अन्धकार भी हो सकता है। हाँ, यह सही है कि अज्ञान और अर्द्ध-ज्ञान के, पूर्वग्रहों के, दुराग्रहों के, अन्धकार की ओर न देखते हुए, मैं अपने प्रतिपक्षी के उन सशक्त तर्कों और प्रचंड युक्तियों, उसके अपने सत्यांशों, को उपेक्षा भरी दृष्टि से देखता होऊँ। हाँ, यह सही है कि मैं अपने आवेग में, सत्य

के नाम पर आत्मबद्ध दृष्टि ही को यथार्थ दर्शन समझते हुए, जूझ जाता हूँगा। यह सब सही हो सकता है। यह सब सही है।

किन्तु केवल इतना ही सही नहीं है। यह भी सही है कि मेरी अन्तरात्मा ने जीवन-यात्रा में जिन लक्ष्यों और भाव-दृष्टियों को प्राप्त किया है, जिस भावधारा का विकास किया है, उसमें महत्त्वपूर्ण सच्चाइयाँ भी हैं। उस अन्तरात्मा ने जिन विशेष आग्रहों का विकास किया है, वे उसके लक्ष्यों से प्रसूत आग्रह हैं। वे प्रयोजन हैं। वे अन्तरात्मा के संवेदनात्मक उद्देश्य हैं, वे कर्म-प्रक्रिया के लक्ष्य हैं—चाहे वह कर्म-प्रक्रिया कलाकार कर्म ही क्यों न हो। उन उद्देश्यों और प्रयोजनों, उनसे प्रसूत आग्रहों और अनुरोधों से, मैं तटस्थ नहीं हूँ। मैं अपनी अन्तरात्मा का पक्षधर हूँ, और अपने जैसे अन्यों की अन्तरात्माओं का भी पक्षधर हूँ। इसलिए, आप-ही-आप, मेरे अनजाने मेरा अपना एक शिविर बन जाता है, चाहे मैं उसे शिविर कहूँ या न कहूँ, भले ही मैं उस शिविर के सदस्यों के भौतिक अस्तित्व से अपरिचित रहूँ। इसलिए मैं यह लेकर चलता हूँ कि मेरे-जैसे न मालूम कितने ही लोग हैं, जो मित्र हैं, सम्भाव्य मित्र हैं। मैं उन्हें नहीं जानता—शायद उन सबको जानना सम्भव नहीं है। उसी प्रकार, मैं यह भी जानता हूँ कि जिस प्रकार मैं अपने अनजाने शिविर बन जाता हूँ, या एक शिविर का सदस्य अपने जाने-अनजाने हो जाता हूँ, उसी प्रकार दूसरे लोग भी अपने जाने-अनजाने अन्य शिविरों के सदस्य बन जाते हैं, और मुझे मुक्तिबोध के नाम से न पहचानकर उस शिविर के एक सदस्य के नाम से पहचानते हैं। और इस प्रकार, मैं अपने जाने-अनजाने स्वयं कुछ न करते हुए भी, उनके विरुद्ध कुछ भी न करते हुए भी, उनके प्रतिकूल भाव का, उनकी कोप-दृष्टि का, उनके विरोध-कार्य का, शिकार बन जाता हूँ। मेरे जाने-अनजाने ही वे मेरे विरोधी और शत्रु बन जाते हैं।

यह द्वंद्व एक वास्तविकता है। उससे छुटकारा नहीं। हाँ, यह सही है कि द्वंद्व का क्षेत्र और धरातल का जानना एकदम जरूरी है, क्योंकि उसका रूप, उसकी प्रक्रिया, विभिन्न स्थिति-दशाओं में विभिन्न प्रसंगों में भिन्न-भिन्न होते हुए भी, उसकी मूल सामान्य विशेषताएँ क्षेत्र और धरातल के अनुसार ही बनती हैं।

और इस द्वंद्व-स्थिति में पड़कर ही (पड़ना ही पड़ता है) हमें मालूम हो जाता है कि हमारे प्रतिपक्षी ने बहुत-बहुत सही बातें कही हैं, तो उसका प्रयोजन क्या है, उन सही-सही बातों का उसने जो उपयोग किया है तो कौन-सी स्थिति की स्थापना के लिए?

और अगर मैं पहचान जाऊँ कि उसने ये सही-सही, ये सच्ची-सच्ची बातें कही हैं, तो मैं उन्हें उठा लूँगा। जिस प्रकार यथार्थ का एक अंश मेरे सम्मुख खुला हुआ है, उसी प्रकार यथार्थ का एक अंश उसके सम्मुख भी खुला हुआ है।

सही है कि हमारे प्रयोजन और उद्देश्य—लक्ष्य भिन्न-भिन्न हैं। इसलिए वह अपने प्रयोजन के अनुसार एक विशेष कोण की ओर ही दृष्टिक्षेप करता है, जिस पर

मैंने अगर दृष्टिक्षेप किया भी था तो ध्यान नहीं दिया था, उस कोण-दृश्य को महत्त्व नहीं दिया था। इसलिए यथार्थ के कुछ अंश, जो उसके सामने खुले, मेरे सामने नहीं खुले थे। मैं अवश्य ही उसके सत्यांशों को स्वीकार कर लूँगा और अपने में मिला लूँगा। अपनी विचारधारा, भावधारा,अपनी भावदृष्टि में जो कमजोरियाँ, जो खाइयाँ और जो कँटीले अहाते हैं, उन्हें भरसक कम करने की कोशिश करता जाऊँगा।

कोई भी द्वंद्व हो—परिस्थिति ही से द्वंद्व क्यों न हो—उसमें पड़ने से (उसमें पड़ना ही पड़ता है) मनुष्य की यथार्थ चेतना बढ़ती ही है, यथार्थ का अधिकाधिक ज्ञान उसे होता जाता है।

किन्तु मैं इस बात की पूरी कोशिश करूँगा कि ये द्वंद्व झूठे द्वंद्व न हों। अपनी अहंबद्ध भेद-बुद्धि के कारण हम झूठे द्वंद्वों का सृजन कर लेते हैं। जो हमसे भिन्न है, वह केवल अन्य ही नहीं, वह विरोधी भी है, विपक्षी भी—यह मानकर चलने के लिए मैं तैयार नहीं।

अहंकार अपना एक इन्द्रजाल खड़ा करता है। तर्क और युक्ति, सही और आधी सही, बातों का एक अस्त्रागार उसके पास है। लेखक अपनी लेखनी से भी अपने अहंकार की तुष्टि करता है। वह खुद ही अपनी आँखों के सामने कैसा-कैसा अभिनय करता है, तन्मय होकर!

मैं इससे बचना चाहता हूँ, और पराजित हो जाने में ही अपना कल्याण समझता हूँ, क्योंकि पराजित हो जाने से ही तो कोई विजित हो नहीं सकता।

मनुष्य की बुद्धि इतनी कम है, यथार्थ का प्रसार इतना विस्तृत और उलझाव भरा है, कि केवल मेरी ज्ञान-प्रकिया ही से—केवल मेरी ही अपनी ज्ञान-प्रक्रिया में सीमित रहने से—मैं उसका सर्वाश्लेषी आकलन नहीं कर सकता। इसलिए मैं चाहता हूँ, ज्ञान-परम्परा, भाव-परम्परा और उसको धारण करनेवाला यह जो जगत् है, वह। मैं उसे चाहने लगता हूँ।

मैं इन्तजार करता हूँ और इन्तजार करने में विश्वास रखता हूँ। यह इन्तजार आलसियों का या भाग्यवादियों का इन्तजार नहीं है। प्रतीक्षा के इस काल में मनन चलता है, अपनी ही जीवनात्मक भावुक तथा बौद्धिक स्थितियों का यह मनन विभिन्न आत्म-संशोधनों को ले आता है।

किन्तु यह प्रतीक्षा है काहे की? इस बात की प्रतीक्षा है यह कि, सम्भव है, किसी देश में, अथवा अनेक देशों में, अथवा इस भारत-भूमि में ही, ऐसे लोग हैं जिनके सामने ठीक वे ही प्रश्न हैं जो मेरे सामने हैं। उनकी भी प्रवृत्ति ठीक वही है जो मेरी है। और उन्होंने अवश्य ही इन प्रश्नों पर सोचा होगा। शायद, मुझसे ज्यादा सोचा होगा। अधिक व्यापक होगा उनका सोच-विचार। सम्भव है, हाँ, सम्भव है! इसलिए आज नहीं तो कल, जो दृष्टि सामान्यत: गृहीत है, उसमें संशोधन होंगे। संशोधन अवश्यम्भावी हैं। वे एक ऐतिहासिक प्रक्रिया के अंग हैं। इसलिए मैं

ऐतिहासिक प्रक्रिया की, ज्ञान के क्षेत्र में भी, दृष्टि-विकास के क्षेत्र में, अनवरत क्रिया पर विश्वास रखता हूँ।

संक्षेप में, मेरी-जैसी अन्तरात्मावालों की, मेरी-जैसी प्रवृत्तिवालों की, एक परम्परा है। वह परम्परा-प्रक्रिया मेरे प्यारे देश में ही नहीं, अनगिनत देशों में है। मैं उस परम्परा-क्रिया का अंग हूँ, और अपनी परम्परा को ढूँढ़ता भी फिरता हूँ। दुख इसी बात का है कि मैं अंग्रेजी को छोड़ दूसरी विदेशी भाषा नहीं जानता, और हिन्दी और मराठी को छोड़ अन्य कोई भारतीय भाषा नहीं जानता। अकिंचन इतना हूँ कि हिन्दी की किताबें भी नहीं खरीद सकता। और लिखने के कागज जब ज्यादा खर्च हो जाते हैं, तब सोचता हूँ कि मैं कितना फिजूलखर्च हूँ। ऐसी स्थिति में मैं क्या अपनी परम्परा ढूँढूँगा?

किन्तु, हर समस्या का एक-न-एक समाधान है—चाहे अधूरा ही क्यों न सही। इसलिए, मैं अपने आस-पास के लोगों, अपने मित्रों, आत्म-सम्बन्धियों और अपने सहयोगियों तथा परिचितों में उसे ढूँढ़ने लगता हूँ।

और उनसे बहस छिड़ जाती है, या चर्चा हो जाती है, और बहुत बार धरित्री अपने रत्न उगल देती है। और मैं अपने प्रभाव में भी अत्यन्त सम्पन्न अनुभव करने लगता हूँ।

किन्तु देश-विदेश में हो रहे प्रयत्नों की सम्भावना की उपेक्षा मैं नहीं कर पाता। और इस तरह मेरी छाया पृथ्वी पर भटकती रहती है, भटकती रहती है।

'अन्त:करण का आयतन संक्षिप्त है' नामक मेरी एक कविता में (वह कृति मासिक पत्र में प्रकाशित हुई थी) मेरी इसी प्रवृत्ति का चित्रण है। मेरे अपने लेखे, उसमें एक लिरिसिज्म है, एक यथार्थप्रवण रूमानी किस्म की कल्पनाशीलता है, एक आवेश है, और अन्त में आत्मालोचन है।

इस प्रकार मैं द्वंद्व-स्थिति में पड़कर मैत्री ही प्राप्त करता हूँ।

हाँ, यह सही है कि मेरी-जैसी अन्तरात्मावाले लोग मुझे धिक्कार भी सकते हैं। मेरे ही शिविर में मेरी ही हत्या हो सकती है, वास्तविक तिरस्कार हो सकता है, हुआ है, होता रहा है, होता रहेगा—सम्भवत:।

क्या इतिहास में हमें ऐसे प्रसंग नहीं मिलते हैं? खूब मिलते हैं। औरंगजेब ने पहले दारा, मुराद और शुजा को खत्म किया, और घर को निष्कंटक करके बाहर चढ़ दौड़ा।

दारा और औरंगजेब की यह जोड़ी आपको हर जगह मिलेगी। अमरीका में भी, रूस में भी, साम्यवादी जगत् में भी, पूँजीवादी-साम्राज्यवादी दुनिया में भी। भारत में भी मिलती है।

दारा की हत्या की सम्भावना हमेशा रही है। हमेशा रहेगी। द्वंद्वात्मक स्थिति की गत्यात्मकता व्यक्ति-रक्षा नहीं करती, प्रवृत्ति-रक्षा सम्पन्न करती है। इसीलिए

दारा का जन्म बार-बार होगा, और वह अपना प्रभाव फैलाने के बाद बार-बार मारा जाएगा।

दारा प्रभावशील विद्वान् और भीगा हुआ राजकुमार था। मैं वह नहीं हूँ, बहुत-बहुत छोटा हूँ, जनसाधारण हूँ, अत्यन्त अल्प हूँ। इसलिए मैं बार-बार नहीं मरूँगा, एक बार मर जाऊँगा हमेशा के लिए, किसी के किये से नहीं, अपने किये।

फिर भी एक प्रश्न है, और वह यह कि मेरी अन्तरात्मा कहाँ तक विकसित है? स्वयं के अनन्यीकरण, इतरीकरण के साथ, मैं कहाँ तक जगत् के साथ, अनन्यीकरण और उसका स्वकीयीकरण कर सका हूँ? दूसरे शब्दों में, अपनी अन्तरात्मा के प्रयोजन को मैं कहाँ तक दृढ़ कर सका हूँ?

आत्मालोचन निःसन्देह आवश्यक है। जब तक हमारे कार्य तथा अनुभव-प्राप्त ज्ञान से सम्पादित आत्म-संशोधन अन्तरात्मा के प्रयोजनों को ही दृढ़ और बलवान करते हैं, तभी तक उनकी सार्थकता है। जब तक वे उन प्रयोजनों से प्रसूत हमारी भाव-परम्परा को विकसित और सम्पन्न करते हैं, तभी तक उनका उपयोग है। यह कहना महत्त्वपूर्ण इसलिए है कि मनुष्य कभी-कभी अपने ही बनाये जाल में फँस जाता है, और अपनी अन्तरात्मा के प्रयोजनों के मार्ग से वह हट जाता है। ऐसे व्यक्ति का सारा अनुभवात्मक ज्ञान और दृष्टि, प्रयोजनहीन होने के कारण, केवल व्यर्थ का भार ही नहीं बन जाती, वरन् उसे तरह-तरह के समझौतों के मार्ग पर आगे बढ़ाती है। और ये समझौते, क्रमशः उसके व्यक्तित्व को नपुसंक, और गुप्त तथा प्रकट रूप से निराशावादी या भाग्यवादी, बना देते हैं। वह अपने खुद के रास्ते से हट जाता है।

निःसन्देह, यह प्रश्न उठता है कि मेरी अन्तरात्मा कहाँ तक विकसित है?

इस प्रश्न का उत्तर मैं इस तरह देता हूँ। मेरे जीवन ने इस जगत् में अब तक जो यात्रा की है, वह प्रयोजनहीन नहीं की है। मैंने अपने अनुसार कुछ हद तक परिस्थिति को बनाया और बिगाड़ा है। इस जीवन-यात्रा में अभ्यन्तर की एक पुकार रही है। नवयौवनावस्था के पूर्व से ही, मेरे प्रयोजन प्राप्त और विकसित होते गए, और उन्हीं के अनुसार मैंने अपनी भावधारा विकसित की। यह भावधारा अन्तर्निहित है।

ये प्रयोजन मेरे निजत्व के मूल चक्र हैं। वे प्रयोजन क्या हैं?

घर में, परिवार में, समाज में, मनुष्य को मानवोचित जीवन प्राप्त हो। आर्थिक तुला के आधार पर, घर में, परिवार में, समाज में, मनुष्य के मूल्य को न आँका जाए। मनुष्य अपनी और अपने परिवार की अस्तित्व-रक्षा के आर्थिक-भौतिक-संघर्ष और तत्सम्बन्धी चिन्ताओं से छूटकर, निर्माण और सृजन के कार्य में लगकर समाज की उन्नति और प्रगति में योग दे, तथा उसको अपने निजत्व के विकास के अवसर प्राप्त हों—सबको समान रूप से। आर्थिक उत्पीड़न और शोषणमूलक यह जो भयानक पूँजीवादी समाज-व्यवस्था है, वह हमेशा के लिए समाप्त हो। और उत्पादन तथा श्रम के समस्त माध्यमों तथा साधनों पर पूरे समाज का अधिकार हो।

किसी को भी किसी का व्यक्ति-स्वातंत्र्य खरीदने का अधिकार नहीं हो, न बेचने का। व्यक्ति-स्वातंत्र्य को रहन न रखा जाए, न कोई किसी को रहन रखने दे। किन्तु जो व्यक्ति-स्वातंत्र्य समाजवाद और जनतंत्र के समन्वय में बाधक हो, या इन दोनों में से किसी एक का भी उत्सर्ग करने के लिए उत्सुक हो, उस व्यक्ति-स्वातंत्र्य को पूरा समाज सार्वजनिक रूप से निन्दित और तिरस्कृत करे। समाजवाद जनता की, जनसाधारण की, मुक्ति का राजपथ है। और इसीलिए उसकी मूल आत्मा जनतांत्रिक है। कैसे जनसाधारण? वे कि जिन्होंने शोषण और उत्पीड़न की जंजीरों को अपने संगठित कार्यों द्वारा तोड़ दिया है, समाज उनकी आर्थिक और पारिवारिक स्थिति की सुरक्षा की गारंटी लेता है। उनके बाल-बच्चों की शिक्षा तथा चिकित्सा और जीविका-कार्य की गारंटी लेकर, उनके शारीरिक, मानसिक और चारित्रिक गुणों के उत्कर्ष के कार्य को सिद्ध करता है। और बढ़ते हुए सामूहिक उत्पादन की प्रणाली के आधार पर उनके जीवन-स्तर को क्रमश: विकसित करता जाता है। मेरे-जैसे कोटिश: अकिंचनों और अरक्षित जीवनवालों की मुक्ति का रास्ता है। समाजवाद की मूल आत्मा जनतांत्रिक है। जनतांत्रिक संस्थाओं और जनतांत्रिक विधि-नियमों से उसे निबद्ध किया जा चुका है, किया जा सकता है। पोलैंड और यूगोस्लाविया तथा अन्योन्य देश इस जनतंत्र के उदाहरण हैं।

जी हाँ, वहाँ समाजवादी समाज-रचना को पलटकर फिर से पूँजीवादी समाज-व्यवस्था को लानेवाली शक्तियों को स्वातंत्र्य नहीं है।

मनुष्य में एक बहुत बड़ी शक्ति है—विकृत करने की शक्ति। व्यापक सामाजिक प्रभाव रखनेवाले मार्गों और उनके प्रवर्तकों के विचारों को विकृत रूप में रखकर, उस विकृत रूप का सच्चाई के नाम पर प्रचार किया गया है—चाहे वह बौद्ध धर्म हो या ईसाई मत, या वह कोई अन्य भारतीय और अभारतीय धर्म हो। एक विशेष अनुकूल परिस्थिति पाकर, विकारकर्ता अपनी एतत्सम्बन्धी विकृतियों को फैलाते हैं।

इन विकृतियों को जन-चेतना द्वारा ही दूर किया जा सकता है। शिक्षित, सुसंस्कृत, आत्मगौरवपूर्ण मानव (व्यक्ति नहीं), मनुष्य, ऐसा मनुष्य जो समाज में तद्गत हो गया हो, जिसने समाज का स्वकीयीकरण कर लिया हो, उसका परकीयीकरण—इतरीकरण—न किया हो—ऐसा मुनष्य ही अपने सामाजिक प्रभाव और सामूहिक कार्यों से उन विकृतियों को रोक सकता है। समाजवाद का विकृतीकरण हो सकता है, हुआ है और भविष्य में भी सम्भव है।

ऐसा क्यों? इसलिए कि वहाँ भी द्वंद्व-स्थिति है। इस द्वंद्व-स्थिति से छुटकारा नहीं। अन्तर केवल यह है कि मनुष्य ने मानव-परिस्थिति पर अब तक जो-जो और जितनी-जितनी विजय पाई है, उसके उच्चतम स्तर पर चल रही वह द्वंद्व-स्थिति है। आदिम कबीलोंवाली सभ्यता के द्वंद्व से, दास सभ्यतावाले द्वंद्व से, सामन्ती सभ्यता में चल रहे द्वंद्व से, पूँजीवादी-औद्योगिक स्थिति में चल रहा द्वंद्व जिस सभ्यता-स्तर

का द्वंद्व है, वह सभ्यता-स्तर पूर्वतर सभ्यता-स्तरों से अधिक विकसित इस अर्थ में है कि मनुष्य ने अपनी परिस्थितियों पर पूर्वतर सभ्यतावाले स्तर के मनुष्य की अपेक्षा अधिक विजय पाई है।

द्वंद्व-स्थिति में होता यह है कि किसी एक विशेष पक्ष (पहलू) पर या उसके किसी एक विशेष कोण पर ही अधिक दृष्टिक्षेप होता है, और शेष पक्षों पर या शेष कोणों पर केवल एक सामान्य दृष्टि, सरसरी नजर ही डाली जाती है। इसका कारण यह है [कि] यह द्वंद्व-स्थिति मानव-जगत् की द्वंद्व-स्थिति होने से, द्वंद्व करनेवाले विशिष्ट प्रयोजनों से उन दृष्टियों का सम्बन्ध होता है। ज्ञान प्रयोजनों से सीमित और परिसीमित होता है। परिणामत:, द्वंद्व-स्थिति बदलते ही हमें अपने बौद्धिक उपादानों अर्थात् सिद्धान्तों में आवश्यक संशोधन करना पड़ता है। यथार्थ के निकटतम पहुँचने के लिए, प्रयोजन के अनुसार उसमें उचित और आवश्यक दिशा में परिवर्तन करने के लिए, हमें अपनी चेतना में भी यथार्थानुगत संशोधन करना पड़ता है। इसीलिए अनवरत अध्ययन, अनुसन्धान और प्रयोग की आवश्यकता होती है।

हाँ, यह सही है कि प्रयोगों में गलती हो सकती है। भूलें हो सकती हैं। किन्तु उसके बिना चारा नहीं है। यह भी सही है कि कुछ लोग अपने प्रयोगों से इतने मोहबद्ध होते हैं कि वे उसमें हुई भूलों से इनकार करके उन्हीं भूलों को जारी रखना चाहते हैं। वे अपनी भूलों से सीखना नहीं चाहते। अत: वे जड़वादी हो जाते हैं।

जड़वाद कई तरह से प्रकट होता है। वह अध्यात्म का जामा पहनकर आता है और भौतिकवाद का भी। व्यक्तित्व और ज्ञान नया कुछ सीखने से इनकार कर देता है। परिणामत:, उसमें ह्रास के लक्षण अधिकाधिक होते जाते हैं। महापुरुषों और दिग्गजों का, काव्य-प्रवृत्तियों का, विचारधाराओं का, क्रमश: ह्रास हमें इसी तरह से देखने में आता है। उनकी जमीन खिसकने लगती है। वे इतने ऊँचे हो जाते हैं कि जमीन खिसकते-खिसकते वे सिर्फ आसमान में लटक जाते हैं। विगतकाल में कमाई हुई अपनी पूँजी का वे केवल यश और प्रभाव-रूपी ब्याज खाते रहते हैं। ऐसे न मालूम कितने ही मृत ज्वालामुखी हमें जीवन-क्षेत्र में दिखाई देते हैं, जो अभी भी बड़े ऊँचे और प्रभावशाली बनकर क्षितिज सीमान्तों पर तने हुए हैं।

किन्तु इसका अर्थ यह नहीं कि प्रयोग और अनुसन्धान के नाम पर अब तक मानव-जाति को प्राप्त हुए ज्ञान का, अर्थात् सिद्धान्त-व्यवस्था को अस्वीकार किया जाए। इसका अर्थ यह नहीं है कि प्रयोग के नाम पर यथार्थ-संगत कल्पनाओं और धारणाओं, सिद्धान्तों को, समाप्त कर दिया जाए। इसका अर्थ यह है कि बदली हुई परिस्थिति में परिवर्तित यथार्थ के नये रूपों का, उनके पूरे अन्त:सम्बन्धों के साथ, अनुशीलन किया जाए, उनको हृदयंगम किया जाए। चेतना को अधिकाधिक यथार्थ-संगत बनाने के लिए अतिशय संवेदनशील, जिज्ञासु तथा आत्म-निरपेक्ष मन की आवश्यकता होती है।

चूँकि यथार्थ गतिशील है, इसलिए उसके गति-नियमों का अनुशीलन करना आवश्यक है। नव-नवीन उन्मेषों में व्यक्त यथार्थ से विमुख रहकर, या उसकी उपेक्षा करते हुए, अथवा उसका निरादर करते हुए, पुराने सिद्धान्तों की व्याख्या तथा पुनर्व्याख्या द्वारा उसे निन्दित करना मुझे अवैज्ञानिक और अनुचित मालूम होता है।

ये सिद्धान्त निःसन्देह किसी काल में किसी यथार्थ के किन्हीं विगत रूपों से, अथवा उसके आंशिक आकलन में उद्घाटित किन्हीं पक्षों से, सम्बन्ध, संगति और सामंजस्य रखते थे। तभी वे उन विशेष सामान्यीकरणों को धारण कर सके, कि जो सामान्यीकरण गत काल में उद्घाटित तथ्यों के सामान्यीकरण थे। तात्पर्य यह कि, एक ओर, विचार और बुद्धि को क्रियाशील करके, हम यदि केवल आंशिक सत्यों का उच्चार और पुनरुच्चार करते रहें, तो इस कार्यवाही से हम भले ही अपनी अन्तरात्मा को तृप्त कर लेने का क्षण प्राप्त कर लें, किन्तु यह सत्य है कि ऐसी पिछड़ी हुई और असंस्कृत अन्तरात्माएँ यथार्थ से अपनी दूरी को और बढ़ाते हुए केवल भूतपूर्व ज्वालामुखी रूप में ही रह सकेंगी। सम्भव है कि उनके आकार-प्रकार का अभी भी प्रभाव हो, किन्तु वे वह कम्प नहीं पैदा कर सकतीं, जिनसे मनुष्य के हृदय की जड़ता और स्तब्धता समाप्त हो जाए और वह यथार्थ को अपने अनुकूल बनाने के कार्य में जुट जाए। दूसरे शब्दों में, चेतना में जब तक अधिकाधिक यथार्थ-संगति उत्पन्न नहीं होती, अर्थात् हम अपने आप में संशोधन-परिवर्तन नहीं करते, खुद की ही काट-छाँट नहीं करते जाते, तब तक केवल उच्च आदर्शों के शंखों को बजाने से, उन शंख-ध्वनियों से न अपने हृदय का जागरण होगा, और न यथार्थ का आकलन ही।

दूसरे शब्दों में, अन्तरात्मा का प्रश्न, अपनी जीवन-यात्रा में विकसित तथा अर्जित, उस मूलभूत यथार्थ-बोध तथा मानव-मूल्यों की तत्पर क्रियाशीलता से लगा हुआ है कि जिस मूलभूत यथार्थ-बोध के बिना, और उन मानव-मूल्यों के बिना, हम अपने आप को एक ही साथ विश्व-चेतन और आत्म-चेतन नहीं कह सकते।

अब अन्त में मैं अपने मन के रहस्य को खोलकर इस प्रबन्ध से छुटकारा चाहता हूँ।

वह इस प्रकार है :

क्या मैंने या किसी भी कवि ने, आज के बदलते हुए जमाने के संघर्षमय वात्याचक्रों के वातावरण में, अनेक प्रकार की भावधाराओं की टकराहट के बीच अपने मन और आत्मा की—अन्तरात्मा की भी—सम्पूर्ण अभिव्यक्ति अथवा महत्त्वपूर्ण अभिव्यक्ति अपने साहित्य में की है? क्या वह वैसा कर सकता है?

इसका उत्तर मैं नितान्त वैयक्तिक धरातल पर देना चाहता हूँ। यह एक विख्यात सत्य है कि कलात्मक अभिव्यक्ति श्रमसाध्य है। भाव, तथा उसको प्रकट करनेवाली बहिरन्तर सामंजस्यपूर्ण काव्य-भाषा, इन दोनों का योग धीरे-धीरे ही सिद्ध

होता है। लेखक अपने एकान्त में उसे साधने का प्रयत्न करता है। किन्तु उसके बहुत से प्रयत्न यों ही असफल हो जाते हैं, और इसलिए वे कभी भी प्रकाश में नहीं आ पाते। दूसरे शब्दों में, लेखक अपने मन तथा जीवन की विभिन्न स्थितियों का प्रकटीकरण करता है। किन्तु उसके अपने जीवन की स्थिति-परिस्थितियों के फलस्वरूप, उसकी जीवन-दशाओं के परिणामस्वरूप, पुनः-पुनः उत्पन्न होनेवाले जो भाव-प्रसंग उपस्थित होते हैं, और चले चलते हैं, उन्हीं की अभिव्यक्ति का अभ्यास, और उन्हीं की अभिव्यक्ति पद्धति का विकास, उसके द्वारा होता जाता है। परिणामतः, उसके मन के अन्य भाव तथा संवेदनाएँ काव्य में अप्रकट, किंचित् प्रकट, या अल्प-प्रकट रह जाती हैं, यद्यपि उसकी भाव-दृष्टि द्वारा हमें यह मालूम हो जाता है कि उसका रुझान किस तरफ है।

इस बात को यों भी लिया जा सकता है। मान लीजिए, किसी कवि की कुछ मूल आध्यात्मिक या राजनीतिक प्रेरणापूर्ण मानवीय आस्थाएँ हैं। किन्तु जहाँ वह ये आस्थाएँ प्रकट करने लगता है, वहाँ उसकी अभिव्यक्ति श्रीहीन हो जाती है, अथवा वह स्वयं उन आस्थाओं को—वास्तविक जीवन में संवेदन प्रदान करनेवाली अत्यन्त अनुभूत आस्थाओं को—बौद्धिक रूप में रखता-सा प्रतीत होकर, उन आस्थाओं से इतर जो भाव है, उनका ही प्रभावशील अंकन करता है।

ऐसी स्थिति में साधारण रूप से कहा यह जाता है कि उसके बौद्धिक जगत् का अंग हैं वे आस्थाएँ। लेखक अभी तक उनसे अनुप्राणित नहीं है।

किन्तु यह दृश्य हमें दिखाई देता है कि मनुष्य अपनी कमजोरियों का शिकार रहना पसन्द करता है। इन कारणों से (ऐसे ही अन्य कारणों से, जैसे—सम्पन्न जीवन-यापन करने को उच्चवर्गीय आभिजात्य की भावनाएँ, अहंकार, इत्यादि) मनुष्य अपने भीतर ही, एक ओर, वास्तविक मूल्य-भावना (या आदर्श-भावना अथवा आस्थाः) तथा, दूसरी ओर, मन की इतर वृत्तियाँ—इन दो के बीच फासले खड़े कर लेता है। भीतर-भीतर जहाँ इस तरह के फासले खड़े हो जाते हैं, वहाँ मन आदर्शों की घोषणा नहीं करता है—यह बात नहीं है। यह प्रकट रूप से, सामाजिक रूप से, उनकी दुहाई भी देता है। किन्तु असल में, ये लोग खुद से हारे हुए होते हैं। और भीतर की इस हार का नतीजा ठीक वही होता है जो उन तमाम फासलों का नतीजा है, जो हम भाइयों-भाइयों के बीच खड़े कर रखते हैं।

हाँ, यह सही है कि कुछ फासले हमें अपने वर्गीय जीवन से प्राप्त होते हैं। तॉल्स्तॉय और किसान—इन दो के बीच बेशक फासले थे, लेकिन वह उन्हें दूर करने की कोशिश करता है। बाकी जो हम-सरीखे हैं, वे इन फासलों को, सम्भवतः आत्मगौरव का रूप समझते हैं, या क्या, यह मैं नहीं जानता। मैं तो एक बात समझता हूँ, और वह यह कि समाज हमें संस्कार-रूप में और भाव-रूप में, अवश्य ही, उच्च मूल्य-भावनाएँ प्रदान करता है। हम उनसे प्रेरित भी होते हैं। किन्तु

बीच ही में व्यवधान आ जाते हैं, और ये व्यवधान हमारी इच्छा-वृत्तियों से उत्पन्न होते हैं। इन इच्छा-वृत्तियों में अहंकार की तृष्टि भी सम्मिलित है। इन सारे कारणों से, एक ओर मूल्य-भावना या आस्था, अर्थात् आदर्श-भावना, तथा दूसरी ओर, आकुल मन—इन दो के बीच खाई पड़ जाती है। आस्था का अस्तित्व—जो उस समय मन के कोने में कहीं पड़ा हुआ है, वह बौद्धिकता का परिणाम नहीं, वरन् आत्म-विभाजन का परिणाम है।

कहा जाता है कि इस युग में व्यक्तित्व का विकेन्द्रीकरण होता है। सच्चाई यह है कि आत्म-विभाजन और व्यक्तित्व का विकेन्द्रीकरण, व्यक्ति-मन पर परस्पर-विरोधी स्वरूप के बाहरी दबावों का भी परिणाम होता है।

यह कहना गलत है कि आदर्श-भावना या आस्था सृजनशील नहीं होती। उसका स्वरूप ही ऐसा होता है कि वह सृजनशील हो। अपनी आदर्श-भावनाओं या आस्थाओं के परिणामस्वरूप ही लोगबाग राजनीति के क्षेत्र में, बावजूद असफलताओं और कष्टों के बराबर बने रहते हैं। इन्हीं के परिणामस्वरूप लेखक अनेक कष्टों के बीच अपना कार्य बराबर किये जाता है।

सच तो यह है कि बौद्धिक आस्था नाम की कोई चीज नहीं है। यदि आस्था या आदर्श-भावना है, तो वह, अपनी तीव्रता या मन्दता के अनुसार, तीव्र या मन्द संघर्ष कराती है, सृजन कराती है। यह आवश्यक नहीं है कि यह सृजन कला के क्षेत्र में ही हो। वह वास्तविक कर्म-जीवन में भी सृजनशील होती है।

कला के अन्तर्गत आस्था या आदर्श-भावना अनुभवात्मक रूप से प्रकट होती है। वह संवेदनात्मक आत्म-चिन्तन या विश्व-चिन्तन के रूप में व्यक्त होती है। वह मनुष्य के मनोमय जीवन का अंग है। वह प्रयोगवादी तथा नई कविता के क्षेत्र में भी अनेक स्थानों पर देखी जा सकती है।

किन्तु प्रश्न यह है कि लेखक क्या प्रकट करने के लिए आतुर है? आस्था के जीवन-मार्ग पर चलते हुए भी, लेखक स्थान-स्थान पर, समय-समय पर, दुख, उद्विग्नता, तीव्र आक्षेपपूर्ण आलोचन-भावना, निराशा, वैकल्य, आत्मालोचन और युयुत्सु भाव प्रकट करता है। यह आवश्यक नहीं है कि लेखक स्वयं, आस्था के मार्ग पर चलते हुए, अपनी आस्थाओं का रूप-स्वरूप और उसकी रूपरेखा या रूपचित्र प्रस्तुत करे। हाँ, यह सही है कि उसकी भावनाओं में से वह आस्था किसी-न-किसी रूप से झलक-झलक उठती है।

अतएव जब हम किसी कलाकार में आत्मगत भावों की कलात्मक अभिव्यक्ति की प्रधानता, तथा उसकी आस्थाओं की रूपरेखा या रूपचित्र की अप्रधानता या अभाव देखते हैं, तो जल्दबाजी में यह निर्णय ले लेते हैं कि लेखक ने अपने आदर्श-लक्ष्य या आस्था को, मूल्य-भावना को केवल बौद्धिक रूप से ग्रहण किया है। मेरा अपना खयाल है कि इस प्रकार के निर्णय सही नहीं हैं।

यह मैं पहले ही बता चुका हूँ कि काव्याभिव्यक्ति अभ्यास-सिद्ध होती है। एक विशेष प्रकार की भाव-दशाओं की बारम्बारता इतनी प्रबल हो जाती है कि वह अपनी काव्यात्मक शब्दावली विकसित करती है, अपनी अभिव्यक्ति पद्धति विकसित करती है। लेखक जब इस या ऐसे ही आधार पर अपनी अभिव्यक्ति-पद्धति विकसित कर लेता है, तब वह अभिव्यक्ति-पद्धति स्वयं ही दृढ़ और जड़ हो जाती है। वह फिर अपनी उस अभिव्यक्ति-पद्धति की पकड़ से छूट नहीं सकता, जब तक कि वह अनवरत रूप से अभ्यास न करे। उसके चंगुल से छूटने का परिणाम यह होता है कि उसमें दूसरे प्रकार के भाव—जिसमें आदर्श-भावना या आस्था भी शामिल है—प्रभावशील रूप से व्यक्त नहीं हो पाते।

किन्तु कलाकार की यह एक अवस्था-विशेष ही है। वह उसको पार करके आगे बढ़ सकता है, अर्थात् संवेदनमय जीवनानुभव-सम्पन्न आस्था-चित्र अथवा मूल्यात्मक जीवन-विवेचन, जीवन-समीक्षा प्रस्तुत कर सकता है, करता भी है। किन्तु ये सब बातें लेखक की वास्तविक जीवन-यात्रा में हो रहे उसके वैयक्तिक विकास की दशाओं और दिशाओं पर निर्भर हैं।

दिशा और उस ओर जाता हुआ पथ, दोनों सही हैं। दिशा हमेशा आगे ही रहेगी, साथ-साथ नहीं चलेगी। हाँ, उसकी संवेदनाएँ साथ-साथ चलेंगी। किन्तु क्षितिज हमेशा आगे ही रहेगा। उसी प्रकार अन्तरात्मा के आग्रह और अनुरोध हमेशा आगे-आगे ही रहेंगे, और लेखक उनका अनुगमन करेगा, और उनका अनुगमन करते हुए भी यह सोचता रहेगा कि उसने अपने आग्रह-लक्ष्यों को उपलब्ध नहीं किया। वह इस चिन्तन से दुखी भी होगा, दुख प्रकट भी करता रहेगा। इस प्रकार लक्ष्य और उपलब्धि के बीच जो फासला है, वह आतुर मन के लिए बराबर बना रहता है, क्योंकि लक्ष्य स्वयं गतिमान है, मनुष्य की अपनी गति ही के कारण। निष्कर्ष यह है कि इन तथ्यों को देखे बिना समीक्षक लेखक की भावसरणि पर जो आक्षेप करते हैं, वे मुझे उचित प्रतीत नहीं होते।

[रचनाकाल अनिश्चित। नई कविता का आत्मसंघर्ष में संकलित]

समाज और साहित्य

साहित्य तथा कला में मूल्यवान क्या है और क्या नहीं, इस प्रश्न का उत्तर भी काल-सापेक्ष्य ही है। किन्तु यदि हम सम्पूर्ण मानव-समाज के विकास-क्रम को देखें, तो पाएँगे कि मनुष्य-समाज ने प्रत्येक नवीन समाज-रचना में पूर्वकालीन समाज-रचना से अधिक स्वतंत्रता पाई है। समाज-रचना के आमूल परिवर्तनों के बावजूद, नया समाज पिछले समाजों की सर्वोत्कृष्ट देन को स्वीकार करता आया है। कई बार अन्धकार-युग भी अपना चमत्कार दिखाते आए हैं।—जैसे कि यूरोपीय मध्य-युग में यूनानी वैज्ञानिकता तथा कलादर्श को स्वीकार नहीं किया गया। जब नवीन पूँजीवादी, राष्ट्रवादी युग का आरम्भ हुआ, तब उनका तथा पुरानी यूनानी कला का सम्यक् उपयोग भी जहाँ-तहाँ किया गया।

अगर हम वैज्ञानिक क्षेत्र में उतरें, तो पाएँगे कि नवीन विज्ञान पुराने वैज्ञानिक सत्यकणों को अपने में समाहित किये हुए है। इसीलिए वह प्राचीन विज्ञान से अधिक सम्पन्न भी है। किन्तु विज्ञान के क्षेत्र में, सत्यों के जिस संगठन को हम थ्योरी कहते हैं, वह थ्योरी लगातार विकसित होती गई। आइंस्टाइन के सापेक्षतावादी वैज्ञानिक सिद्धान्त ने न्यूटन के सिद्धान्त को अपने में समाहित कर गुरुत्वाकर्षण सिद्धान्त का स्वरूप ही बदल डाला। किन्तु न्यूटन के अन्वेषणों और खोजों का अपना वैज्ञानिक महत्त्व तो है ही। इन अन्वेषणों और खोजों को हम अन्वेषण और खोज तभी कहते हैं, जबकि वे यथार्थ की कसौटी पर ठीक-ठीक उतरते हैं।

ठीक यही बात कला की तथा उसके सौन्दर्य की है। यदि एक गुहा-निवासी अपने औजार से किसी तत्कालीन वन्यपशु का भित्ति-चित्र रेखांकित करता है, तो उस पशु के साथ उसके जीवन-सम्बन्ध के कारण, उस पशु-रूप में उसे जो तल्लीनता प्राप्त हुई उसके द्वारा, वह न केवल अपनी अभिव्यक्ति कर रहा है, वरन् अपने सामाजिक जीवन तथा उस पशु के साथ अपने सम्बन्ध को प्रकट कर रहा है। किन्तु पशु का रेखाचित्र प्रस्तुत करते समय वह केवल अपने सामने के पशु-रूप में ही डूबा हुआ है। इस तल्लीनता के द्वारा ही वह इतना सुन्दर पशु-चित्र बना सका है। उस पशु-चित्र के सामाजिक मानवीय अर्थ-अर्थान्तरों से वह उन अभिव्यक्त-क्षणों में भले ही अचेतन रहे (मानव-सम्बन्ध व्यक्ति-संकल्प से पृथक तथा स्वतंत्र होते

हैं; उन सम्बन्धों का वैज्ञानिक आकलन समाज के बौद्धिक विकास-स्तर पर निर्भर है), वह अपने सामाजिक अनुभव का एक अंग चित्र-रूप में प्रस्तुत कर रहा है। चित्र अच्छे भी हो सकते हैं, बुरे भी हो सकते हैं। चूँकि पशु को वह उसकी स्वतंत्र सत्ता में देखता है, अतएव वह पशु उसके लिए बाह्य है। उसकी कला-विषयक दृष्टि, अतएव वस्तुपरक है, भले ही वह आदिम चित्रकार यह न जाने कि वस्तुपरक क्या चीज है और आत्मपरक क्या! वस्तुत: वह चित्रकार कला के मानों के बारे में अचेतन रहते हुए भी उनसे नियंत्रित होकर उनका विकास कर रहा है। चित्रकार को बाह्य वस्तु की जो अनुभूतियाँ हैं, वे रेखासंवेदनों के माध्यम से रेखाबद्ध हो रही हैं। इन अनुभूतियों में उस बाह्य वस्तु के बारे में उसकी दृष्टि, अपनी भावना में उस पशु का महत्त्व और उसके सम्बन्ध में अपना जीवन-अनुभव, जो सामाजिक अनुभव है, प्रकट हो रहा है। रेखांकन के समय उसे यह सब नितान्त व्यक्तिगत प्रतीत होगा, किन्तु उसकी संवेदनाओं का मनोवैज्ञानिक तथा ऐतिहासिक विश्लेषण करते समय उसकी कला का पूर्ण सामाजिक तल हमें दृष्टिगोचर होगा।

वह अपनी चित्रकला के वास्तविक प्रयास द्वारा न केवल व्यक्तिगत अनुभूति के माध्यम से सामाजिक अनुभव प्रकट कर रहा है, वरन् अचेतन रूप से, सौन्दर्य के मान भी स्थिर कर रहा है। ये सौन्दर्य के मान अपने अस्तित्व के लिए व्यक्तिगत अनुभूति के माध्यम से सामाजिक अनुभव पर आधारित हैं। सौन्दर्य के मानों की यह सामाजिक नींव जब खिसक जाती है, तब वे मान समाज से अलग तथा रिक्त हो जाते हैं।

इसके विपरीत एक आधुनिक चित्र लीजिए। 'मदर विद ए डेड चाइल्ड' एक बहुप्रशंसित चित्र है। गोल रेखाओं से स्त्री का उदर बनाया है। गर्भ में एक भ्रूण के आकार की रेखाएँ खींची गई हैं। बच्चे के दो सिर बनाये गए हैं। एक सिर गर्भ के भीतर, नीचे की ओर, वाम भाग में अटका हुआ है, एक जननेन्द्रिय के बाहर निकला हुआ है। योनि से दो रेखाएँ भयानक गोलाई से खींचकर उनको पुरुष-मुख के आकार में परिणत कर दिया है। इस पुरुष-मुख को भयानक कष्टग्रस्त पीड़ा के चीत्कार का आकार दिया गया है। सारा चित्र एक निसैनी पर बैठाया गया है। उदर के नीचे के दो पैर उस निसैनी पर इस तरह रखे हैं, मानो वे मध्यस्थ उदर के फटने की क्रिया को बतलाते हैं। एक पैर उदर के ऊपर के भाग की तरफ से निसैनी के निचले भाग की तरफ लाया गया है। इस प्रकार इस चित्र के तीन पैर हैं, जो किसी भी मनुष्य के नहीं होते। ध्यान में रखने की बात है कि यह चित्र समझने में सबसे आसान और उत्कृष्ट माना गया है।

आधे घंटे तक मैं इस चित्र को देखता रहा, किन्तु मुझे कुछ भी समझ में नहीं आया। फिर मैंने यह सोचा कि यह पेंटिंग नहीं हैं, चित्र नहीं, चित्र-भाषा है, प्रतीक-भाषा है, तो मैं इसके प्रतीकों का अर्थ पहचानने की कोशिश करने लगा। धीरे-धीरे

मन में एक भाव चमका और उसके अनुसार जब मैं उसके सम्पूर्ण प्रतीक-अवयवों का अर्थ समझने की कोशिश करने लगा तब सब बातें साफ खुल गईं।

स्त्री का केवल उदर और उसके नीचे का हिस्सा ही बतलाया गया है। पिकासो आपका ध्यान केवल गर्भ-पीड़ा की तरफ ही खींचना चाहता है। इसीलिए योनि से दो रेखाएँ खींचकर बाहर जो पुरुष-मुख बनाया गया, उसमें पीड़ा के भयानक चीत्कार का भाव भरा गया है। पुरुष-मुख ही क्यों? इसलिए कि कष्ट, पीड़ा, चीत्कार आदि, पिकासो के अनुसार, पुरुष-भाव हैं। यह मुख योनि से ही क्यों सम्बद्ध किया गया? इसलिए कि उसी भाग में भयानक पीड़ा है। दो पैरों के जंघामूलों के फट पड़ने से भी यही भाव प्रकट होता है। ये पैर निसैनी से क्यों चिपकाये गए हैं, मानो शरीर, सिर नीचे पैर ऊपर, निसैनी पर चढ़ रहा हो? इसलिए कि वेदना शरीर के ऊपरी भाग से नीचे की तरफ बढ़ रही है, जो अब बिलकुल नीचे की तरफ जाकर (अर्थात् निसैनी के ऊपर की तरफ) योनि-द्वार से पुरुष-मुख द्वारा, भयानक चीत्कार कर रही है। निसैनी इस प्रकार बनाई गई है, मानो वह पीड़ा की मात्राओं को बतलाती हो! यही उस निसैनी का महत्त्व है। फिर एक बहुत छोटा पैर पेट के ऊपर की तरफ, निसैनी की निचली सीढ़ी से, क्यों चिपकाया गया है? इसलिए कि वेदना-सूक्ष्मावस्थाएँ उसी हिस्से से शुरू हुई थीं। गर्भ के भीतर बालक का एक सिर गर्भ के बाहर, दूसरा सिर अन्दर क्यों बतलाया गया है? इसलिए कि वह मृत भ्रूण, भयानक दानवीय पीड़ा के रूप में, माता के गर्भ से बाहर निकलने में अनेक स्थानों पर अवरोधों का सामना कर रहा है।

सारे चित्र की जान योनि-द्वार से बाहर दूर तक निकला हुआ, भयानक पीड़ा और चीत्कार से पूर्ण, वह पुरुष-मुख है, जो रेखाचित्रों के सौन्दर्य-मानों के अनुसार बना है; शेष सब मात्र चित्र-भाषा-प्रतीकों के समान खींचे गए हैं।

प्रयोग के तौर पर, जब मैंने वह सुप्रसिद्ध चित्र पाश्चात्य शिक्षा-प्राप्त लोगों के बीच घुमाया, तो पाया कि उनके चेहरे पर केवल पहेली-बुझौवल के प्रयास-भाव के अतिरिक्त कुछ भी नहीं था। उनके लिए वह उतना कठिन था जितना मेरे लिए डिफरेंशियल केलक्युलस। जब मैंने हल्की-सी सूचना देते हुए उनको कुछ संकेतों का अर्थ बतलाया तो सभी बातें आप-ही-आप उनके सामने खुल गईं। ध्यान रहे कि मुझे स्वयं पिकासो के चित्र कतई समझ में नहीं आते। यह तो भाग्य की बात है कि यह चित्र समझ में आ गया। उसका जो अर्थ मेरे सामने खुला, वह सही भी है या नहीं, मैं नहीं जानता। किन्तु यह सच है कि वह उसका एक सम्भावित स्पष्टीकरण है। यह मानकर चलिए कि जिस चित्र का मैंने ऊपर वर्णन किया, वह अत्यन्त प्रसिद्ध तथा बहु-प्रशंसित चित्र है।

हमारे सामने यह प्रश्न उठता है कि आखिर गर्भ-पीड़ा का विषय ही क्यों चुना गया? दूसरे, उसको इस टेकनीक से क्यों रखा गया?

आदिवासी कलाकार की यथार्थ-दृष्टि हमारी विश्व-कला परम्परा में इतनी समा गई है कि हम उन यथार्थमूलक प्रारम्भिक प्रयासों को भूल ही गए हैं। किन्तु पिकासो की इस प्रणाली को कहाँ स्थान दिया जाएगा और वह किस प्रकार का होगा, यह भी तो एक मूलभूत प्रश्न है।

संक्षेप में उत्तर यह है। फ्रांस के अत्यन्त सम्पन्न उच्च वर्ग अथवा उसके प्रभाव में रहनेवाले वर्ग की निरुपयोगिता तथा गतिहीनता अगर कुछ सृजन कर भी सकती है तो वह मृत सृष्टि ही है। इस गतिहीनता की भयानक वेदना से पिकासो ग्रस्त है। इसीलिए, वह विद्रूप की पीड़ा का अध्ययन करता है, जिसका एक उदाहरण यह चित्र है। उस वर्ग के भीतर जो कुछ भी मनुष्यता शेष है, उससे पिकासो का तादात्म्य नहीं है। वह मात्र विद्रूप और उसके भीतर कष्ट पानेवाले मनुष्य-प्राण को लेकर चला है। पिकासो का मूल विषय सामाजिक अनुभवों का मनुष्य-प्राण भी नहीं है, वरन् उसकी वह भयानक पीड़ा है जो स्वयं गतिहीनताओं से उत्पन्न है, और जो गतिहीनताओं को जन्म देती जा रही है। उसका विषय मृत-सृजन की पीड़ा है। परम्परागत चित्रकला के सम्पूर्ण सिद्धान्तों की अवहेलना कर, उसने स्त्री-गुह्यांग से रेखाएँ खींचकर एक पुरुष-मुख बनाया है, जो उस पीड़ा को अभिव्यक्त करता है। पिकासो के लिए, मनुष्य के हाथ, पैर, आँखें, कान विशेष महत्त्व नहीं रखते। वास्तविक जीवन में इन अवयवों का जो कार्य है, उसको खत्म कर उसने उन पर अपनी कल्पना द्वारा निर्मित कार्यों को थोपा है। कुल मिलाकर, भारत के तांत्रिक योगियों की सन्ध्या-भाषा के समान ही पिकासो की चित्र-भाषा हो गई है। ध्यान में रखने की बात है कि कोई भी प्रतीक तभी तक भावोत्तेजना की शक्ति रखता है, जब तक कि उसकी जड़ें सामाजिक-सामूहिक अनुभवों की धरती में समाई हुई हों। मात्र व्यक्तिगत धरातल पर तो हजारों प्रतीक खड़े किये जा सकते हैं।

कला के इस विश्लेषण से हमारे सामने दो बातें और साफ हो जाती हैं। कला यद्यपि व्यक्तिगत आधार पर होती है, किन्तु उसकी चेतना उस वर्ग में समाहित तथा उससे विकसित है जिसके भीतर रहकर कलाकार ने अपने अनुभव प्राप्त किये हैं। उसकी गतिहीनता पिकासो के लिए मर्मभेदी है, किन्तु उससे ऊपर उठकर उसने उस गतिहीनता पर कोई परिप्रेक्ष्य नहीं अपनाया। यहाँ तक कि ऐसा प्रतीत होता है मानो वह उस पीड़ा में आत्मघाती विकृत आनन्द ले रहा हो! किन्तु इस प्रकार के कथन से किसी भी कला या कलाकार का महत्त्व कम नहीं होता। कला का श्रेष्ठत्व, अपने युग की अनिवार्य उपलब्धि के रूप में, उस अनिवार्यता के परिणाम के रूप में उपस्थित होता है। पिकासो की महानता सर्वसम्मत मानी जाती है। उसके चित्र का अर्थ करना मेरे लिए दु:साहस है। मैं क्षमा चाहता हूँ। मैंने यह दु:साहस अपनी बात को स्पष्ट करने के लिए उदाहरण के रूप में किया। मुख्य बात यह है कि प्रतीक-विधान जैसा हो, उसे यथार्थ पर आधारित तथा यथार्थ-बोध में सहायक होना चाहिए।

साहित्य

जनता का साहित्य किसे कहते हैं?

जिन्दगी के दौरान जो तजुर्बे हासिल होते हैं, उनसे नसीहतें लेने का सबक तो हमारे यहाँ सैकड़ों बार पढ़ाया गया है। होशियार और बेवकूफ में फर्क बताते हुए, एक बहुत बड़े विचारक ने यह कहा, 'गलतियाँ सब करते हैं, लेकिन होशियार वह है जो कम-से-कम गलतियाँ करे और गलती कहाँ हुई, यह जान ले और यह सावधानी बरते कि कहीं वैसी गलती फिर तो नहीं हो रही है।'

जो आदमी अपनी गलतियों से पक्षपात करता है, उसका दिमाग साफ नहीं रह सकता।

गलतियों के पीछे एक मनोविज्ञान होता है। या, यूँ कहिए कि गलतियों का स्वयं एक अपना मनोविज्ञान है। तजुर्बे से नसीहतें लेते वक्त, अपने गलतियों वाले मनोविज्ञान के कुहरे को भेदना पड़ता है। जो जितना भेदेगा, उतना पाएगा। लेकिन पाने की यह जो प्रक्रिया है, वह हमें कुछ सिद्धान्तों के किनारे तक ले जाती है, कुछ सामान्यीकरणों को जन्म देती है यानी, तजुर्बे की कोख से सिद्धान्तों का जन्म होता है।

मैं अपने तजुर्बे से कौन-सा निष्कर्ष निकालूँ, यह एक सवाल है, और तजुर्बा यह है।

एक उत्साही सज्जन को जब मैंने यह कहा कि फलाँ पार्टी छुईखदान गोली-कांड पर इतनी देर से क्यों वक्तव्य निकाल रही है, तो उसका जवाब देते हुए उन्होंने यह कहा कि वक्तव्य मैंने लिखा (वे उस पार्टी के हैं), और पार्टी उसे पास करने जा रही है। आपका भी यह काम था कि आप उस वक्तव्य को जल्दी-से-जल्दी लिखते और पास करवा लेते।

मैंने इसका जवाब यह दिया कि वह मेरा काम नहीं है। मेरे काम में हिस्सा बँटाने के लिए क्या वे लोग आते हैं? ('मेरे काम' से मेरा मतलब 'साहित्यिक कार्य' से था।) उन्होंने उसका जवाब यह कहकर दिया कि यह आपका व्यक्तिगत कार्य है और वह सामूहिक।

इसका यह मतलब हुआ कि साहित्य एक व्यक्तिगत कार्य है, और राजनीति सामूहिक कार्य, और सामूहिक कार्य में व्यक्तिगत स्वार्थ की कोई महत्ता नहीं।

लेकिन क्या यह सच है? क्या कवि-कर्म मात्र व्यक्तिगत है? क्या साहित्य-कार्य की मूल प्रेरणा और क्षेत्र शुद्ध व्यक्तिगत है?

मजेदार बात यह है कि साहित्य को मात्र व्यक्तिगत कार्य कहकर, व्यक्तिगत उत्तरदायित्व कहकर, अपने हाथ झाड़-पोंछकर साफ करनेवाले ठीक वे ही लोग हैं, जो 'जनता के लिए साहित्य' का नारा बुलन्द करते हैं, गो उन्हें यह मालूम नहीं कि जिन शब्दों को वे बार-बार दुहरा रहे हैं, उनका मतलब क्या है।

यह छोटी-सी बात हमारे हिन्दुस्तान के पिछड़ेपन को ही सूचित करती है। स्वतंत्र होने पर भी हमारा देश आर्थिक दृष्टि से अभी गुलाम है। औपनिवेशिक देश के बुद्धिजीवी निश्चय ही उतने ही पिछड़े हुए हैं जितना कि उनका अर्थतंत्र।

यूरोप में एक-एक विचार की प्रस्थापना के लिए बड़ी-बड़ी कुरबानियाँ देनी पड़ी हैं। लेकिन हिन्दुस्तान को पका-पकाया मिल रहा है। लेकिन, चूँकि उसके पीछे स्वत: उद्योग नहीं है, इसलिए बहुत-से विचार हजम नहीं हो पाते। शरीर में उनका खून नहीं बन पाता। आँखों में उनकी लौ नहीं जल पाती। मस्तिष्क में उनका प्रकाश नहीं फैल पाता। इसीलिए विचारों में बचकानापन रहता है, और कार्य विचारों का अनुसरण नहीं कर पाते। यह बात हिन्दुस्तान के औपनिवेशिक रूप पर ही हमारी दृष्टि ले जाती है।

हम अपने मूल प्रश्न पर आएँ। क्या साहित्य-कार्य मात्र व्यक्तिगत कार्य है, मात्र व्यक्तिगत उत्तरदायित्व है?

इसका जवाब यों है :

(1) साहित्य का सम्बन्ध आपकी संस्थिति से है, आपकी भूख-प्यास से है—मानसिक और सामाजिक। अतएव किसी प्रकार का भी आदर्शात्मक साहित्य जनता से असम्बद्ध नहीं।

(2) 'जनता का साहित्य' का अर्थ जनता को तुरन्त ही समझ में आनेवाले साहित्य से हरगिज नहीं। अगर ऐसा होता तो किस्सा तोता-मैना और नौटंकी ही साहित्य के प्रधान रूप होते। साहित्य के अन्दर सांस्कृतिक भाव होते हैं। सांस्कृतिक भावों को ग्रहण करने के लिए, बुलन्दी, बारीकी और खूबसूरती को पहचानने के लिए, उस असलियत को पाने के लिए जिसका नक्शा साहित्य में रहता है, सुनने या पढ़नेवाले की कुछ स्थिति अपेक्षित होती है। वह स्थिति है उसकी शिक्षा, उसके मन का सांस्कृतिक परिष्कार। साहित्य का उद्देश्य सांस्कृतिक परिष्कार है, मानसिक परिष्कार है। किन्तु यह परिष्कार साहित्य के माध्यम द्वारा तभी सम्भव है जब स्वयं सुननेवाले या पढ़नेवाले की अवस्था शिक्षित [की] हो। यही कारण है कि मार्क्स का डास कैपिटल, लेनिन के ग्रन्थ, रोमां रोलां, तॉल्स्तॉय और गोर्की के उपन्यास एकदम अशिक्षित और असंस्कृतों की न समझ में आ सकते हैं, न वे उनके पढ़ने के लिए होते ही हैं। 'जनता का साहित्य' का अर्थ 'जनता

के लिए साहित्य' से है, और वह जनता ऐसी हो जो शिक्षा और संस्कृति द्वारा कुछ स्टैंडर्ड प्राप्त कर चुकी हो। ध्यान रहे कि राजनीति के मूल ग्रन्थ बहुत बार बुद्धिजीवियों की भी समझ में नहीं आते, जनता का तो कहना ही क्या! लेकिन वे हमारी सांस्कृतिक विरासत हैं। ऐसे राजनीति-ग्रन्थों के मूल भाव हमारी राजनीतिक पार्टियाँ और सामाजिक कार्यकर्ता अपने भाषणों और आसान जबान में लिखी किताबों द्वारा प्रसारित करते रहते हैं। चूँकि ऐसे ग्रन्थ जनता की एकदम समझ में नहीं आते (बहुत बार बुद्धिजीवियों की समझ में नहीं आते), इसलिए वे ग्रन्थ जनता के लिए नहीं, यह समझना गलत है। अज्ञान और अशिक्षा से अपने उद्धार के लिए जनता को ऐसे ग्रन्थों की जरूरत है। जो लोग 'जनता का साहित्य' से यह मतलब लेते हैं कि वह साहित्य जनता के तुरन्त समझ में आए, जनता उसका मर्म पा सके, यही उसकी पहली कसौटी है—वे लोग यह भूल जाते हैं कि जनता को पहले सुशिक्षित और सुसंस्कृत करना है। वह फिलहाल अन्धकार में है। जनता को अज्ञान से उठाने के लिए हमें पहले उसको शिक्षा देनी होगी। शिक्षित करने के लिए जैसे ग्रन्थों की आवश्यकता होगी, वैसे ग्रन्थ निकाले जाएँगे और निकाले जाने चाहिए। लेकिन इसका मतलब यह नहीं कि उसको प्रारम्भिक शिक्षा देनेवाले ग्रन्थ तो श्रेष्ठ हैं, और सर्वोच्च शिक्षा देनेवाले ग्रन्थ श्रेष्ठ नहीं हैं। ठीक यही भेद साहित्य में भी है। कुछ साहित्य तो निश्चय ही प्रारम्भिक शिक्षा के अनुकूल होगा, तो कुछ सर्वोच्च शिक्षा के लिए। प्रारम्भिक श्रेणी के लिए उपयुक्त साहित्य तो साहित्य है, और सर्वोच्च श्रेणी के लिए उपयुक्त साहित्य जनता का साहित्य नहीं है, यह कहना जनता से गद्दारी करना है।

तो फिर 'जनता का साहित्य' का अर्थ क्या है? जनता के साहित्य से अर्थ है ऐसा साहित्य, जो जनता के जीवन-मूल्यों को, जनता के जीवनादर्शों को, प्रतिष्ठापित करता हो, उसे अपने मुक्तिपथ पर अग्रसर करता हो। इस मुक्तिपथ का अर्थ राजनीतिक मुक्ति से लगाकर अज्ञान से मुक्ति तक है। अत: इसमें प्रत्येक प्रकार का साहित्य सम्मिलित है, बशर्ते कि वह सचमुच उसे मुक्तिपथ पर अग्रसर करे।

जनता के मानसिक परिष्कार, उसके आदर्श मनोरंजन से लगाकर तो क्रान्तिपथ पर मोड़नेवाला साहित्य, मानवीय भावनाओं का उदात्त वातावरण उपस्थित करनेवाला साहित्य, जनता का जीवन-चित्रण करनेवाला साहित्य, मन को मानवीय और जन को जन-जन करनेवाला साहित्य, शोषण और सत्ता के घमंड को चूर करनेवाले स्वातंत्र्य और मुक्ति के गीतोंवाला साहित्य, प्राकृतिक शोभा और स्नेह के सुकुमार दृश्योंवाला साहित्य—सभी प्रकार का साहित्य सम्मिलित है बशर्ते कि वह मन को मानवीय, जन को जन-जन बना सके और जनता को मुक्तिपथ पर अग्रसर कर सके। साहित्य के सम्बन्ध में यही दृष्टिकोण जनता का दृष्टिकोण है। फ्रांस के लुई ऐरॅगाँ ने द्वितीय विश्वयुद्ध में जनता के बीच काम किया, और युद्ध-समाप्ति पर रोमैंटिक

उपन्यास लिखा। शायद उन्हें जन-संघर्ष के दौरान दुश्मनों से लड़ते-लड़ते रोमैंटिक अनुभव भी हुए हों! उन अनुभवों के आधार पर उन्होंने रोमैंटिक उपन्यास लिखे। किन्तु तुरन्त बाद ही वे ऐसे उपन्यास लेकर आए जिसमें, अलावा एक रोमैंटिक धारा के, जनता के संघर्ष का सौन्दर्यात्मक चित्रण था। यही हाल इलिया एहरेनबर्ग आदि का है। उनका उपन्यास स्टॉर्म (तूफान—इसका हिन्दी में अनुवाद हो चुका है) भी जन-संघर्ष के दौरान का चित्रण करता है, जिसमें कई मानवोचित रोमैंटिक घटनाओं और उपकथाओं का सन्निवेश है। उसी तरह सोवियत साहित्य के अन्तर्गत द्वितीय विश्वयुद्ध के विशाल साहित्य-चित्रों में मानवोचित सुकुमार रोमैंटिक कथाओं और प्राकृतिक सौन्दर्य-दृश्यों का अंकन किया गया है।

जो जाति, जो राष्ट्र जितना ही स्वाधीन है, यानी जहाँ की जनता शोषण और अज्ञान से जितने अंशों तक मुक्ति प्राप्त कर चुकी होती है, उतने ही अंशों तक वह शक्ति और सौन्दर्य तथा मानवादर्श के समीप पहुँचती हुई होती है। आज की दुनिया में जिस हद तक शोषण बढ़ा हुआ है, जिस हद तक भूख और प्यास बढ़ी हुई है, उसी हद तक मुक्ति-संघर्ष भी बढ़ा हुआ है, और उसी हद तक बुद्धि तथा हृदय की भूख-प्यास भी बढ़ी हुई है।

आज के युग में साहित्य का यह कार्य है कि वह जनता की बुद्धि तथा हृदय की इस भूख-प्यास का चित्रण करे, और उसे मुक्तिपथ पर अग्रसर करने के लिए ऐसी कला का विकास करे जिससे जनता प्रेरणा प्राप्त कर सके और जो स्वयं जनता से प्रेरणा ले सके। अतएव निष्कर्ष यह निकला कि जनता के साहित्य के अन्तर्गत सिर्फ एक ही प्रकार का साहित्य नहीं, सभी प्रकार का साहित्य है। यह बात अलग है कि साहित्य में कभी-कभी जनता के अनुकूल एक विशेष धारा का ही प्रभाव रहे—जैसे प्रगतिशील साहित्य में किसान-मजदूरों की कविता का।

इस विवेचन के उपरान्त यह स्पष्ट हो जाएगा कि जनता के जीवन-मूल्यों और जीवनादर्शों को दृष्टि में रख जो साहित्य-निर्माण होता है, वह यद्यपि व्यक्ति-व्यक्ति की लेखनी द्वारा उत्पन्न होता है, किन्तु उसका उत्तरदायित्व मात्र व्यक्तिगत नहीं, सामूहिक है। जिस प्रकार एक वैज्ञानिक अपनी प्रयोगशाला में अनुसन्धान करता है, और शोध कर चुकने पर एक फॉर्मूला तैयार करता है, यद्यपि वह साधारण जनता की समझ में न आए, लेकिन वैज्ञानिक यह जानता है कि उस फॉर्मूले को कार्य में परिणत करने पर नई मशीनें और नये रसायन तैयार होते हैं, जो मनुष्य मात्र के लिए उपयोगी हैं। तो उसी तरह जनता भी यह जानती है कि वह वैज्ञानिक जनता के लिए ही कार्य कर रहा है। उसी तरह साहित्य भी है। उदाहरणत:, साहित्य-शास्त्र का ग्रन्थ साधारण जनता की समझ में भले ही न आए, किन्तु वह लेखकों और आलोचकों के लिए जरूरी है—उन लेखकों और आलोचकों के लिए जो जनता के जीवनादर्शों और जीवन-मूल्यों को अपने सामने रखते हैं। यह बात ऐसे साहित्य के

लिए भी सच है जिनमें मनोभावों के चित्रण में बारीकी से काम लिया गया है, और अत्याधुनिक विचारधाराओं के अद्यतन रूप का अंकन किया गया है।

वास्तविक बात यह है कि शोषण के खिलाफ संघर्ष, तदनन्तर शोषण से छुटकारा, और फिर उसके बाद दैनिक जीवन के उदर-निर्वाह सम्बन्धी व्यवसाय में कम-से-कम समय खर्च होने की स्थिति, और अपनी मानसिक-सांस्कृतिक उन्नति के लिए समय और विश्राम की सुविधा-व्यवस्था की स्थापना, जब तक नहीं होती, तब तक शत-प्रतिशत जनता साहित्य और संस्कृति का पूर्ण उपयोग नहीं कर सकती, न उससे अपना पूर्ण रंजन ही कर सकती है।

इस सम्पूर्ण मनुष्य-सत्ता का निर्माण करने का एकमात्र मार्ग राजनीति है, जिसका सहायक साहित्य है। तो वह राजनीतिक पार्टी जनता के प्रति अपना कर्तव्य नहीं पूरा करती, जो कि लेखक के साहित्य-निर्माण को व्यक्तिगत उत्तरदायित्व कहकर टाल देती है।

[नया खून : फरवरी, 1953 में प्रकाशित। नये साहित्य का सौन्दर्यशास्त्र में संकलित]

वाद का घेरा

रास्ते चलते लोगों से बात हो जाया करती है। एक साहित्यिक सज्जन कहने लगे—मैं किसी 'वाद' के फेरे में नहीं हूँ। मैंने जवाब दिया—आप स्वीकार करें, न करें, आज दुनिया में जो कुछ चल रहा है, उसकी प्रतिक्रियाएँ आपके मन में होती जरूर हैं। अगर वे प्रतिक्रियाएँ संवेदनात्मक हैं तो आपकी साहित्यिक आत्मा का वे पोषण जरूर करती हैं। ऐसी स्थिति में, उन वास्तविक संवेदनात्मक प्रतिक्रियाओं को व्यवस्थाबद्ध करना क्या आवश्यक नहीं है?

वे बोले—साहित्यिक को इससे मतलब नहीं है। वह अपनी संवेदनाएँ प्रकट करना चाहता है। बस, इतना ही!

मैं जिरह करने लगा। यह उन्हें भोंडा मालूम हुआ। मैंने उनसे कहा कि आपकी बहस में तीन गलतियाँ हैं। एक, अपनी संवेदनाएँ प्रकट करने के लिए अगर सही-सही व्याकुलता उसमें होती तो क्या बात थी! जिन्दगी बड़ी ही विविध और विशद है। आज के मनुष्य की भावनाओं में राजनीतिक भावना ही लीजिए। इसकी कितनी ही कविताएँ, लेख, संस्मरण, शब्दचित्र, कहानी, आदि-आदि हो सकते हैं! यह उस राजनीतिक भावना के वैविध्य और सम्पन्नता का ही लक्षण है। मैंने तो नहीं देखा कि कभी आपने उन्हें कलात्मक रूप से प्रकट करने की ओर कदम बढ़ाया हो। असल में संवेदनाओं में एक विभाजन-रेखा खींच दी गई है। ये संवेदनाएँ प्रकट की जाएँगी। ये नहीं। इस ढंग से, खुद अपने आप से ही, आँखमिचौनी और छिपौवल चलता रहता है। एक बात और—प्रतिक्रियाएँ तो मन करता ही है। किन्तु, वे सही हैं या गलत, इसके लिए कुछ सोचना-विचारना भी पड़ता है। यह सोच-विचार निर्जन शून्य में नहीं हो सकता। इसके लिए कुछ पढ़ना पड़ेगा, कुछ अध्ययन करना पड़ेगा और दूसरों के अनुभवों और विचारों को भी, इस सम्बन्ध में, जानना पड़ेगा! मतलब यह कि इस काम में जितनी दूर तक और जितनी गम्भीरता से आगे बढ़ेंगे, आपकी प्रतिक्रियाओं और विचारों में उतनी ही व्यवस्था आती जाएगी। बस, इसी व्यवस्था को लोग, आगे चलकर, सिद्धान्त कहते हैं। 'आलोचक' महानुभाव इसे 'वाद' कहकर बला टालते हैं। असल में, 'वाद' से आप बच नहीं सकते। यह अलग बात है कि आप 'वाद' शब्द का इस्तेमाल हेय समझें। तब, अगर 'सिद्धान्त'

शब्द अच्छा समझते हों तो कोई हर्ज नहीं, उसका उपयोग कीजिए। आपके सोचने में एक गलती और है। आप 'वाद' के घेरे से बचना चाहते हैं लेकिन खुद ही का घेरा जो आपके आस-पास पड़ा हुआ है, उससे आप कहाँ-कहाँ तक बचेंगे! इस घेरे को, यदि आप घेरा नहीं, डेरा और बसेरा मानते हैं तो मानिये! किन्तु बिना घेरे के तो वह है नहीं।

उन्होंने मेरी जबानदराजी या मूर्खता पर हँसकर कहा कि वाद के फेर से छूटने का अर्थ है संकुचित वृत्ति का त्याग और मानवता की सेवा!

रास्ते चलते बहस करना गलत है। लेकिन फिर भी मुझसे रहा नहीं गया। मैंने जवाब दिया—इसका अर्थ केवल इतना है कि आप लोग सिद्धान्त को व्यवहार की कसौटी पर और व्यवहार को सिद्धान्त की कसौटी पर कसना नहीं चाहते! अब मैं ज्यादा आगे बढ़ गया था। ऐसा मुझे नहीं करना चाहिए था। आखिर मैं ही कहाँ तक यह कह-कर पाता हूँ। किन्तु उद्वेग एक-दिशा-उन्मुखी होता है।

किन्तु, अब उन्होंने ही बात की। वे बोले—असल में, जैसे शरीर का आलस होता है, वैसे बुद्धि का भी आलस होता है! कौन सोचे! कौन करे! सबसे अच्छा यह है, जो कुछ दूसरे सोचते हैं, वैसा ही ठीक होगा। इसलिए, हम भी वैसे ही विचार बना लेते हैं। जाँच-पड़ताल की सक्रिय बुद्धि के लिए, कुछ मानसिक आलस्य त्यागना पड़ता है। बुद्धिमान जगत के लोग कहते हैं, 'वाद' के झमेले में नहीं पड़ना चाहिए। सो, हम भी नहीं पड़ते। यही मेरी वृत्ति का भी सार है!

मुझे उनकी बात से बड़ी खुशी हुई। आखिर, आत्म-स्वीकरण तो उन्होंने किया! अगर मैं भी इतना आत्म-स्वीकरण कर पाता, तो मैं मन से बड़ा होता। फिर भी मेरे मन में एक काँटा चुभ रहा था। मैंने कहा—श्रीमानजी, वाद के घेरे से उठने का तात्पर्य मानवता की सेवा आपने लिया। लेकिन यह मानवता कौन-सी है! असल में मेरे नजदीक तो कई मानवताएँ हैं, एक मानवता नहीं। जब गोलियों से आए दिन आदमी भूने जाते हैं, तब किस मानवता की सेवा आप करना चाहते हैं? सरकार और पुलिस की मानवता की, या गोली से भूने जानेवाली मानवता की?

साहित्यिक महोदय ने चिढ़कर कहा—यह राजनीतिक प्रश्न है, साहित्यिक नहीं।

मैंने कहा—अच्छा, सलाम! कभी भी जिसकी व्याख्या न की गई हो, ऐसी निराकार अमूर्त मानवता आपको सबसे प्यारी है! मानवता की यह निराकारिता सबसे भली है! नमस्ते!

[नया खून में सम्भावित प्रकाशन-तिथि : दिसम्बर, 1955]

वस्तु और रूप : एक

[इस लेख के चार रूप उपलब्ध हैं। अनेक प्रकार की पुनरावृत्तियों के बावजूद, प्रत्येक में किसी-न-किसी अलग और विशिष्ट पक्ष पर जोर है। इस तरह से वे मिलकर मूल विषय को अधिक समग्रता में और कई स्तरों पर प्रस्तुत करते हैं। साथ ही, उनसे मुक्तिबोध की चिन्तन और लेखन-प्रक्रिया की बड़ी उत्तेजक जानकारी मिलती है। इसलिए लेख के चारों ही रूपों को प्रकाशित करना उपयुक्त समझा गया। इनमें से पहला उज्जैन से निकलनेवाले मासिक 'कालिदास' के दो अंकों में प्रकाशित हुआ था। इसकी पांडुलिपि उपलब्ध नहीं है। बाकी तीन अप्रकाशित हैं। दूसरा और तीसरा अपूर्ण भी हैं। चौथा यद्यपि पूर्ण है, पर उसमें भी बीच के एक-दो पृष्ठ नहीं हैं। चौथे में ही, सम्भवतः, पुनरावृत्ति सबसे अधिक है। उसके शुरू में लेख की पूरी सिनाप्सिस भी दी हुई है। —सं.]

जब कभी कोई नई काव्य-प्रवृत्ति अथवा साहित्य-प्रवृत्ति अवतरित होती है, कला के मूल तत्त्वों के सम्बन्ध में, सिद्धान्तों के बारे में, बहस शुरू हो जाती है। यदि इस विचार-विनिमय को वास्तववादी होना है, तो उसे एक साथ दो काम करने होंगे। एक तो अपने युग-विशेष की प्रवृत्तियों को उसे समझना होगा; दूसरे, नई काव्य-प्रवृत्ति के स्वरूप को हृदयंगम करना होगा। नई काव्य-प्रवृत्ति अभी तक पंडितों, आचार्य-प्रवरों और आलोचक-वरेण्यों द्वारा हृदयंगम नहीं हो सकी है। किन्तु यह चिन्ता की बात नहीं है। चिन्ता की बात वह है कि नई काव्य-प्रवृत्ति के क्षेत्र के भीतर से ऐसी कोई आलोचना अभी नहीं उठ खड़ी हुई है, जो उसकी सीमाएँ बताए, अर्थात् उस प्रवृत्ति की व्यापक समीक्षा करे।

कला की वस्तु और रूप का प्रश्न आज ही क्यों उठ खड़ा हुआ? वह भी इतने जोर से क्यों? संवेदनशील कवि को उसके आस-पास की वास्तविकता के मार्मिक पक्ष गहरी चुनौती देते हैं। यह चुनौती दो प्रकार की होती है—एक, तत्त्व-सम्बन्धी; दूसरी, रूप-सम्बन्धी। आज के कवि के हृदय में तनाव भी है, साथ ही एक विचित्र घिराव भी। किन्तु कवि हृदय फैलाना चाहता है, आत्म-विस्तार करना चाहता है। फैलने की इस मनोवृत्ति के सक्रिय होते ही उसे मानव-वास्तविकता के

मूल मार्मिक पक्ष दिखाई देने लगते हैं। किन्तु, कहना चाहिए कि उन मार्मिक पक्षों का संवेदनात्मक आकलन करने की सारी तत्परता होते हुए भी, अभिव्यक्ति लँगड़ा जाती है। आज की काव्य-प्रवृत्ति की मनोवैज्ञानिक धारा यदि विशुद्ध आत्मपरक भावधारा होती, अर्थात् अनायास प्रवाहित होनेवाले स्वच्छन्द भावों का वह प्रवाह होता, तो दिक्कत का सामना न करना पड़ता। किन्तु वह कविता का संवेदनात्मक ज्ञान और ज्ञानात्मक संवेदनों के तीव्र मानसिक प्रतिक्रियाघातों को प्रकट करना चाहती है (वह सर्वत्र कहाँ तक सफल है, यह एक अलग प्रश्न है)। ऐसी स्थिति में, उसे न केवल अनुभूति-पक्ष के, वरन् वस्तु-पक्ष के और उससे सम्बधित परिज्ञान के, विकास की अपेक्षा है। यह सवाल, या इससे सम्बन्धित प्रश्न, कवि जनों के मन में उठते रहते हैं।

ज्ञान-पक्ष संवेदना से हटकर काव्योपयोगी नहीं रहेगा। यह तथ्य स्वीकृत करने पर भी इस बात से मुँह नहीं मोड़ा जा सकता कि आज की नई कविता के प्रगल्भ विकास के लिए कवि की मूलभूत संवेदन-शक्ति में विलक्षण विश्लेषण-प्रवृत्ति चाहिए।

ऐसा क्यों? इसलिए कि आज की कविता पुराने काव्य-युगों से कहीं अधिक, बहुत अधिक, अपने परिवेश के साथ द्वंद्व-स्थिति में प्रस्तुत है। इसीलिए उसके भीतर तनाव का वातावरण है। परिस्थिति की पेचीदगी से बाहर न निकल सकने की हालत में मन जिस प्रकार अन्तर्मुख होकर निपीड़ित हो उठता है, उसे देखते हुए यह कहा जा सकता है कि आज की कविता में घिराव का वातावरण भी है।

अतएव, आज की कविता किसी-न-किसी प्रकार से अपने परिवेश के साथ द्वंद्व में उपस्थित होती है, जिसके फलस्वरूप यह आग्रह दुर्निवार हो उठता है कि कवि-हृदय द्वंद्वों का भी अध्ययन करें, अर्थात् वास्तविकता में बौद्धिक दृष्टि द्वारा भी अन्त:प्रवेश करें, और ऐसी विश्व-दृष्टि का विकास करें जिससे व्यापक जीवन-जगत् की व्याख्या हो सके, तथा अन्तर्जीवन के भीतर के आन्दोलन, आरपार फैली हुई वास्तविकता के सन्दर्भ से व्याख्यात, विश्लेषित और मूल्यांकित हों।

तभी हम आस-पास फैली हुई मानव-वास्तविकता के उन मार्मिक पक्षों का, जो हमारे हृदय में व्याप्त हैं, उद्घाटन-चित्रण कर सकेंगे। माना कि यह उद्घाटन-चित्रण मात्र विवेचनात्मक बौद्धिक दृष्टि से नहीं होगा। किन्तु उस बौद्धिक कार्य के फलस्वरूप संवेदनात्मक ज्ञान और ज्ञानात्मक संवेदन अधिक पुष्ट होंगे, अनुभूति को ज्ञान-प्रेरित जीवनानुभव प्राप्त होने की सम्भावना बढ़ जाएगी। इस प्रकार, व्यक्तित्व अधिक सक्षम हो सकेगा। किन्तु केवल इतना ही काफी नहीं है। इस वैविध्यपूर्ण, स्पन्दनशील, आस-पास फैले हुए मानव-जगत् के मार्मिक पक्षों के संवेदनात्मक चित्रण के लिए अभिव्यक्ति-सम्पदा भी चाहिए। केवल आत्मपरक तीव्र संवेदनाघातपूर्ण मानसिक प्रतिक्रिया करनेवाली काव्य-शैली को अधिक लचीली, अधिक सक्षम और सम्पन्न बनाना होगा, जिससे कि वह,एक ओर, कवि-हृदय की अत्यन्त सूक्ष्म

संवेदनाएँ मूर्तिमान कर सके; तो, दूसरी ओर, वास्तव जीवन-जगत् की लहर-लहर को हृदयंगम कर उसे समुचित वाणी दे सके। पुरानी शास्त्रीय शब्दावली में कहा जाए तो, उसे भाव-पक्ष के साथ विभाव-पक्ष का चित्रण करना होगा।

सच बात तो यह है कि आज के कवि को एक साथ तीन क्षेत्रों में संघर्ष करना है। उसके संघर्ष का यह त्रिविध स्वरूप है या होना चाहिए—(1) तत्त्व के लिए संघर्ष, (2) अभिव्यक्ति को सक्षम बनाने का संघर्ष, (3) दृष्टि-विकास का संघर्ष। प्रथम का सम्बन्ध मानव-वास्तविकता के अधिकाधिक सक्षम उद्घाटन-अवलोकन से है; दूसरे का सम्बन्ध चित्रण-सामर्थ्य से है; और तीसरे का सम्बन्ध थियॅरी से है, विश्व-दृष्टि के विकास से है, वास्तविकताओं की व्याख्या से है। यह त्रिविध संघर्ष है।

इन बातों को ध्यान में रख मैंने आगे आनेवाले पृष्ठों में अपने कतिपय विचार मित्रों और सहृदयों के सम्मुख रखे हैं। ये सारे विचार वैकल्पिक हैं, अन्तिम कुछ भी नहीं। वे केवल प्रस्ताव रूप में हैं, विचारार्थ प्रस्तुत हैं।

कला के वस्तु-तत्त्व अन्तर्तत्त्व-व्यवस्था का ही एक भाग हैं। वे ऐसे अन्तर्तत्त्व हैं जो बाहर के धक्के से या उन धक्कों के, संचय से उद्वेलित, अर्थात् (1) तरंगायित (2) मानसिक दृष्टि के सम्मुख उद्घाटित, (3) जीवन-मूल्यों तथा पूर्वोतर अनुभवों से आलोकित, तथा (4) अभिव्यक्ति के लिए आतुर हो उठते हैं।

तरंगायित होकर जब वे मानसिक दृष्टि के सम्मुख उपस्थित हो उठते हैं, तभी उनमें रूप आ जाता है, अर्थात् कल्पना-बिम्ब या स्वर या प्रवाह से युक्त-संवृत हो उठते हैं। कल्पना का कार्य यहीं से शुरू हो जाता है। बोध-पक्ष अर्थात् ज्ञान-वृत्ति भी यहाँ सक्रिय हो उठती है। यह उद्घाटन-क्षण है—यह कला का प्रथम क्षण है। इसके अनन्तर कवि की मानसिक दृष्टि अर्थात् दर्शक-मन, जो उस तत्त्व-रूप को अन्तर-नेत्रों से देख रहा था, उसके रस में निमग्न-सा होने लगता है, साथ ही बोध-पक्ष यानी ज्ञान-वृत्ति की प्रेरणा के फलस्वरूप वह तटस्थ भी हो जाता है। वह अन्त:प्रवेश करने लगता है, साथ ही वह बाहर से पर्यवलोकन भी करता है। फलत: एक ओर, रस का प्रवाह या भाव-प्रवाह अन्य सम-स्वभावी और समरूप अनुभवों को उस तत्त्व में मिलाता हुआ चलता है; तो, दूसरी ओर, हृदय में संचित जीवन-मूल्यों की, अर्थात् हमारे अन्त:करण में स्थित आदर्शात्मक सत्ता की, भी एक धारा उस मनोमय मूल-तत्त्व में मिलने लगती है। कल्पना-शक्ति उद्दीप्त होकर, संवेदना से आप्लुत उस मूल तत्त्व को समरूप अनुभवों और जीवन-मूल्यों से संश्लेषित करते हुए, एक संश्लिष्ट जीवन-बिम्ब-माला उपस्थित कर देती है। यह कला का दूसरा क्षण है, कि जिसमें हमारे वेदनात्मक हेतु और संवेदनात्मक अभिप्राय किसी व्यापक मार्मिक जीवन-महत्त्व से न्यस्त हो जाते हैं; और हमारे लिए वह आत्मतत्त्व इतना अधिक महत्त्वमय मालूम होता है कि हम उसकी अभिव्यक्ति के लिए छटपटाते हैं। इस छटपटाहट को जब हम शब्द, रंग तथा स्वर में अभिव्यक्ति करने लगते हैं, तब

कला का तीसरा क्षण शुरू हो जाता है। अभिव्यक्ति के साधन (अर्थात् हमारे लिए भाषा) सामाजिक है; दूसरे, उसके शब्द-संयोग भाव-परम्परा और ज्ञान-परम्परा से आपूर्ण हैं। अतएव, हमें अपने हृदयगत तत्त्वों को उनके मौलिक रूप-रंग और भाव-गाम्भीर्य में स्थापित और प्रकट करने के लिए नये शब्द-संयोग बनाने या लाने पड़ते हैं। शास्त्रीय शब्दावली में कहें तो, हमें नवीन वक्रोक्तियों और भंगिमाओं का सहारा लेना पड़ता है। साथ ही कल्पना-शक्ति भी नव-नवीन रूप-बिम्बों का विधान करती है, कि जिससे मनस्तत्त्व अपने मौलिक रूप-रंग में प्रकट हो सकें।

अभिव्यक्ति का संघर्ष दीर्घ होता है। कला का यह तीसरा क्षण दीर्घ है। उस संघर्ष में अभिव्यक्ति के स्तर तक आते-आते हमारे मनोमय तत्त्व-रूप बदलने लगते हैं। होता यह है कि उस संघर्ष के दौरान में भाषा के भीतर अवस्थित ज्ञान-परम्परा और भाव-परम्परा के फलस्वरूप जो पहले से शब्द-संयोग बने हुए हैं—अर्थात् उन शब्द-संयोगों के साथ अनिवार्य रूप से जुड़े हुए जो अर्थानुषंग हैं, उन अर्थानुषंगों के प्रभाव में आकर मनोमय रूप-तत्त्व, समशील-समरूप अर्थानुषंगों को आत्मसात् कर अपने को और पुष्ट करते हैं। फलत: वे उस हद तक बदल भी जाते हैं। जब वे अपना खास साइज, अपनी खास प्रकार की अभिव्यक्ति पा लेते हैं, तब वे मनोमय तत्त्व-रूप पहले से बहुत कुछ बदले हुए होते हैं। सामाजिक सम्पदा होने के कारण भाषा मनोमय रूप-तत्त्वों को उनके प्रकट होने के दौरान में घटा-बढ़ा देती है, और अनजाने ढंग से उनसे नये तत्त्व-रूप मिला देती है। साथ ही यह अभिव्यक्ति-संघर्ष भी भाषा को कुछ बदल देता है, उसे नवीन शब्द-संयोग, नवीन अर्थवत्ता, नई भंगिमाएँ और व्यंजनाएँ देता है। इस प्रकार कलाकार भाषा का भी निर्माण करता है। अभिव्यक्ति समाप्त होते ही, उसके संघर्ष का अन्त होते ही, कला का तीसरा क्षण भी समाप्त होता है। कलाकृति सामने आ जाती है। अब उसमें [सिवाय]केवल इधर-उधर कुछ शब्दों या स्वरों के फेरफार के, अर्थात् रि-टचिंग के, कुछ बाकी नहीं रह जाता।

यदि उपर्युक्त स्थापना सही है तो उससे कई निष्कर्ष निकलते हैं :

सृजन-प्रक्रिया के दौरान में काव्य के मनोमय तत्त्व और रूप स्थिर नहीं होते। वे मनोमय तत्त्व-रूप तब तक अपने को विकसित और संशोधित करते जाते हैं, अपने को पुष्ट और प्रकाशान्वित करते जाते हैं, जब तक कि अभिव्यक्ति में सम्पूर्णता आकर कला का तीसरा क्षण समाप्त न हो जाए। इसका अर्थ यह है कि जो महानुभाव आत्मोद्घाटन को ही काव्य का उद्देश्य समझते हैं, आत्म-प्रकटीकरण को प्रधान मानते हैं, वे सज्जन आत्म-प्रकटीकरण की प्रक्रिया ही हृदयंगम नहीं कर सके हैं। कवि अपने अन्तर में व्याप्त जीवन-जगत् को प्रकट करता है। वह किसी भावोद्देश्य को प्रकट करता है। किन्तु यह भावोद्देश्य निरा व्यक्तिगत नहीं होता। सच तो यह है कि मनुष्य जब काव्य में अपने आप को प्रकट करता है, तब वह

केवल आत्म-प्रस्थापना ही नहीं करता, वरन् वह आत्म-औचित्य की भी स्थापना करता है। आत्म-औचित्य की स्थापना के द्वारा ही वह आत्म-प्रस्थापना करता है। फलत: इस औचित्य-स्थापना की भावना से प्रेरित होकर वह अपने भीतर जो कुछ उसका अपना विशिष्ट है, उसे सामान्य में—उस सामान्य में जिसे वह सामान्य समझता है—इतना अधिक मिला देता है कि उस सामान्य के प्रवाह में बहकर उसका विशिष्ट आत्म-भाव बदल जाता है। और जब वह विशिष्ट सामान्य में घुल-मिलकर रूपान्तरित हो जाता है, तब कवि आह्लाद और प्रकाश का अनुभव करता है। और उसे लगता है कि उसका विशिष्ट, जो अब विशिष्ट रहा ही नहीं, बहुत ही मार्मिक महत्त्व-प्रकाश विकीरित कर रहा है। यह सामान्य क्या है? वे जीवन-मूल्य हैं, और वे जीवन-दृष्टियाँ हैं, जो कवि ने अपने विस्तृत जीवन में पाईं। दूसरे शब्दों में, उसके अन्तर में व्याप्त ये जीवन-मूल्य और जीवन-दृष्टियाँ बाह्य जीवन-जगत् का ही मनोवैज्ञानिक रूप हैं।

सृजन-प्रक्रिया के दौरान एक विलक्षण बात प्रस्तुत होती है। एक तो यह कि विशिष्ट जब सामान्य में घुलता है, तब उस विशिष्ट के कारण कवि की आत्मबद्ध दशा का जो संवेदनात्मक पुंज है, वह तो स्थायी रहता है, किन्तु उस बद्धता के घेरे की दीवारें नष्ट हो जाती हैं। इस प्रकार कवि-मन संवेदनात्मक पुंज धारण करते हुए भी—जो पुंज उसकी आत्मबद्ध स्थिति में उद्‌बुद्ध हुए थे—सामान्य भूमि पर आकर जीवन-मूल्यों और जीवन-दृष्टियों से समन्वित होने से, अपने को उन संवेदना-पुंजों से ऊपर उठा हुआ अर्थात् तटस्थ महसूस करता है; साथ ही, वे संवेदना-पुंज जीवन-मूल्यों और जीवन-दृष्टियों तथा अनुभवों से मिलकर अपने को व्यापक महत्त्व और प्रकाश से युक्त कर लेते हैं। अतएव उन संवेदना-पुंजों में दर्शक-मन को एक अद्वितीय आनन्द प्राप्त होता है। इस प्रकार दर्शक-मन अपने को एकदम तटस्थ, तो, दूसरी ओर, एकदम रसमग्न अनुभव करता है। विशिष्ट को सामान्य करने के हेतु कवि-मन वेदनात्मक उद्‌देश्य से प्रेरित होकर निरन्तर भाव-संशोधन और भाव-सम्पादन करता रहता है। यह कवि की आन्तरिक क्रिया का एक अंग है। कविता एक सांस्कृतिक प्रक्रिया है।

सृजन-प्रक्रिया के अन्तर्गत विशिष्ट को सामान्य बनाने की यह क्रिया तभी से शुरू हो जाती है जब कवि कला के प्रथम क्षण में अन्तर-नेत्रों से इस तत्त्व को देखने लगता है, कि वह तत्त्व उसकी आँखों के सामने तरंगायित और उद्‌घाटित हो उठा है। आगे चलकर समरूप अनुभवों से मिलाते हुए वह मनोमय तत्त्व, जब जीवन-मूल्यों और जीवन-दृष्टियों से अपना संगम करता है, तब वह और भी सामान्य हो उठता है। प्रश्न यह उठता है कि वे जीवन-मूल्य और जीवन-दृष्टियाँ किसकी हैं? यह प्रश्न स्वाभाविक है। यह प्रश्न हमें समाजशास्त्रीय आलोचना की ओर ले जाता है। आगे चलकर जब कवि अपने मनोमय तत्त्व-रूप को बाह्य-अभिव्यक्ति

के साँचे में ढालने लगता है, या जब वह बाह्य-अभिव्यक्ति को अन्तर-अभिव्यक्ति (मनोमय तत्त्वात्मक रूप) के साइज के काट के रंग की बनाने लगता है, तब उसकी आँखों के सामने सौन्दर्य-प्रतिमान किस सौन्दर्याभिरुचि ने, अर्थात् किस वर्ग की सौन्दर्याभिरुचि ने, उत्पन्न किया है, यह प्रश्न स्वाभाविक हो उठता है। सौन्दर्याभिरुचि यदि मात्र व्यक्तिजन्य होती तो बात अलग थी। किन्तु सौन्दर्याभिरुचि का वह फ्रेम मात्र व्यक्तिजन्य नहीं है। अतएव यह प्रश्न बिलकुल स्वाभाविक है कि उस बीते सौन्दर्याभिरुचि के फ्रेम का विकास [किसने] किया, क्यों किया, उसका औचित्य क्या है, उसकी सीमाएँ क्या हैं, आदि-आदि।

ध्यान रहे कि सौन्दर्याभिरुचि अपनी रक्षा के सेंसर्स का भी विकास करती है। प्रश्न यह है कि सेंसर्स किन मनस्तत्त्वों के विरुद्ध हैं, क्या हैं, क्या इसका विश्लेषण आवश्यक नहीं है? उदाहरण के लिए, आज की 'नई कविता' में कर्कश विद्रोह-स्वर, अथवा गली-कूचों की धूल और मिट्टी की बदरंग तस्वीर, अथवा क्रान्तिकारी चंडता सौन्दर्यात्मक नहीं समझी जाती। भद्रवर्ग की बैठकों में सुनाई गई ऐसी कविताओं के प्रति प्रतिष्ठित महारथियों ने अविश्वास, अरुचि और वैराग्य ही प्रकट किया। उन्होंने बार-बार यह कहा कि उन्हें प्रतीत नहीं होता कि वह चंड स्वर वस्तुत: आत्मानुभूति है; अर्थात्, उन्होंने उस पर अविश्वास किया। दूसरे शब्दों में, 'नई कविता' खास काट की, खास शैली की, होने के अलावा, कुछ विशेष विषयों और मनस्तत्त्वों तक ही सीमित रहनी चाहिए। स्पष्ट है कि उनकी सौन्दर्याभिरुचि एक विशेष वर्ग की है, कि जिस विशेष वर्ग ने विशेष स्थिति में ही, उस विशेष सौन्दर्याभिरुचि को अंगीकार किया है। उस अभिरुचि के अन्तर्गत सेंसर्स काफी सक्रिय हैं। उस उच्च-मध्यवर्गीय सौन्दर्याभिरुचि के अधीन हो, निम्न-मध्यवर्गीय कविजन जाने-अनजाने (उस फ्रेम के कारण) सेंसर्स लगाते रहते हैं, और इस प्रकार अपने स्वयं के मानव-स्पन्दन और मर्मानुभव [सीमित] करते रहते हैं। निस्सन्देह, सौन्दर्याभिरुचि और उसके अधीनस्थ सेंसर्स के विश्लेषण के सिलसिले में हमें उस सौन्दर्याभिरुचि और सेंसर्स की सामान्य भूमि अर्थात् वर्गीय भूमि तक पहुँचना ही पड़ता है।

सच तो यह है कि काव्य की विशिष्ट और सामान्य भूमियों को पूर्णत: समझने का अभी प्रयास नहीं किया गया है, अथवा इन प्रयासों में सर्वांगीण पूर्णता नहीं आ पाई है। जो हो, यह सही है कि कविता में कवि का आत्मोद्घाटन उतना विश्वसनीय नहीं है, जितनी कि उसकी सामान्य भूमि।

सृजन-प्रक्रिया के उपर्युक्त विश्लेषण से जो दूसरा महत्त्वपूर्ण निष्कर्ष निकलता है, वह यह कि यदि कलाकार के तीनों क्षण पूर्ण न हुए या उनमें शिथिलता आई, तो कविता सुन्दर नहीं होगी, उसके तत्त्वों में निखार नहीं आएगा। जो कविताएँ वस्तुत: दुर्बोध हो जाती हैं, उन कविताओं के मन रस-मग्नता में साथ-ही-साथ पर्यवलोकनपूर्ण तटस्थता का निर्वाह नहीं कर पाते। तटस्थता के पूर्ण निर्वाह के

अभाव का प्रमुख कारण यह है कि वह अपनी वेदनाओं को, जीवन-मूल्यों और जीवन-दृष्टियों के प्रकाश में नहीं देख रहा है, कि वह अभी भी व्यक्तिबद्ध है, आत्मबद्ध है। वे दृष्टियाँ और वे मूल्य उसके संवेदनानुभूति तत्त्वों का अंग नहीं बने हैं, उनका सायुज्यीकरण नहीं हुआ है। मैं कला के दूसरे क्षण की बात कर चुका हूँ। फलत:, कवि अपने आत्मबद्ध भाव को तो देख पाता है, किन्तु वह पूर्वगत अनुभवों से प्रकाशित और जीवन-मूल्यों से समन्वित करनेवाली जीवन-दृष्टि से एकात्म नहीं हो पा रहा है। इस सामान्य भूमि पर खड़े होकर ही वह तटस्थ हो सकता है। जब तक उसकी वेदना व्यापक मार्मिक अर्थ नहीं देती, तब तक कला का दूसरा क्षण सम्पन्न ही नहीं हो सकता।

संक्षेप में, वह उस सामान्य भूमि को और अपनी विशिष्ट अनुभूति को समन्वित और एकात्म नहीं कर पाता। फलत: वह मात्र आत्मग्रस्त होकर रह जाता है। इसके विपरीत, जिन कवियों के पास अपना संवेदन शिथिल है, वे शीघ्र ही तटस्थ हो जाते हैं, अपने से बहुत जल्दी मुक्ति प्राप्त कर लेते हैं, किन्तु मनोमय तत्त्व में आनन्द प्राप्त होने की दशा क्षीण होने के कारण वे उस मनोमय तत्त्व के संवेदना-पुंजों को ही ग्रहण नहीं कर पाते। फलत: उनकी कविता रिक्त रह जाती है, शुष्क हो जाती है। मनोमय तत्त्व के संवेदना-पुंजों को प्राप्त करना कवि का आद्य-प्राथमिक कर्तव्य है। वे उसे ही भूल जाते हैं। सच तो यह है कि कवि सृजन-प्रक्रिया के दौरान निराला जीवन जीता है। उसे उस जीवन को ईमानदारी से, आग्रहपूर्वक, ध्यानलीन होकर जीना चाहिए। नहीं तो बीच-बीच में साँस उखड़ जाएगी, और उसके फलस्वरूप काव्य में खोट पैदा होगी।

सृजन-प्रक्रिया के उपर्युक्त विश्लेषण से एक तीसरा निष्कर्ष निकलता है। यह कि यदि कवि की संवेदन-क्षमता, कल्पना की संश्लेषण-शक्ति और बुद्धि की विश्लेषण-शक्ति—इन तीनों में से कोई भी बात कमजोर हुई तो मनोमय तत्त्वरूप अपनी सही-सही ऊँचाई को प्राप्त नहीं कर सकेगा। इसके साथ अभिव्यक्ति-सामर्थ्य को भी जोड़िए।

अभिव्यक्ति-सम्पदा प्राप्ति के लिए निरन्तर संघर्ष आवश्यक है। वह प्रयत्नसाध्य है। अभ्यासवश है।

हमारे जन्म-काल से ही शुरू होनेवाला हमारा जो जीवन है, वह बाह्य जीवन-जगत् के आभ्यन्तरीकरण द्वारा ही सम्पन्न और विकसित होता है। यदि वह आभ्यन्तरीकरण न हो, तो हम अन्ध-कृमि—पानी का जीव, हाइड्रा—बन जाएँ। हमारी भाव-सम्पदा, ज्ञान-सम्पदा, अनुभव-समृद्धि तो उस अन्तर्तत्त्व-व्यवस्था ही का अभिन्न अंग है, कि जो अन्तर्तत्त्व-व्यवस्था हमने बाह्य जीवन-जगत् के आभ्यन्तरीकरण से प्राप्त की है। हम मरते दम तक बाह्य जीवन-जगत् का आभ्यन्तरीकरण करते जाते हैं। किन्तु बातचीत, बहस, लेखन, भाषण, साहित्य और काव्य द्वारा हम निरन्तर स्वयं

का बाह्यीकरण करते जाते हैं। बाह्य का आभ्यन्तरीकरण और आभ्यन्तरीकृत का बाह्यीकरण एक निरन्तर चक्र है। यह आभ्यन्तरीकरण मात्र मनन-जन्य नहीं, वरन् कर्म-जन्य भी है। जो हो, कला अभ्यन्तर के बाह्यीकरण का एक रूप है।

बातचीत, बहस, भाषण, लेखन, चित्रकला, काव्य-साहित्य आदि द्वारा हम बाह्य जीवन-जगत् के साथ या तो सामंजस्य उत्पन्न करते हैं, या उस सामंजस्य के अनुकूल प्रस्तुत होते हैं; अथवा उसके साथ हम द्वंद्व में उपस्थित होते हैं। काव्य भी या तो बाह्य जीवन-जगत् के साथ सामंजस्य में, या उसके अनुकूल, उपस्थित होता है; अथवा उसके साथ द्वंद्व रूप में प्रस्तुत होता है; अथवा काव्य-प्रवृत्ति (बातचीत, भाषण, लेखन के समान ही) एक स्तर या क्षेत्र में सामंजस्य और दूसरे स्तर या क्षेत्र में द्वंद्व को लेकर प्रस्तुत होती है। संक्षेप में, अभ्यन्तर का बाह्यीकरण सामंजस्य या द्वंद्व अथवा दोनों के मिश्र-रूप में उपस्थित होता है। कला इस नियम का अपवाद नहीं है, नहीं है।

आज की कविता में उक्त सामंजस्य से अधिक द्वंद्व ही है। इसलिए उसके भीतर तनाव या घिराव का वातावरण है। आज का पद्याभास गद्य जो बात, मुख्यत:, व्यक्त करता है, वह यह कि इस द्वंद्व में, इस घिराव में, सुमधुर लयात्मक किन्तु गणित-यंत्रीय छन्दों का स्थान नहीं। संक्षेप में, इस पार्श्वभूमि को देखकर ही वर्तमान कविता की विवेचना होनी चाहिए।

किन्तु आवश्यकता इस बात की है कि हम इस द्वंद्व को पूर्णत: समझें और तदनुसार अनुभव-समृद्धि बढ़ाएँ। मेरा अपना मत है कि हमारी साहित्य-चिन्ता या कलात्मक सृष्टि का विकास तभी होगा, जब हम वास्तविक जीवन में व्यापक तथा विविध जीवनानुभवों से सम्पन्न होंगे, तथा हम विक्षुब्ध उत्पीड़ित मानवता के (वायवीय नहीं, मूर्त) आदर्शों से एकात्म होंगे। इसके बिना तत्त्व-समृद्धि और तत्त्व-परिष्कार की समस्या अधूरी ही रह जाएगी। लेकिन पता नहीं क्यों, मुझे यह विश्वास है कि नई काव्य-प्रवृत्तियाँ, चाहे वे गीत-रूप में ही क्यों न आएँ, उक्त कार्य कर सकेंगी। वास्तविक जीवन-जगत् के मार्मिक पक्षों को प्रकट करने के लिए, दूसरे शब्दों में, हमारे अभ्यन्तर में व्याप्त वास्तविक जीवन-जगत् के मार्मिक पक्षों की अभिव्यक्ति के लिए, हमें कुछ खतरों से सावधान रहना होगा।

उनमें से एक खतरा है जड़ीभूत सौन्दर्याभिरुचि का। नई काव्य-प्रवृत्ति के क्षेत्र के कुछ महान व्यक्ति, अपनी वर्गीय अभिव्यक्ति के फलस्वरूप, सौन्दर्य का जो प्रतिमान हमारे सामने रखते हैं, उसमें जब तक व्यापक संशोधन नहीं होता, तब तक हम अपने ही जीवन्त अनुभवों का मूर्त और प्रभावशाली चित्र उपस्थित नहीं कर सकते। स्थित्यात्मक व्यक्तित्व, जो एक 'बन्द सन्दूक' (क्लोज्ड सिस्टम)बनता है ('तुम नहीं व्याप सकते, तुममें जो व्यापा है उसी को निबाहो'), जड़ीभूत सौन्दर्याभिरुचि को प्रस्तुत कर रहा है। इस तरह की जड़ीभूत सौन्दर्याभिरुचि के फलस्वरूप ही कुछ

साहित्यिक समाजशास्त्री अपने ढर्रे के बाहर के क्षेत्र में उपस्थित नई काव्य-समृद्धि में विद्रूपता के अतिरिक्त कुछ नहीं देखते। यदि हमें वैविध्यपूर्ण, पर स्पष्ट, द्वंद्वमय मानव-जीवन के (अपने अन्तर में व्याप्त) मार्मिक पक्षों का वास्तविक प्रभावशाली चित्रण करना है, तो हमें जड़ीभूत सौन्दर्याभिरुचि और उसके सेंसर्स त्यागने होंगे, तथा अनवरत रूप से अपने ढाँचों और फ्रेमों में संशोधन करते रहना होगा। मनुष्य-जीवन का कोई अंग ऐसा नहीं है जो साहित्याभिव्यक्ति के अनुपयुक्त हो। जड़ीभूत सौन्दर्याभिरुचि एक विशेष शैली [को] दूसरी शैली के विरुद्ध स्थापित करती है। गीत का नई कविता से कोई विरोध नहीं है, न नई कविता को उसके विरुद्ध अपने को प्रतिष्ठापित करना चाहिए। आवश्यकता इस बात की है कि गीत में नये तत्त्व आएँ, न कि गीत-शैली की धारा की समाप्ति हो। किन्तु जड़ीभूत सौन्दर्याभिरुचि जबर्दस्ती का विरोध पैदा करा देगी। वह स्वयं अपना धारा का विकास भी कुंठित करेगी, साथ ही पूरे साहित्य का भी। नई कविता के विभिन्न कवियों की अपनी-अपनी विशेष शैलियाँ हैं। इन शैलियों का विकास अनवरत है। आगे चलकर जब वे प्रौढ़तर होंगी, नई कविता विशेष रूप से ज्योतिर्मान होकर सामने आएगी। महत्त्व की बात है कि नई कविता में स्वयं कई भावधाराएँ हैं, एक भावधारा नहीं।

इनमें से एक भावधारा में प्रगतिशील तत्त्व पर्याप्त हैं। उनकी समीक्षा होना बहुत-बहुत आवश्यक है। मेरा अपना मत है कि आगे चलकर नई कविता में प्रगतिशील तत्त्व अधिकाधिक बढ़ते जाएँगे और वह उत्पीड़ित मानवता के समीपतर आएगी।

[कालिदास : (उज्जैन) : दिसम्बर, 1961 और जनवरी, 1962 के अंकों में दो किस्तों में प्रकाशित]

वस्तु और रूप : दो

कलाकार, साधारणतः, जिन विषयों का कला के लिए चुनाव करता है, वह युगानुरूप ही होता है। यदि हम कलाकृतियों का ऐतिहासिक अध्ययन करें तो हम पाएँगे कि विशेष युग में विशेष विषयों को लेकर ही कलाकृतियाँ सामने आई हैं। जो वर्ग-संस्कृति के क्षेत्र में सक्रिय है, वह अपने वर्ग-सम्बन्धों के भीतर उपस्थित मानव-सम्बन्धों को ध्यान में रख, अपनी विशेष स्थिति और अवस्था के अनुसार, अपनी विशेष प्रवृत्तियाँ प्रकट करता है। उदाहरणतः, हिन्दी साहित्य के सामन्ती काल में वीर, श्रृंगार और अध्यात्म—ये तीन ही विषय आवृत्त और पुनरावृत्त होते [रहे]। आत्मसात्कृत जीवन-जगत् तो वैविध्यपूर्ण है। किन्तु क्या कारण है कि साहित्यिक प्रयास केवल वीर, श्रृंगार और अध्यात्म तक ही सीमित रहे? क्या कारण है कि आत्मसात्कृत जीवन-जगत् के वैविध्य की उपेक्षा की गई? इसका क्या उत्तर है? क्या कारण है कि सांस्कृतिक क्षेत्र में सक्रिय वर्ग—चाहे वह निम्न वर्ग से उठे हुए कबीर [हों] या शासक सामन्ती वर्ग से उठे हुए रहीम—श्रृंगार और अध्यात्म को ही प्रधानता देते रहे? इस प्रश्न को यह कहकर टरका दिया जाता है कि उन दिनों आत्म-चेतना विकसित नहीं हुई थी। किन्तु अन्तश्चेतना के विकास का माने भी क्या हैं?

स्पष्ट है कि बाह्य जीवन-जगत् को संशोधित-सम्पादित करते हुए जो आत्मसात्कृत जीवन-जगत् हृदय में उपलब्ध होता है, उस आत्मसात्कृत जीवन-जगत् के केवल वे ही अंग प्रकाश में लाए जाते हैं, अर्थात् कलात्मक रूप से बाह्यीकृत किये जाते हैं, जिन अंगों का समाज में कोई मूल्य हो, कोई स्थान हो, अथवा मूल्य हो सकने की सम्भावना हो, स्थान पा सकने की सम्भावना हो।

महत्त्व की बात यह है कि समाज के भीतर मानव-सम्बन्धों की जो अवस्था है, वह अवस्था अर्जित ज्ञान परम्परा या भाव-परम्परा में ही अपने आप को उद्बुद्ध और सचेत पाती है। मध्ययुग में निम्न वर्ग से आए सन्त और कवि इस अर्जित ज्ञान-परम्परा या भाव-परम्परा में ही कुछ फेरफार करके अपने को उद्बुद्ध और सचेत पाते हैं। इस अर्जित ज्ञान-परम्परा या भाव-परम्परा के ही कुछ तत्त्वों को [भक्ति-तत्त्व को] अपने लिए उपयुक्त समझ, उसके आधार पर अपनी स्थिति संगठित करते हैं। और फिर इन तत्त्वों के अनुसार जो बातें समाज में नहीं हैं या उसके बिलकुल

विरुद्ध जाती हैं, उनका खंडन करते हैं, अथवा ऐसी जीवन-पद्धति या भाव-पद्धति का निर्माण करते हैं जिनसे वे प्रतिकूल बातें खंडित हों। इस प्रकार वे, एक ओर, समाज के साथ सामंजस्य, तो दूसरी ओर, उसके साथ द्वंद्व—इन दोनों का निर्माण करते हैं। समाज के साथ सामंजस्य और द्वंद्व की यह युगपत् प्रक्रिया हमें भक्ति-आन्दोलन में परिलक्षित होती है। समाज के साथ सामंजस्य और द्वंद्व एक साथ उपस्थित करनेवाले इस भक्ति-आन्दोलन की विशेषता द्रष्टव्य है।

संक्षेप में, अर्जित ज्ञान-परम्परा या भाव-परम्परा के उन तत्त्वों को, जो आत्मसात्कृत जीवन-जगत् का ही अंग हैं, कलात्मक अभिव्यक्ति के लिए चुना जाता है, जो बाह्य जगत् से या तो वर्तमान वास्तविकता के आधार पर अपने वर्ग से मनोवैज्ञानिक सामंजस्य स्थापित करें, अथवा किसी बृहत्तर अभिलषित सामंजस्य के लिए द्वंद्व स्थापित करें, अथवा सामंजस्य और द्वंद्व, दोनों को एक साथ लेकर चलें। कौन-सी बात द्वंद्व स्थापित करेगी और कौन-से तत्त्व सामंजस्य स्थापित करेंगे, यह बात अपनी-अपनी श्रेणी की वास्तविक मनोवैज्ञानिक स्थिति पर निर्भर है। दूसरे शब्दों में, उस श्रेणी के जीवन-मूल्यों पर अवलम्बित है। महत्त्व की बात यह है कि केवल उन अभ्यन्तर तत्त्वों को कलात्मक बाह्यीकरण के लिए आवश्यक समझा जाता है, जो उक्त सामंजस्य या द्वंद्व के लिए महत्त्वपूर्ण सिद्ध हों या महत्त्वपूर्ण प्रतीत हों। कलाकार अन्तर में उत्थित उन तत्त्वों को ही प्रधानता देता है, जो उसे महत्त्वपूर्ण प्रतीत होते हैं। यह महत्त्व-भावना केवल सब्जेक्टिव नहीं है। वह महत्त्व-भावना उस वर्ग की मनोवैज्ञानिक स्थिति के आधार पर खड़ी हुई मनोवैज्ञानिक आवश्यकताओं के अनुसार बनती है। फलत: अन्य अन्तर्तत्त्वों की कलात्मक अभिव्यक्ति नहीं हो पाती। बाह्य जीवन-जगत् से प्राप्त जो जीवन-मूल्य उसने गृहीत, सम्पादित और संशोधित किये हैं, उनके अनुसार वह बनी हुई है। संक्षेप में, यह मूल्य-भावना अथवा महत्त्व-भावना केवल आत्म-सम्भूत नहीं है, वरन् वह बाह्य जीवन-जगत् के मूल्यों से समन्वित-संशोधित है।

अर्जित ज्ञान-परम्परा और भाव-परम्परा के आधार पर ही सामन्त-काल में कलाकारों ने वीर, शृंगार और अध्यात्म-सम्बन्धी विषय लिये। सामन्ती समाज में व्यक्ति-स्वातंत्र्य के मूल्यों का अभाव होने से, अन्य अन्तर्तत्त्वों की बाह्याभिव्यक्ति न हो सकी।

ब्रिटिश छत्रच्छाया के अन्तर्गत पूँजीवादी आधुनिक युग का जो अभ्युत्थान हुआ, उसमें एक ओर, व्यक्ति-स्वातंत्र्यानुकूल व्यक्तिनिष्ठ भावधारा और राष्ट्रीय भावधारा का उत्थान हुआ। इन जीवन-मूल्यों के अनुसार, अर्जित ज्ञान-परम्परा और भाव-परम्परा का सम्पादन-संशोधन-संकलन और विकास किया गया। कलाकारों ने वे ही विषय चुने जो उनकी युग-प्रवृत्तियों के अनुकूल हों। छायावाद का जन्म और विकास इन्हीं आग्रहों के उत्थान का रूप है।

छायावादी प्रवृत्ति के विरुद्ध प्रगतिवाद का जो महान आन्दोलन उठ खड़ा हुआ, वह एक विशेष काल में मध्यवर्ग की एक विशेष मनोवैज्ञानिक स्थिति का द्योतक है। हमारे राष्ट्रवाद ने राष्ट्रीय मुक्ति की जो कल्पना की थी, उसका सार-तत्त्व प्रगतिवाद में पूर्ण रूप से स्फुट हुआ। प्रगतिवादी काव्य राष्ट्रीय काव्य है। राष्ट्रवादी आन्दोलन में बार-बार उठाये [गए] शोषण से सर्वांगीण मुक्ति के स्वप्न को वह तर्कसंगत निष्कर्षों तक ले गया। निराला और पन्त का इस आन्दोलन में आना या अन्यों का उसमें समीप रहना यही बताता है।

संक्षेप में, आत्मसात्कृत जीवन-जगत् के वे ही अंश कलाकार को अभिव्यक्ति के लिए बाध्य करते हैं, जो अंश समाज अथवा वर्ग की मन:स्थिति से उत्पन्न तथा उसके द्वारा प्रदत्त जीवन-मूल्यों से हृदय में उत्पन्न हुई महत्त्व-भावना द्वारा अभिव्यक्ति के लिए संकलित किये जाते हैं। कला के ऐतिहासिक अनुशीलन से यह बात बिलकुल स्पष्ट हो जाती है।

संक्षेप में, आत्माभिव्यक्ति बाह्य जीवन-जगत् में प्रचलित जीवन-मूल्यों के आग्रहों से संचालित है। हम यह पहले ही कह चुके हैं कि मन की स्वतंत्रता, वस्तुत:, अत्यन्त सीमित और सापेक्ष है। यही कारण है कि अन्तर्तत्त्व-व्यवस्था का बहुत थोड़ा अंश—अपने जीवनानुभवों, ज्ञान-संवेदनाओं और संवेदनात्मक ज्ञान का बहुत थोड़ा भाग—कला के वस्तु-तत्त्व के रूप में प्रकट और अभिव्यक्त होता है। बहुत-से महान और महत्त्वपूर्ण अनुभव अप्रकट रह जाते हैं। इसका कारण ही यह है कि प्रकटीकरण के लिए अन्तर्तत्त्वों का संकलन करनेवाली जो महत्त्व-भावना है, वह बाह्य जीवन-जगत् के आत्मसात् किये हुए जीवन-मूल्यों से बनी हुई। यही कारण है कि युग-विशेष में कला के क्षेत्र में अभिव्यक्ति के लिए विशेष-विशेष विषय ही चुने जाते हैं। कलाकार यह सोचता है कि वह विषय के चुनाव में स्वतंत्र है। सच तो यह है कि उसका स्वातंत्र्य, उसके अनजाने ही, काट-तराशकर बहुत ही छोटा, सीमित और सापेक्ष कर दिया गया है। चूँकि उसकी तथाकथित स्वतंत्रता को काटने-तराशनेवाली यह शक्ति, प्रच्छन्न और परोक्ष रहकर, अदृश्य रूप से उसके अन्त:करण में प्रवेश कर, उसी के अन्त:करण का भाग बनकर, काम करती है, इसलिए वह सोचता है कि वह स्वतंत्र है।

कहने का सारांश यह है कि कला के वस्तु-तत्त्व वे अन्तर्तत्त्व हैं जो बाह्य जीवन-जगत् के आत्मसात् किये हुए जीवन-मूल्यों द्वारा संयुक्त होकर मन की आँखों के सामने आलोकित और तरंगायित हो उठते हैं, और जिनके बारे में यह प्रतीत होता रहता है कि वे अभिव्यक्ति के लिए, अर्थात् कलात्मक बाह्यीकरण के लिए, किसी-न-किसी प्रकार से महत्त्वपूर्ण हैं। इस महत्त्व-भावना के अभाव में कलाभिव्यक्ति असम्भव है।

यह महत्त्व-भावना ही कलाभिव्यक्ति को वर्ग या समाज से सामंजस्य में स्थापित करती है, अथवा बृहत्तर सामंजस्य के लिए उसे द्वंद्व रूप में उपस्थित करती है।

कौन-सी रचना समाजशास्त्रीय दृष्टि से प्रगतिशील या अप्रगतिशील है, इसका विचार करने के लिए पहले यह प्रश्न पूछना होगा कि वह द्वंद्व या सामंजस्य समाज या वर्ग की किसी स्थिति, अवस्था या प्रवृत्ति के साथ है? यह प्रश्न पूर्णतः वैध है।

आलोचना रूप की भी होती है, तत्त्व की भी। जब तत्त्व की आलोचना की जाती है तब समाजशास्त्रीय प्रश्न दरकिनार रखना गलत है। हाँ, यह हो सकता है कि समाजशास्त्रीय विवेचनों में मतभेद हों। परन्तु इस प्रश्न को उड़ा देना अन्धता है।

हम कला के तीन क्षणों का उल्लेख कर चुके हैं। अभ्यन्तर में तत्त्व, रूप के बिना प्रकट होना असम्भव है। रूप का अर्थ केवल चित्र ही नहीं, वरन् शब्द-रंग-स्वर-प्रवाह, इनमें से कुछ भी हो सकता है, अथवा उनका संयोग हो सकता है। मनस्तत्त्व का रूप—या तत्त्वस्वयं—निश्चल नहीं है। वह समशील अन्तर्तत्त्वों से संयोग करता हुआ रूप-विकास या रूप-संशोधन करता जाता है। सच तो यह है कि उनका पल्लवन और विकसन होता जाता है। इस अन्तर-अभिव्यक्ति को जब बाह्य अभिव्यक्ति में बदला जाता है तब अन्तर-अभिव्यक्ति का रूप भी बहुत-कुछ परिवर्तित हो जाता है।

भाषा एक सामाजिक सम्पत्ति है। आत्मसात्कृत जीवन-जगत् के तत्त्व, जब इस सामाजिक माध्यम द्वारा प्रकट होने के लिए आतुर हो उठते हैं, तब उनके प्रयत्नों में दो विशेषताएँ दिखाई पड़ती हैं। एक तो यह कि मनस्तत्त्व अपनी अन्तर-अभिव्यक्ति को कायम रखने और उसी मौलिक रूप में प्रकट होने के लिए भाषा में विविध प्रकार के शब्द-संयोगों की रचना करते हैं। इस प्रकार वे भाषा पर अपना प्रभाव छोड़ देते हैं। साथ ही भाषा की सामाजिकता के ढाँचे में अपने को फिट करने के लिए स्वयं ही अपने-आपको काटते-तराशते रहते हैं।

कलाकार की व्यक्तिगत ईमानदारी : एक

मेरी डायरी पर बहुत कम बहस हुआ करती है। लेकिन कल हो ही गई। वो जो यशराज हैं, न? वही, वही! उस गली में रहते हैं। नहीं, नहीं, उनकी वकालत नहीं चलती। हाँ, यूँ ही हैं, यों आदमी काबिल हैं। बी.एस-सी., बी.टेक., एल-एल.बी., लेकिन बिलकुल बेरोजगार हैं। इस शहर में उन्हें सब जानते हैं। हँसते हैं उन पर। वे बेरोजगार हैं न, इसलिए! उनके चेहरे पर हमेशा शनीचरी छाया रहती है।

खैर, तो वसुधा के लिए लिखी गई ताजी-ताजी डायरी उन्हें सुनाने का मुझे जब सौभाग्य प्राप्त हुआ, तो मैं बड़ा खुश था। क्या तीर मारा है मैंने! यशराज गर्दन नीचे डाले मेरी डायरी को चुपचाप सुन रहे थे। जब सुनाना खत्म हुआ तो बहुत ही मन्थर गति से उन्होंने अपना सिर ऊँचा उठाया। कहने लगे, "यह डायरी एकदम फ्रॉड है!"

मुझ पर वज्रपात हो गया था। काटो तो खून नहीं। नाड़ी खिसक गई। यशराज ने अपना चेहरा ऐसा बिगाड़ लिया था, मानो उनकी जबान का स्वाद एकदम कड़ुआ हो उठा हो!

डायरी मैंने बहुत मेहनत से बनाई थी। परसाई जी के पत्र-रूपी पिस्तौलों से सम्प्रेरित होकर मैंने इतनी मेहनत की। नतीजा क्या निकला...धूल...राख...बालू!

मैंने अपने मन को काफी नसीहत दी। उसकी पीठ थपथपाई। लेकिन निस्सन्देह उस समय मेरा चेहरा बहुत पीला हो गया होगा, क्योंकि मैंने उन क्षणों का अनुभव किया कि चेहरे का खून निचुड़ता हुआ दिल में टपक रहा है। मैंने यशराज की तरफ जब देखा तो मुझे सन्देह हुआ कि वह भी मुझ पर हँस रहा है!

मैंने अपने को सँवारते-सम्हालते हुए, अटकते हुए, और शब्दों के लिए भटकते हुए कहा, "तुम भले ही फ्रॉड कह लो। इसमें व्यक्तिगत ईमानदारी जरूर है! डायरी मेरी व्यक्तिगत ईमानदारी का सबूत है।"

यशराज ने अपनी मुसकान दबा ली। उसके होंठों की इस छोटी-सी हलचल से मुझे घाव-सा लग गया। मैं प्रयत्न करने लगा कि मेरी आँखों में क्रोध या खून दौड़ जाए। लेकिन देह में रक्त ही नहीं था। दूसरे, अगर मैं अकड़ने का नाटक भी करता तो भी बात न बनती, क्योंकि वैसा करना मेरी बौद्धिक संस्कृति के मानदंडों के बिलकुल विपरीत था।

अब तक का इतिहास यह है कि मैं अपनी बुद्धि द्वारा हृदय को सम्पादित और संशोधित करता आया हूँ। यह प्रक्रिया बिलकुल बचपन ही से चल रही है। जिन्दगी एक महाविद्यालय या विश्वविद्यालय नहीं है। वह एक प्राइमरी स्कूल है, जहाँ टाट-पट्टी पर बैठना पड़ता है; जरा-सी बात पर चाँटे के आघात की सारी संवेदनाएँ गालों पर झेलनी पड़ती हैं। जी हाँ! इस जिन्दगी का यही हाल है! भय, आतंक, विचित्र आशंकाएँ, अजीबोगरीब उलझाव, फटी हुई टाट-पट्टियाँ, पुराने स्याही-रँगे टेबिल, गुरुजी की भयानक दुतरफा मूँछ, और घर में माता-पिता की डाँट-फटकार, और बच्चे का कोमल छोटा-सा शरीर।

सोचा था कि जल्दी-जल्दी बड़ा हो जाऊँगा। ऊँचा, तगड़ा, मोटा। फिर जिन्दगी प्राइमरी स्कूल न रहेगी। लेकिन, नहीं! ज्यों-ज्यों बड़ा होता गया, खून सूखता गया। ऊँचा हुआ, साथ ही जर्जर भी। जिन्दगी पहले से भी बदतर प्राइमरी स्कूल होती गई। जी हाँ, जिन्दगी-भर पाठ पढ़ना है। सिर्फ पहाड़े पढ़कर ही काम नहीं चलने का। गुणा-भाग की नई-से-नई कतर-ब्योंत करनी पड़ेगी। अँगुलियों में स्याही, कमीज पर नीले दाग, होंठों के एक सिरे पर नीला रंग। मरने तक प्राइमरी स्कूल ही रहेगी यह जिन्दगी! वही पुरानी फटी टाट-पट्टी, मानो मेरी कविता की एक पंक्ति!

यशराज की बात अलग है। वह आला आदमी है। वह आइंस्टाइन की बात करता है। प्लैंक और ला प्लॉस उसकी जबान पर नाचते हैं। 'मैं'? इस 'मैं' को नष्ट कर दो। भारतीय संस्कृति का यह सन्देश है!

यशराज का शब्द-प्रवाह मेरे कानों में बहा, "व्यक्तिगत ईमानदारी का क्या अर्थ है? अधिक-से-अधिक वह अभिव्यक्ति की ईमानदारी है। इससे अधिक कुछ नहीं! तुममें तो अभिव्यक्ति की ईमानदारी भी नहीं है।"

यशराज न मालूम क्या कहता गया। मैं तो अपने मन में यह सोच रहा था कि मुझे तो बुद्धि के द्वारा अपने हृदय को सम्पादित और संशोधित करना है, उसमें पाद-टिप्पणियाँ जोड़नी हैं, भूमिका लिखनी है, सबके पीछे निर्देश-सूची भी तो जोड़ देनी है। किन्तु यह सम्पादन और संशोधन क्या कभी भी पूरा होगा? क्या कभी भी मैं मास्टरपीस की भाँति उसे उपस्थित कर सकूँगा? शायद यह सम्भव ही नहीं है। कल ही तो बूढ़े, बहुत बूढ़े, पिताजी ने मुझे कहा था कि आखिरी साँस छूटने तक नया सीखना पड़ता है, अपने-आपमें संशोधन करते रहना पड़ता है, लगातार सीखते जाना और नये-नये पाठ पढ़ना पड़ता है। ऐसा!

मैंने यशराज से आत्मस्वीकृति के स्वर में कहा, "व्यक्तिगत ईमानदारी का अर्थ है—जिस अनुपात में, जिस मात्रा में, जो भावना या विचार उठा है, उसको उसी मात्रा में प्रस्तुत करना। जो भाव या विचार जिस स्वरूप को लेकर प्रस्तुत हुआ है, उसको उसी स्वरूप में प्रस्तुत करना लेखक का धर्म है!"

यशराज ने जिद्दी आवाज में कहा, "क्या उसका धर्म यहीं तक सीमित है? यदि वह यहीं तक सीमित है, तो वह व्यक्तिगत ईमानदारी भी नहीं है, अभिव्यक्ति की ईमानदारी भी नहीं।"

यशराज से बहस करने की मेरी तबीयत नहीं हो रही थी। लगता था, अगर कोई व्यक्ति एक कप चाय दे दे तो नसें गरमा जाएँ। फिर शायद बहस के काबिल हो सकूँ। फिर भी, अगर मैं जवाब न देता तो बहुत बुरा-सा दीखता। आखिर ऐसी भी क्या बात है! सम्भव है, यशराज के पास भी कुछ ऐसा कहने के लिए हो जो मेरा पूरक हो सके। जरा इत्मीनान से काम लो!

मैंने कहा, "कैसे?"

यशराज पिस्तौल से छूटी हुई गोली की भाँति उड़ता गया। उसने कहा, "जो भाव या जो विचार, जिस स्वरूप को लेकर जिस मात्रा में और जिस अनुपात में, प्रस्तुत हुआ है, उसको उसी स्वरूप में प्रस्तुत करना एकदम नाकाफी है। महत्त्व की बात यह है कि वह भाव या वह विचार किसी वस्तु-तथ्य से सुसंगत है या नहीं। 'व्यक्तिगत ईमानदारी' का नारा देनेवाले लोग, असल में, भाव या विचार के सिर्फ 'सब्जेक्टिव' पहलू—केवल आत्मगत पक्ष—के चित्रण को ही महत्त्व देकर, उसे 'भाव-सत्य' या 'आत्म-सत्य' की उपाधि देते हैं। किन्तु भाव या विचार का एक ऑब्जेक्टिव पहलू अर्थात् वस्तुपरक पक्ष भी होता है। आजकल लेखन-कार्य में आत्मपरक पक्ष को महत्त्व देकर वस्तुपरक पक्ष की उपेक्षा की जाती है। चित्रण करते समय आत्मपरक पक्ष को प्रधानता दी जाती है, वस्तुपरक पक्ष को नहीं। इस रवैये का असर टेकनीक पर पड़ता है।"

यशराज की आँखें देखने के काबिल थीं। वह मुझे इस तरह देख रहा था मानो झिड़क रहा हो। किन्तु उसके चेहरे की ओर नहीं, वरन् उसकी बातों की ओर मैं ध्यान देने लगा।

यशराज कहता गया, "मध्ययुगीन भारतीय काव्य में, कुछ महत्त्वपूर्ण अपवादों को छोड़, प्रधान प्रवृत्ति वस्तुपक्ष के वर्णन की ओर ही अधिक रही। इस प्रवृत्ति ने आत्मपक्ष को गौण स्थान दिया। नये छायावादी युग ने आत्मपक्ष को ही प्रधान स्थान दिया और वस्तुपक्ष को गौण। यदि हिन्दी की नई कविता को साहित्य के इतिहास में, या यूँ कहिए कि संस्कृति के इतिहास में, कोई महत्त्वपूर्ण पार्ट अदा करना है, तो उसे काव्य की प्रकृति तथा शिल्प में आत्मपक्ष और वस्तुपक्ष का समन्वय उपस्थित करना होगा।"

यशराज ने विजेता की आँखों से मुझे देखा। निस्सन्देह मुझे पराजित होना पड़ा। मैंने दो सेर का अपना सिर हिलाकर उसकी हाँ-में-हाँ मिलाई। तब एकाएक मुझे भान हुआ मानो मेरे मस्तक की सन्दूक में सचमुच आलू और भुट्टे भरे हैं! उनकी तो तरकारी भी नहीं हो सकती।

इसके बावजूद, मैं यशराज की बात ज्यादा ध्यान से सुनने लगा। मुझे प्रतीत हुआ कि उसे ऐसा कुछ कहना है जो मेरे लिए मूल्यवान् भी सिद्ध हो सकता है।

मैंने प्रार्थना के स्वर में कहा, "यशराज, मैं नई कविता का कोई प्रवक्ता नहीं हूँ। मैं तुम्हारी बात मानने के लिए मान भी लूँ; किन्तु मेरे लिए यह एक बड़ा रहस्य ही बना रहेगा कि किस प्रकार वस्तुपक्ष से आत्मपक्ष का समन्वय स्थापित किया जाता है।"

यशराज ने बीच ही में बात काटते हुए कहा, "मैं तो तुम्हारी डायरी के बारे में बात कर रहा था। उसके प्रसंग से नई कविता पर चला आया। तुमने जगह-जगह, व्यक्तिगत ईमानदारी की जो बात कही है, वह बहुत ही कुहरिल है। 'व्यक्तिगत ईमानदारी' की क्या परिभाषा है? मैं बहुत-सी 'नई' कविताएँ पढ़ता हूँ। मुझे उनमें कुछ विशेष ईमानदारी नहीं मालूम होती।"

यशराज कहता गया, "नई कविता की भी एक लीक पड़ गई है। वह भी एक ढर्रा है। ढर्रे में सब कुछ खपाया जा सकता है। एक बार शिल्पविधान पर अधिकार हो जाए कि बस...!"

उसने कहना जारी रखा, "यह तो तुम मानते हो कि भाव या विचार का एक वस्तुतत्त्व भी होता है; अर्थात् वह एक ऐसी मानसिक प्रतिक्रिया है, जो किसी वस्तुतत्त्व के प्रति की गई है। इस मानसिक प्रतिक्रिया में सत्यत्व तो तभी उत्पन्न होगा, जब उसमें वस्तुतत्त्व का वस्तुमूलक आविर्भाव हो। साथ ही उसमें यह बोध भी सम्मिलित हो कि जो मानसिक प्रतिक्रिया उस वस्तुतत्त्व के प्रति हुई है, वह सही है या गलत, उचित है या अनुचित, ठीक अनुपात में है कि गलत अनुपात में। यदि ऐसा नहीं हुआ तो बड़ी अजीब बात होगी।"

मैंने मुसकुराकर कहा, "हजरत, काव्य की प्रक्रिया ज्ञानात्मक प्रक्रिया नहीं है।"

यशराज ने जवाब दिया, "ठीक! किन्तु ज्ञान और बोध के आधार पर ही भावना की इमारत खड़ी है। यदि ज्ञान और बोध की बुनियाद गलत हुई, तो भावनाओं की इमारत भी बेडौल और बेकार होगी। उसका असर काव्य-शिल्प पर भी होगा।"

यशराज यह कहकर क्षणमात्र चुप रहा, मानो साँस लेना चाह रहा हो! वह आगे कहता गया, "व्यक्तिगत ईमानदारी वहाँ लक्षित होगी जहाँ, वस्तु का वस्तुमूलक आकलन करते हुए लेखक उस आकलन के आधार पर वस्तुतत्त्व के प्रति सही-सही मानसिक प्रतिक्रिया करे। यदि वह ऐसा नहीं करता, तो उसकी प्रतिक्रिया में सत्यत्व का आविर्भाव नहीं होगा।"

मैंने कहा, "तुम्हारी परिभाषा यदि स्वीकार कर ली जाए तो काव्य के क्षेत्र में एक दंगा-सा मच जाएगा। असलियत यह है कि तुम जिस वस्तुमूलक सत्य की बात करते हो, वह काव्य के भाव-सत्य से अलग है।"

यशराज ने आँखें फाड़कर मेरी तरफ देखना शुरू किया मानो मैं कोई जिराफ या कंगारू-जैसा अजीबोगरीब प्राणी होऊँ!

मैंने भी बहुत गम्भीरता से उत्तर दिया, "मैं भी अपनी बात कहाँ समझा पा रहा हूँ!"

दोनों ने अपने-अपने आसन बदले।

मैंने शून्य की ओर देखना शुरू किया। उस शून्य में मुझे दो बातें नजर आईं। एक तो यह कि यशराज के अनुसार मानसिक प्रतिक्रिया जिस वस्तु के प्रति होती है, उस वस्तु का भी चित्रण परमावश्यक है। दूसरी यह कि सत्यत्व के आविर्भाव के लिए यह जरूरी है कि कवि उक्त वस्तुतथ्य के प्रति सही-सही मानसिक प्रतिक्रिया करे।

यशराज के इस अभिमत पर मेरे मन ने इस प्रकार टिप्पणी की। मन कहता गया : अपनी मानसिक प्रतिक्रिया वस्तुतथ्य के प्रति सही-सही है या नहीं—इसकी कसौटी क्या है? मेरे खयाल से कवि-लेखक अपने दृष्टिकोण से किसी वस्तुतथ्य के प्रति प्रतिक्रिया करता है। माना कि मानसिक प्रतिक्रिया में संवेदना अन्तर्भूत है, किन्तु उसमें दृष्टि या दृष्टिकोण भी अन्तर्भूत है। संवेदना और दृष्टि दोनों से मिलकर मानसिक प्रतिक्रिया होती है। हाँ, यह आवश्यक नहीं है कि मानसिक प्रतिक्रिया करते समय, कवि उस दृष्टि या दृष्टिकोण के पीछे रहनेवाली, अर्थात् उसकी पार्श्वभूमि के रूप मैं रहनेवाली, अपनी सम्पूर्ण विचारधारा से पूर्णत: सचेत हो। मनुष्य के ध्यान-रूपी फोकस में सारी वस्तुएँ एक साथ नहीं रह सकतीं। किन्तु ध्यान अलग चीज है, मन अलग बात है। ध्यान में तो वस्तुतथ्य है, उस वस्तुतथ्य के प्रति संवेदनात्मक प्रतिक्रिया की गई है; किन्तु उस प्रतिक्रिया में, प्रच्छन्न रूप से अथवा अर्द्ध-सचेत रूप में, कवि की दृष्टि या दृष्टिकोण अवश्य रहता है। यह दृष्टि या दृष्टिकोण अनिवार्यत: बौद्धिक ही होता है, यह नहीं कहा जा सकता। हम उसके दृष्टिकोण को रुख या रवैया भी कह सकते हैं। मजेदार बात यह है कि कभी-कभी मानसिक प्रतिक्रिया करते समय तो एक रुख या दृष्टि रहती है, किन्तु मन एक इकाई ही नहीं होता। उस इकाई के भीतर दुई भी होती है। ऐसी स्थिति में मानसिक प्रतिक्रिया के भीतर एक रुख और उस प्रतिक्रिया को सम्पादित और संशोधित करनेवाली एक और दृष्टि रहती है। विवादियों के एक पक्ष का कहना है कि मानसिक प्रतिक्रिया का यह संशोधन-सम्पादन अनावश्यक है, गलत है, खतरे से भरा हुआ है। यहाँ बेईमानी हो सकती है, होती है, जान-बूझकर की जाती है। इसलिए होना यह चाहिए कि व्यक्तिगत मानसिक प्रतिक्रिया को, ज्यों-का-त्यों, ठीक-ठीक अनुपात और मात्रा से, प्रकट किया जाए।

उनके इस अभिमत में बहुत कुछ सार है। काव्य में लम्बी-चौड़ी बात हाँकनेवाले, स्वाँग करनेवाले, अपने को मसीहा और क्रान्तिकारी समझकर बात करनेवाले लोग, छोटी-सी मानसिक प्रतिक्रिया को अपनी दृष्टि के अनुसार बहुत बढ़ा-चढ़ाकर रखते हैं। वे एक एक्टर हैं, नट हैं। वास्तविक प्रेम करने का आत्मबल उनमें बिलकुल भी नहीं है; किन्तु स्वाँग ऐसा करते हैं, मानो वे अपनी प्रेमिका के बिना जी नहीं

सकते। अगर हम मानसिक प्रतिक्रिया को ज्यों-का-त्यों, स्वाभाविक अनुपात और मात्रा में, व्यक्त करने का आग्रह नहीं करते, उस आग्रह को महत्त्व नहीं देते, तो काव्य में ऐसे अभिनेता तथा स्वाँगवाले लोग, लम्बी-चौड़ी बात हाँकनेवाले सज्जन, बिला शक एक झूठा साहित्य पैदा कर देते हैं। ऐसे लोग, मन की इकाई में जो दुई है, उसकी प्रकृति के अनुसार, अपनी मूल मानसिक प्रतिक्रिया को सम्पादित और संशोधित करते हैं। कहते हैं कि काव्य एक सांस्कृतिक प्रक्रिया है—मात्र व्यक्तिगत नहीं। इसलिए उन्हें काव्य-सृजन के दौरान में (मन के भीतर) अभिनेतृत्व करने, स्वाँग रचने, लम्बी-चौड़ी हाँकने, आदि-आदि की पूरी छूट है। वे कहते हैं कि काव्य एक सांस्कृतिक संस्था है, वह मात्र व्यक्तिगत कमरा नहीं।

खैर, बड़े-बड़े शब्दों को जाने दीजिए। मैं भी मानसिक प्रतिक्रिया को सम्पादित और संशोधित करने की बात कहता आया हूँ। मेरे इस मन्तव्य का क्या वास्तविक अर्थ है? और यह यशराज जब मानसिक प्रतिक्रिया के सहीपन की बात करता है, वस्तुतथ्य के प्रति सही-सही मानसिक प्रतिक्रिया करने पर जोर देता है, तो उसकी इस बात का निर्देशक महत्त्व क्या है? क्या यशराज यह कहना चाहता है कि कवि जीवन-जगत् के प्रति वास्तविक विश्व-दृष्टि (वर्ल्ड व्यू) का विकास करे, और वह विश्व-दृष्टि उसकी मानसिक प्रतिक्रिया की प्रेरक हो? यदि सचमुच उसका यही मत है तो मेरी और उसकी पोजिशंस में विशेष भेद नहीं है।

मैं इतनी सब बातें क्षण-भर में सोच गया। भीतर का मेरा अपना सारा विचार-जगत् मूर्तिमान हो उठा। किन्तु यशराज की बातों का प्रवाह कहीं और जा रहा था।

वह कहता गया, "व्यक्तिगत ईमानदारी वह है, जहाँ लेखक, वस्तु का वस्तु-मूलक आकलन करते हुए, उस आकलन के आधार पर वस्तुतत्त्व के प्रति सही मानसिक प्रतिक्रिया करे। यदि वह ऐसा नहीं करता, तो उसकी प्रतिक्रिया में सत्यत्व का आविर्भाव उत्पन्न नहीं होगा। यही न?"

मैंने जवाब दिया, "तुम्हारी परिभाषा यदि स्वीकार कर ली जाए तो काव्य के क्षेत्र में एक हंगामा मच जाएगा। काव्य का सत्य, शासकीय या वैज्ञानिक सत्य नहीं है। यदि वस्तुत: वैसा होता, तो अब तक दुनिया में जितना भी काव्य-साहित्य उत्पन्न हुआ है, वह तुम्हारी परिभाषा का अनुगमन करता।"

यशराज बीच में बोल उठा, "मैं तो व्यक्तिगत ईमानदारी की बात कर रहा हूँ। मैं तो यह कहना चाहता हूँ कि हिन्दी में (मैं हिन्दी की बात ही बोल सकता हूँ) बहुतेरी ऐसी कविताएँ हैं जो बिलकुल फ्रॉड है। जिसे तुम 'नई कविता' कहते हो, उसमें भी फ्रॉड की कमी नहीं है।"

शायद यशराज ने मुझे उत्तेजित करने के लिए यह कहा होगा। लेकिन ईश्वर की कुछ ऐसी कृपा रही कि मैं विचलित नहीं हुआ। मैंने शान्त भाव से तिरछी मार की। मैंने कहा, "तुम्हारी आलोचना क्या फ्रॉड नहीं है?"

मैंने कुछ आलोचकों के नाम भी लेना चाहे। लेकिन कुछ सोचकर चुप रह गया। आलोचक भी तो झूठ के साथ-साथ कभी-कभी सच बोल जाया करते हैं। हाँ, यह होता है, उनके अपने मसीहाई बौद्धिक अहंकार के बावजूद।

यद्यपि मैं शान्त था, किन्तु उत्तेजना घर कर रही थी। हमारी और यशराज की आपसी सिर-फुटौवल कई बार हो भी चुकी है। इसलिए उससे घबराने की बात नहीं थी।

[वसुधा : मार्च, 1960 में प्रकाशित। एक साहित्यिक की डायरी में संकलित]

कलाकार की व्यक्तिगत ईमानदारी : दो

बात चल रही थी आलोचना और काव्य पर। यशराज न जाने किस बात पर चीखकर टेबिल पर घूँसे मारने लगा और बोला, "हाँ, आलोचना में फ्रॉड होता है, किन्तु काव्य में भी होता है। एक तो फ्रॉड जान-बूझकर किया जाता है, अर्थात् काव्य में लेखक जो दृष्टि अपनाता है, वह उसकी अन्तर्दृष्टि नहीं होती। कवि एक अभिनेता भी है। सफलतापूर्वक अभिनय करने के बाद भी वह अभिनय है। वह असल की नकल है। उसमें असल की बू हो सकती है, लेकिन वह असल नहीं है।"

मुझे हँसी आ गई। यशराज के असाहित्यिक शब्द 'असल' और 'नकल' मुझे भा गए। बड़े अच्छे शब्द हैं! एक बात और भी महत्त्वपूर्ण हुई। वह यह कि यशराज काव्य का सत्यत्व वहाँ मानता है, जहाँ लेखक अन्तर्दृष्टि को दरकिनार रखते हुए अभिनेतृत्व करता है। तो मतलब यह कि यशराज यह मानता है कि मानसिक प्रतिक्रिया को ठीक-ठीक अनुपात में ज्यों-का-त्यों रखने के अनुरोध के महत्त्व को स्वीकार करना है! यही न? लेकिन मैंने यह बात जबान से नहीं निकाली। मैं तो सिर्फ सुन रहा था।

यशराज ने कहा, "काव्य में एक दूसरे ढंग का फ्रॉड भी होता है।"

मैंने कहा, "कौन-सा?"

यशराज ने जवाब दिया, "यह फ्रॉड तब होता है, जब लेखक यह जानता ही नहीं कि वह फ्रॉड कर रहा है। लेखक को पूरा विश्वास होता है कि जो बात वह कह रहा है, सही कह रहा है। अर्थात्, जहाँ लेखक ईमानदारी से मूर्ख होता है। लेखक को यह भी विश्वास होता है कि उसकी बात केवल सच्ची ही नहीं, वरन् वह सुन्दर भी है, और कल्याणकारी भी। लेखक पूर्ण निष्ठा के साथ बात कर रहा है। फिर भी उसकी निष्ठा ही फ्रॉड को जन्म देती है, या जन्म दे सकती है।

"...मतलब यह कि लेखक की निष्ठा और आत्मविश्वास कोई ऐसी शक्ति नहीं है, जो उसके साहित्य को फ्रॉड बन जाने से बचाए...दूसरे शब्दों में, लेखक, सम्पूर्ण निष्ठा और आत्मविश्वास के साथ भी, बड़ा ही सन्तुलित फ्रॉड कर सकता है। ध्यान रखो कि इसका अर्थ यह नहीं है कि निष्ठा और आत्मविश्वास ऐसी शक्ति है, जो अनिवार्य रूप से और हमेशा साहित्य को फ्रॉड ही बनाती है। किन्तु अपनी

बात पर निष्ठा और आत्मविश्वास होने मात्र से साहित्य निर्मल, छलरहित फ्रॉडलेस नहीं होता।"

यशराज की उत्तप्त मुखमुद्रा देखकर मुझे सचमुच हँसी आ गई। मैंने ठठाकर हँसते हुए कहा, "तो तुम क्या सोचते हो? लेखक अपने ही खिलाफ, अपने वस्तु-तत्त्व के विरुद्ध, अपनी मानसिक प्रतिक्रियाओं के विरुद्ध, जासूसी करे, 'सीआईडीगीरी' करे? इतना बेवकूफ लेखक नहीं होता!"

यशराज ने झुँझलाते हुए कहा, "मजाक मत करो, असलियत को देखो!"

इस बात पर मुझे और हँसी आ गई। फिर भी यशराज की बात का आदर करते हुए मैंने कहा, "अच्छा, तो इस दूसरे किस्म के फ्रॉड को जरा और समझाइए। मैं ध्यानमग्न होकर सुन रहा हूँ।"

यशराज बोलता गया, "बस, तुम-सरीखा श्रोता मुझे मिल जाए तो मजा आ जाए। आजकल ईमानदार श्रोताओं की बड़ी कमी है। वक्ता तो बहुत ईमानदार होते हैं!"

दोनों की बात ठहाकों में डूब गई।

यशराज कहता गया, "लेखक ईमानदारी में फ्रॉड वहाँ करता है जहाँ उसे मालूम ही नहीं होता है कि वह स्वयं फ्रॉड को जन्म दे रहा है। दूसरे शब्दों में, उसके विचार या उसकी अनुभूतियाँ वस्तुतत्त्व के वस्तुमूलक आकलन पर आधारित नहीं होतीं। अथवा, वे ऐसी होती हैं कि जो जीवन के यथार्थ से नियंत्रित न होकर उसके आत्मबद्ध दृष्टिकोण के फलस्वरूप, विक्षेपग्रस्त होती हैं। ऐसी स्थिति में लेखक की भावना का ज्ञानात्मक आधार ही गलत होता है। इस ज्ञानात्मक आधार की विकृति के फलस्वरूप उसकी भावना भी विकारग्रस्त ही होती है। दूसरे शब्दों में, लेखक जब केवल सब्जेक्टिव होता है—भले ही वह ऑब्जेक्टिविटी का आभास निर्माण करता रहे—अर्थात् जब वह अपनी तथाकथित अन्तर्दृष्टि को वस्तुतत्त्व पर थोपता है, या अपनी तथाकथित अनुभूति के रंगीन चश्मे से वस्तुतत्त्व को देखता है, तब उसके साहित्य में निस्सन्देह फ्रॉड उत्पन्न होता है।"

यहाँ मैंने यशराज की लगाम थाम ली। मैंने कहा, "मिस्टर, जब हम काव्य के वस्तुतत्त्व की बात करते हैं, तब हम उन भाव-समुदाय की बात कर रहे हैं जो कि कवि की वाणी द्वारा व्यक्त होता है।"

यशराज यहाँ उत्तेजित हो उठा। उसने आवेश से कहा, "मैं काव्य के वस्तु-तत्त्व के बारे में तुम्हारी परिभाषा मानने के लिए तैयार नहीं हूँ। काव्य में एक मानसिक प्रतिक्रिया या प्रतिक्रियाओं की शृंखला व्यक्त होती है। वस्तुतत्त्व यह मानसिक प्रतिक्रिया नहीं है, वरन् वह तत्त्व है जिसके प्रति और जिसके बारे में यह प्रतिक्रिया हुई है। अर्थात् मैं भावों के आलम्बन की बात कर रहा हूँ। समझ गए हजरत!"

मैंने खीजकर कहा, "भावों के आलम्बन की बात करो! काव्य के वस्तुतत्त्व में तो भाव और उसका आलम्बन दोनों आ जाएँगे। हाँ, आगे चलो!"

यशराज ने कहा, "मैं तो अपने शब्दों में बात करूँगा।"

मैंने बीच ही में टोककर सवाल किया, जिसका सम्बन्ध उसकी बात से कुछ भी नहीं था। मैंने कहा, "क्या तुम यह मानते हो कि वैसा फ्रॉड बहुत सुन्दर भी हो सकता है, बहुत मनमोहक और बहुत आकर्षक?"

यशराज ने एकदम कहा, "यही तो उसकी खराबी है! चूँकि वह मनमोहक और आकर्षक होता है, इसलिए वह पाठकों को अधिक प्रभावित करता है! किन्तु इससे केवल इतना ही सिद्ध होता है कि फ्रॉड भी एक कला है—एक ललित कला। और जो फ्रॉड है, वह ललित कला भले ही हो, वह व्यक्तिगत ईमानदारी के आधार पर उपस्थित ललित कला नहीं है।"

मैंने संत्रस्त होकर कहा, "आखिर तुम कहना क्या चाहते हो?"

उसने जवाब दिया, "भावना का ज्ञानात्मक आधार जब तक वस्तुत: शुद्ध है, तभी तक वह भावना फ्रॉड नहीं है। किन्तु ज्ञान का भी निरन्तर प्रसार और विकास होता है। चूँकि ज्ञान के क्षेत्र में ही भावना विचरण करती है, इसलिए ज्ञान को अधिकाधिक मार्मिक, यथार्थमूलक और विकसित करने का जो संघर्ष है, वह वस्तुत: कलाकार का सच्चा संघर्ष है। यदि कवि या कलाकार यह संघर्ष त्याग देता है, तो वह सचमुच ईमानदार नहीं है। सच तो यह है कि व्यक्तिगत ईमानदारी के भीतर ही एक बहुत बड़ा संघर्ष होता है। दूसरे शब्दों में, कला के क्षेत्र में व्यक्तिगत ईमानदारी स्वयंसिद्ध नहीं, वरन् प्रयत्न-साध्य होती है!"

"तो क्या इसका मतलब यह है कि जो लेखक लेखन-कार्य के सम्बन्ध में पूर्णत: सचेत नहीं है, अर्थात् जिस लेखक की रचना अनायास, बिना परिश्रम के, सहज रूप से प्रसूत होती है, उस लेखक में व्यक्तिगत ईमानदारी का अभाव है? हम एक उदाहरण लें। शैले का काव्य भावनाओं का अनायास पूर कहा गया है। चूँकि वह काव्य प्रयत्न-साध्य नहीं था, वरन् एक विशेष अर्थ में अनायास था, इसलिए तुम्हारे अनुसार उसमें व्यक्तिगत ईमानदारी का अभाव रहा है!"

यशराज इस जगह आकर कुछ संकोच में पड़ गया। वह देर तक मेरी बातों का जवाब न दे सका। व्यक्तिगत ईमानदारी के सम्बन्ध में उसने आगे जो स्पष्टीकरण दिया, वह बड़ा ही मजेदार है।

यशराज कहता गया, "तुमने एक बड़ी अच्छी कठिनाई उपस्थित कर दी। लेकिन, हाँ, उसका भी हल है। शैले की बहुत-सी ऐसी कविताएँ हैं, जिनका ज्ञानात्मक आधार—उस युग-विशेष की परिस्थिति के घेरे के भीतर—पहले के कवियों के ज्ञानात्मक आधार से अधिक विकसित था। शैले की रोमैंटिक दृष्टि, क्लासिकल पुराणपंथी कवियों की रूढ़िवादी दृष्टि की तुलना में, कहीं अधिक पारदर्शी थी। साथ ही, युग की उत्थानशील शक्तियों ने शैले को जो उत्कृष्ट मानवतावादी स्वप्न देकर रखा था, उस स्वप्न से वह कवि प्रेरित था। व्यक्ति की

आत्मगरिमा तथा व्यक्ति के भीतर की उत्थानशील स्निग्ध आध्यात्मिक सम्भावनाएँ शैले के काव्य में प्रकट होती हैं। शैले के काव्य में जो कुहरिलता है, वह उसके युग की उठती हुई शक्तियों के विचार-सामर्थ्य की सीमा घोषित करती है, तो साथ ही वह यह भी सूचित करती है कि उन उठती हुई शक्तियों में भावना-तत्त्व अधिक था, विचार-तत्त्व आपेक्षिक दृष्टि से कम। शैले के काव्य का ज्ञानात्मक आधार निस्सन्देह, अन्य कवियों की अपेक्षा, न केवल सत्यात्मक था, तथ्यात्मक था, वरन् वह अधिक विशद, विस्तृत और निर्णायक भी था। दूसरे शब्दों में, शैले में एक विशाल जागरूकता थी। इस ज्ञानात्मक जागरूकता के क्षेत्र में उसकी भावना विचरण करती थी। दृष्टि रोमैंटिक होने मात्र से भावना का ज्ञानात्मक आधार कमजोर नहीं होता। ज्ञानात्मक आधार कमजोर तब होता है, जब कवि, समाज को प्राप्त अद्यतन ज्ञान की उपेक्षा कर, अद्यतन ज्ञान द्वारा सम्प्रेरित भावनाओं से दूर हटकर, केवल अपने एकान्तिक निविड़ लोक में ही विचरण करता है। ज्ञान का अर्थ केवल वैज्ञानिक उपलब्धियों का बोध ही नहीं है, वरन् समाज की उत्थानशील तथा ह्रासोन्मुख शक्तियों का बोध भी है। शैले के काव्य का सौन्दर्य उस मनोभूमिका से उत्पन्न हुआ है, जो अपने युग में विकासमान उत्थानशील प्रवृत्तियों से परिपक्व हुई है। शैले को ज्ञान ने स्वप्न दिया, स्वप्न ने भावना दी। उसका समस्त साहित्य इस मनोभूमिका से अनुरंजित है। शैले के काव्य की कुहरिलता के कारणों के सम्बन्ध में मैं पहले ही कह चुका हूँ। वास्तविकता यह है कि, तुलनात्मक दृष्टि से, शैले बहुत ही जागरूक कवि था। वह अपने जमाने की उत्थानशील मानवतावादी शक्तियों से आध्यात्मिक सम्बन्ध अनुभव करता था। कला के क्षेत्र में भी वह इतना अधिक जागरूक था कि वह अपने युग के मनोहर स्पन्दनों को अपने काव्य में अपने स्वप्नों के माध्यम से व्यक्त कर सका। किन्तु हम अन्य रोमैंटिक लेखकों और कवियों को लें। उनमें से कइयों में हमें छद्म भावनाएँ देखने को मिलेंगी। छद्म मनोवैज्ञानिकता का भी एक बहुत बड़ा व्यापार होता है। हिन्दी के रोमैंटिक कवियों में ऐसी छद्म भावनाएँ बहुत देखने को मिलेंगी। यह छद्म मनोवैज्ञानिकता एक विशेष प्रकार की अभिरुचि में उत्पन्न होती है, और उस अभिरुचि को वह दृढ़ करती है। अभिरुचि स्वयं इस कपटजाल को जन्म भी देती है।

"अभिरुचि के साथ-साथ कई प्रकार के सेंसर्स लगे रहते हैं। लेखक को अनेक प्रकार के सेंसर्स, यानी गहरे अन्तर्निषेधों का सामना करना पड़ता है। कुछ अन्तर्निषेध ऐसे होते हैं, जो उसके काव्य-सम्बन्धी यथार्थ की संवेदनाओं को भी काटकर फेंक देते हैं। काव्य का जो वास्तविक तत्त्व है, जिसके कारण और जिसके द्वारा सौन्दर्य प्रकट होता है, उसी से पता चल जाता है कि लेखक छद्म भावनाओं का व्यापार कर रहा है या क्या!"

यशराज कहता गया, "ये अन्तर्निषेध उसकी बहुत-सी अच्छी और सच्ची भावनाओं के स्रोत को भी सुखा देते हैं। फलत: जो काव्य प्रसूत होता है, वह जाली होता है। हिन्दी में जाली कविताओं की कमी नहीं। कभी-कभी ऐसा जाली साहित्य भी कुछ परम्परागत गुण व्यक्त करता आया है। कवि के अभ्यासवश काव्य में लालित्य, आदि गुण उत्पन्न हो जाते हैं, जिसके फलस्वरूप कुछ लोग उन्हें साहित्य की अमूल्य निधि में भी जमा कर देते हैं।"

यशराज आगे कहता गया, "ऐसे काव्य में प्रकट भावनाएँ जाली होने के कारण बहुधा अप्राकृतिक भी हो उठती हैं। कवि का धर्म है—अपनी प्रकृति से और काव्य के वस्तुतत्त्व की प्रकृति से एकाकार होना। व्यक्तिगत ईमानदारी का यह बहुत बड़ा तकाजा है कि लेखक निर्भीकतापूर्वक अपने अन्तर्निषेधों को सुधारे, उनका सामना करे। साथ ही, वह अपनी प्रकृति में और वस्तु की प्रकृति में प्रवेश करे। इस अन्त:प्रवेश के रास्ते में जो भी सामने आता हो, उसे जोर से हटा दे। दूसरे शब्दों में, अपनी अन्त:प्रकृति और वस्तु की प्रकृति में प्रवेश करने के उद्देश्य से, काव्य-सम्बन्धी अपनी अभिरुचि को भी बदल डाले—वह अपना, अपने स्वयं का, लगातार संशोधन और सम्पादन करता जाए...!"

मैं एकदम बोल पड़ा, "ओ, हीअर आइ एग्री (यहाँ मैं तुमसे सहमत हूँ)!"

यशराज आगे कहता गया, "जो लेखक अपने हृदय को (तुम्हारे शब्दों में) निरन्तर संशोधित और सम्पादित नहीं करता है, उसका विकास रुक जाता है। यह संशोधन और सम्पादन, कवि की जीवन-दृष्टि के द्वारा ही सम्पन्न होना चाहिए, स्वाँग रचने के लिए नहीं।"

यशराज बहुत ज्यादा बोल गया था। कभी-कभी मेरा ध्यान भी उचट जाता। फिर भी मैं एकाग्रतापूर्वक उसकी बात सुनने का प्रयत्न कर रहा था। यशराज कह रहा था, "कवि का यह धर्म है कि उसके दिल में जो नकारशील खटके हैं, जो अन्तर्निषेध हैं, उन्हें विवेकसंगत बनाया जाए। केवल विशेषाभिरुचि के वशीभूत होकर उन अन्तर्निषेधों का विकास न किया जाए। ध्यान रहे कि ये अन्तर्निषेध लेखक स्वयं अपने लेखन-कार्य के दौरान विकसित करता है। उनका विकास किस प्रकार होता है, यह विषय ही अलग है। महत्त्व की बात यह है कि अन्तर्निषेधों का विवेकसंगत विकास हो। व्यक्तिगत ईमानदारी का यह बहुत बड़ा तकाजा है। यदि काव्य के वस्तुतत्त्व की प्रकृति और कवि की प्रकृति, दोनों का समाहार करनेवाली कवि-दृष्टि ऐसी है, जो जीवन के लिए महत्त्वपूर्ण है, तो निस्सन्देह उसका काव्य सारगर्भित और प्रभावशाली होगा। यदि उस कवि-दृष्टि का महत्त्व अत्यन्त सीमित है, तो उस काव्य को हम भले ही सुन्दर कह लें, वह हमारे जीवन पर विशेष प्रभाव नहीं डाल सकता, अर्थात् वह हमारे जीवन-विवेक को विकसित और पुष्ट नहीं कर सकता। ध्यान रखिए कि कवि-दृष्टि को मैं जीवन-दृष्टि के रूप में ही ले रहा हूँ।"

यहाँ यशराज की साँस खत्म हो गई। यशराज की विवेचन-बुद्धि ने निस्सन्देह मुझे बहुत प्रभावित किया। मेरे मन में विचारों का ताँता-सा शुरू हो गया। यशराज को चुप देख मैंने भी अपना कुछ जोड़ना चाहा।

मैंने कहा, "यशराज, सुनो। अब मैं भी कुछ कहना चाहता हूँ। ध्यान से सुनना! भले ही काव्य-रचना हाथ में कलम लेकर टेबिल पर की जाती रही हो, किन्तु रचना की सच्ची मनोभूमिका, काव्य-रचना के क्षणों के बाहर निरन्तर तैयार होती रहती है। यदि इस मनोभूमिका की तैयारी के दौरान में कवि सचमुच ईमानदार है, यानी वह अपनी जीवन-दृष्टि व्यापक और गहरी रखने का प्रयत्न करता है, तो उस काव्य-रचना से सम्बन्धित वह मनोभूमिका भी अधिकाधिक विशद और यथार्थ होती जाएगी, ऐसा मेरा खयाल है। इसलिए मैं यह कहता हूँ कि काव्य-रचना एक परिणाम है, किसी पूर्वगत प्रदीर्घ मन:प्रक्रिया का, जो अलग-अलग समयों में बनती गई, और अपने तत्त्व एकत्र करती गई है। काव्य-रचना में जो अनायासता उत्पन्न होती है, वह केवल भाषा और छन्द के अभ्यास के फलस्वरूप ही उत्पन्न नहीं होती, वरन् काव्य-रचना की पूर्वगत मनोभूमिका की समृद्धि के फलस्वरूप उत्पन्न होती है। इसीलिए व्यक्तिगत ईमानदारी का सम्बन्ध काव्य-सम्बन्धी मनोभूमिका से अधिक है। यदि यह मनोभूमिका आत्मपरक और वस्तुपरक, अर्थात् उन दोनों से समन्वित जीवनपरक दृष्टि से तैयार की गई है तो उस कवि का क्या कहना! वह निस्सन्देह समृद्ध करती है। इस सतह पर मुख्य प्रश्न दृष्टि का है। मानवता के कवि की दृष्टि विश्व-जनता के उद्देश्यों से एकाकार है, अर्थात् जब कवि की भावनाओं का ज्ञानात्मक आधार विस्तृत, व्यापक और अद्यतन है, तो ऐसी स्थिति में उस कवि की दृष्टि ही उसके अन्त:करण में एक वातावरण निर्माण करेगी, एक काव्यात्मक मनोभूमिका तैयार करेगी। मनोभूमिका या वातावरण के बिना सत्काव्य सम्भव ही नहीं। सच तो यह है कि काव्य-साधना या कला-साधना, काव्य-रचना या कला-रचना की प्रक्रिया के दौरान में ही सीमित नहीं होती। काव्य-साधना या कला-साधना का अधिकतर भाग काव्य-रचना के क्षणों से बहुत बाहर होता है। इसलिए कलाकार के लिए यह आवश्यक है कि वह ज्ञानात्मक आधार का अधिकाधिक विस्तार करे, ज्ञान-स्वप्न दे सके, स्वप्न-भावनाएँ उत्सर्जित कर सके। मानसिक प्रतिक्रिया का सम्पादन-संशोधन यदि उस स्वप्न द्वारा प्रस्तुत होता है, तो निस्सन्देह वह कल्याणकारी है। उस ज्ञानात्मक आधार पर ही मन अपने को सम्पादित और संशोधित करता रहेगा। कवि के अनुभूतिमय जीवनकाल में ही यह संशोधन-सम्पादन चलता रहेगा।

"किन्तु जब काव्य-रचना एक सृजन-प्रक्रिया के रूप में चलती है, उस समय यदि कृत्रिम रूप से संशोधन-सम्पादन चलता रहा, तो कवि पर अभिनेतृत्व और स्वांग का अभियोग-आरोप सही हो जाएगा। किन्तु यदि ज्ञानात्मक आधार पर

विकसित जीवन-स्वप्न ही स्वयं मानसिक प्रतिक्रिया का संशोधन-सम्पादन करता रहे, तो निस्सन्देह वह काव्य-रचना के एक अत्यन्त स्वाभाविक अंग के रूप में ही प्रस्तुत होगा।"

यशराज ने कहा, "तो व्यक्तिगत ईमानदारी काहे में है? ज्ञानात्मक आधार को विस्तृत से विस्तृत करने, उसे अत्यन्त व्यापक बनाने, उसके आधार पर जीवन-स्वप्न विकसित करने, जीवन-स्वप्न के अनुसार मानसिक प्रतिक्रियाओं को दिशा देने, अर्थात् अपने ही अन्तःकरण का संशोधन-सम्पादन करने में ही व्यक्तिगत ईमानदारी परिलक्षित होगी। तुम्हारी बात भी सही है। काव्य-साधना, अधिकतर काव्य-रचना के क्षेत्र के बाहर होती है। हाँ, यह बात सही है।"

वह मुझे देखकर मुसकुराया। उसके स्मित में एक अजीब-सी तृप्ति थी। जी हाँ, वह बेरोजगार है। गरीब है। ठुकराया हुआ भी है। समाज में उसकी कोई इज्जत नहीं है। लेकिन वह निःस्पृह भी है। क्या वह सुकरात नहीं है? मेरी माँ ने मुझे बताया था कि भगवान भिखारियों का वेश लेकर अपाहिजों के रूप में भटकते हैं, और परीक्षा लेते हैं। भगवान पर मेरी आस्था नहीं है, लेकिन मनुष्य पर तो है। इतने में मुझे खयाल आया कि 'ज्ञानात्मक आधार' की परिभाषा होना आवश्यक है। मैंने यशराज से पूछा, "ज्ञानात्मक आधार से तुम्हारा मतलब वैज्ञानिक जानकारी के अलावा भी कुछ है या नहीं?"

वह हँस पड़ा। उसने कहा, "जीवन-जगत् का जो बोध है, उसका व्यापक होना, पुष्ट होना, विश्व में ज्ञान का जो आज विकास-स्तर प्राप्त है, उसको आत्मसात् करना, और उससे आगे बढ़ना, आवश्यक है। भावना उसी क्षेत्र में सक्रिय होती है, जो क्षेत्र वस्तुतः ज्ञानशक्ति द्वारा गृहीत हो। बोध यानी ज्ञान के क्षेत्र के भीतर ही भावना की पहुँच है, उसके बाहर नहीं। इसीलिए यह आवश्यक है कि हमारे जीवन का ज्ञानात्मक आधार व्यापक और विकसित हो। ज्ञान भी एक तरह का अनुभव है, या तो वह हमारा अनुभव है, या दूसरों का। उससे निकलते हैं निष्कर्ष, उससे होता है जीवन-विवेक का विकास। यह विवेक ही एक स्वप्न देता है। यह स्वप्न परमावश्यक है। वह जीवन-स्वप्न है। वह आध्यात्मिक है, भौतिक भी।"

मैंने पूछा, "भौतिक का क्या अर्थ है?"

उसने कहा, "हम अपूर्व शब्दावली में बात करते हैं। लेकिन जीवन के जिस क्षेत्र की हम बात करें, उसकी शब्दावली आनी चाहिए। क्या लेखक के लिए परम आवश्यक नहीं है कि वह विश्व-जनता के अभ्युत्थान को देखे, और समाज का उत्पीड़न करनेवाली शक्तियों से सचेत हो, और उसके प्रति विद्रोह करनेवाली ताकतों से सक्रिय सहानुभूति रखे? ज्ञानात्मक आधार के विकास में तो ये बातें भी सम्मिलित हैं। नहीं हैं क्या?"

मैंने सिर्फ इतना ही कहा, "तुम तो मेरे बारे में जानते हो! मेरा तो यह दृष्टिकोण बहुत पहले से रहा है, और उसके लिए कुछ तकलीफ भी उठाई है।"

जब हमने एक-दूसरे की आँखों में देखा, तो पाया कि हम सचमुच एक-दूसरे के मित्र हैं।

*[किसी पत्रिका में प्रकाशित। सम्भावित रचनाकाल : 1960-61।
एक साहित्यिक की डायरी में संकलित]*

काव्य की रचना-प्रक्रिया : दो

रचना-प्रक्रिया के सम्बन्ध में मतों की भिन्नता स्वाभाविक है। इसका एक कारण तो यह है कि रचना-प्रक्रियाएँ स्वयं भिन्न-भिन्न होती हैं। वे कवि-स्वभाव, कवि-दृष्टि और विषयवस्तु के अनुसार बनती-बदलती रहती हैं। रचना-प्रक्रिया का कोई निर्विशिष्ट सामान्य रूप नहीं है, यद्यपि यह सही है कि उस प्रक्रिया के मूल तत्त्व सर्वसामान्य हैं।

इस बात को हम यों समझें। संवेदनात्मक उद्‍देश्य, कल्पना, भावना, बुद्धि-तत्त्व सर्वसामान्य हैं। उनके कार्य के बिना रचना-प्रक्रिया सम्भव नहीं है। किन्तु, इन तत्त्वों की विभिन्न मात्राओं, विभिन्न अनुपातों और विभिन्न प्रकार के योगों से विभिन्न विशिष्ट रूप प्राप्त होते हैं। ये योग विभिन्न संवेदनात्मक उद्‍देश्यों के अनुसार घटित होते हैं। ये संवेदनात्मक उद्‍देश्य रचनाशील मन की अपनी निधि हैं, और उस पूरे अन्तर्जगत् का अंग हैं, कि जो अन्तर्जगत् कवि ने पाया और विकसित किया है। यह अन्तर्जगत् बाह्य-जगत् का आत्मकृत संशोधित-सम्पादित अन्तःसंस्कृत रूप है, और उस क्रिया-प्रतिक्रिया की गतिमान परम्परा की उपज है, कि जो क्रिया-प्रतिक्रिया लेखक बाल्यकाल से बाह्य के प्रति करता आया है। संक्षेप में, रचना-प्रक्रिया के भीतर न केवल भावना, कल्पना, बुद्धि और संवेदनात्मक उद्‍देश्य होते हैं, वरन् वह जीवनानुभव होता है जो लेखक के अन्तर्जगत् का अंग है, वह व्यक्तित्व होता है जो लेखक का अन्तर्व्यक्तित्व है, वह इतिहास होता है जो लेखक का अपना संवेदनात्मक इतिहास है। और केवल यही नहीं होता।

बाह्य से प्राप्त ज्ञान-निधि और भाव-परम्परा लेखक के अन्तर्जगत् में स्थान पाकर, उसके (लेखक के) व्यक्तित्व की आन्तरिक आवश्यकताओं की पूर्ति की दिशा में, अपने विभिन्न रूप (उसके हृदय में) गठित करती हुई उसकी अपनी ज्ञान-निधि और भाव-परम्परा बन जाती है। बाह्य से प्राप्त ज्ञान और भाव लेखक के अन्तर्व्यक्तित्व में ऐसे घुल-मिल जाते हैं कि वे उसके निजी हो जाते हैं। इसीलिए कोई भी लेखक अपने युग से केवल प्रभावित नहीं होता, वह अपने युग का अंग होता है।

काव्य-कला-सम्बन्धी जितनी भी समस्याएँ हैं, वे इस पूरी-की-पूरी प्रक्रिया के किसी स्तर-विशेष से सम्बन्धित होती हैं। उदाहरण के लिए ऐसी समस्याएँ लीजिए

जिनको पुराने प्रगतिवाद ने उठाया। कहा गया कि लेखक को अपने युग का सही-सही प्रतिनिधित्व करना चाहिए, इस प्रकार से कि वह युग की ह्रासशील दशा के विरुद्ध प्रगतिशील प्रवृत्तियों को उभारे। समाज में जो शक्तियाँ विषमता, अनाचार और उत्पीड़न को कायम रखना चाहती हैं, उनके विरुद्ध वह साम्यमूलक समाज के आदर्श की स्थापना करे और पाठक को वैसी प्रेरणा प्रदान करे।

इस प्रकार के आग्रह के विरोध में जो कहा गया, वह सबको विदित है—यह कि लेखक स्वतंत्र है, और नेताओं तथा शासकों के आदेश को मानने के लिए वह बाध्य नहीं है, कि इस प्रकार के आग्रहों से साहित्य में रेजिमेंटेशन होता है।

ये सब विवाद हिन्दी-साहित्य के इतिहास की वस्तु हो गए हैं। किन्तु इस विवाद के मूल कारण-स्रोत भले ही आँखों से ओझल हो जाएँ, वे लुप्त और नष्ट नहीं हुए हैं। आज भी लेखक के दायित्व की बात की जाती है। यही क्यों? एक की देखा-देखी दूसरा भी एक ही प्रकार के भाव और शैली का प्रयोग करता है, एक ही प्रकार की परम्परा और प्रणाली को अपनाता है, और इस प्रकार एक विशेष प्रकार के काव्य की एक विशिष्ट धारा और रूढ़ि बन जाती है—भाव रूढ़ि, रूप-रूढ़ि, शैली-रूढ़ि। हाँ, यह सही है कि कवि-स्वभाव के अनुसार किंचित् भेद यत्र-तत्र दिखाई देता है। फिर भी वह काव्य-प्रवृत्ति प्रणाली और रूढ़ि का रूप तो धारण कर ही लेती है, भले ही विशिष्ट कवियों में हमें विशिष्ट भिन्नताएँ भी दिखाई दें, जैसे प्रसाद और महादेवी के काव्य में, या शमशेर तथा उसी शैली के किसी दूसरे कवि में। तो क्या युग स्वयं रेजिमेंटेशन नहीं करता? रीतिकाल में विशिष्ट शैली और विशिष्ट भाव-प्रणाली की कविता ही क्यों हुई? क्या वह रेजिमेंटेशन नहीं था? और हम अपने युग की शृंखलाओं को भी क्यों स्वीकार करें? यह सही है कि कोई भी लेखक अपने व्यक्तित्व से, अपने इतिहास से, अर्थात् अपने देश-काल से, स्वतंत्र नहीं है। किन्तु, जब वह सचमुच स्वतंत्र होने का प्रयत्न करता है तो इसका अर्थ यह है कि युग बदलने के लक्षण सामने आ रहे हैं, तो दूसरी ओर, यह भी, कि लेखक आदर्श-अनुगमन करने के लिए भीतर से बाध्य हो उठा है, क्योंकि (उपर्युक्त अर्थ में) स्वतंत्रता, वस्तुत: एक आदर्श है, वह वास्तविकता नहीं है। अपनी युग की सीमाओं के परे देखकर, परे जाकर, आगे के मार्ग को देखना महत्त्वपूर्ण घटना है। इस बात को हम कैसे भूल सकते हैं?

आज भी हमें (नये कवियों को) भारतीय संस्कृतिवादी पुरोहित पाठ पढ़ाते रहते हैं कि कवियों को यह करना चाहिए, वैसा होना चाहिए। और इस प्रकार के आग्रह और प्रश्न आगे भी उठते रहेंगे।

इन सारे प्रश्नों का सम्बन्ध कवि के अन्तर्जगत् से है। कवि से जब हम यह कहते हैं कि उसे ऐसा करना चाहिए और वैसा नहीं लिखना चाहिए, तो, वस्तुत: हम उसके अन्तर्जगत् (और उसके अन्तर में स्थित जीवन-मूल्य पद्धति)

पर आक्षेप कर रहे हैं। इस प्रकार के आग्रह उसके अन्तर्जगत् में संशोधित करने के आग्रह हैं।

ये आग्रह गलत हैं या सही हैं, यह मैं नहीं कह रहा हूँ। इस प्रकार के बाह्य से उद्गत आग्रह स्वयं लेखक मान सकता है। ठीक यहीं लेखक की सिनसियॉरिटी का प्रश्न उठता है। बाह्य से उद्गत आग्रहों को माननेवाले ऐसे बहुतेरे लेखक हो सकते हैं जो 'अवसरवादी प्रेरणाओं से' वैसा मानने के लिए तैयार हों, और बाह्य से उद्गत आग्रहों को स्वीकार कर लें। किन्तु कुछ लेखक निस्सन्देह ऐसे भी हो सकते हैं जो स्वेच्छापूर्वक और आत्म-प्रेरणापूर्वक इन बाह्योद्गत आग्रहों को मानें और उन आग्रहों में प्रकट जीवन-दृष्टियों को आत्मसात् करके उन दृष्टियों को ही अपने अन्तर्जगत् का अंग बना लें। लेखक की सिनसियॉरिटी का प्रश्न, वस्तुतः उसके अन्तर्जगत् की अभिव्यक्ति से सम्बन्धित है। यदि वह अभिव्यक्ति कृत्रिम है तो निस्सन्देह वहाँ सिनसियॉरिटी नहीं है। किन्तु कृत्रिमता केवल इनसिनसियॉरिटी की ही उपज नहीं होती, वह अकवित्व की [भी] उपज होती है, अर्थात् अन्तर्जगत् की निर्जीवता और जड़ता का प्रमाण हो सकती है।

इसी प्रकार का प्रश्न कवि की निःसंगता का प्रश्न है। जब बाह्य से आग्रह बलवान होते हैं और कवि उनके दबाव को सह नहीं पाता, तो वह अपनी मूलभूत निःसंगता का सिद्धान्त प्रतिपादित करते हुए कहता है कि सृजन अकेले में होता है, साहित्य व्यक्ति की उपज है, जो व्यक्ति के लिए है। (बाह्य आग्रहों के दबाव और प्रभाव के निरोध के लिए, प्रतिरोध के लिए, उपर्युक्त तर्क प्रस्तुत किया जाता है।)

यह सही है कि सृजन अकेले में होता है। ऐसी बहुत-सी बातें होती हैं, जो बिलकुल अकेले में होती हैं। कहा जा सकता है कि वहाँ भी संग होता है। किन्तु, फिर भी, वह ऐकान्तिक संग समाज-स्वीकृत या समाज-निन्दित होता है। संक्षेप में, मनुष्य की एकान्तिक दशा भी समाज के लिए विचारणीय होती है, बशर्ते कि उसका कोई सामाजिक परिणाम हो या सामाजिक प्रभाव हो। ठीक इसी प्रकार, सृजन की एकान्तिकता में भी सहचरत्व होता है, संग होता है। इस संग या सहचरत्व के बिना सृजन सम्भव नहीं है। इस सृजन का परिणाम अर्थात् कलाकृति पाठकों के हाथ में जाने पर समाज में प्रवेश करती है, और समाज में अपना प्रभाव उत्पन्न करती है। इसीलिए समाज उस पर सोचता-विचारता है, और जिस कलाकृति का श्रेष्ठतम प्रभाव उत्पन्न होता है, उसका रचयिता समाज द्वारा पूज्य होता है।

संक्षेप में, इस प्रकार के जितने भी प्रश्न हैं, वे कलाकार द्वारा आभ्यन्तरीकृत जगत् से सम्बन्ध रखते हैं, अथवा आभ्यन्तरीकरण की प्रक्रिया से सम्बन्ध रखते हैं, या कलाकार की उस स्थिति से सम्बन्ध रखते हैं कि जब कलाकार स्वतः-संस्कृत आभ्यन्तरीकृत जगत् की अभिव्यक्ति करता है, अर्थात् सृजन करता है। इसीलिए

कलाकृति में व्यक्त व्यक्तित्व की भी आलोचना की जाती है। इसीलिए कहा जाता है कि अमुक कवि की अति भावुकता अवांछनीय है। अथवा उसकी भाव-दृष्टि में दोष है, अथवा लेखक साम्प्रदायिक (धार्मिक अर्थ में नहीं) दृष्टि से जीवन-जगत् की व्याख्या करता है अपनी कलाकृति में, इत्यादि-इत्यादि। दूसरे शब्दों में, कलाकृति में प्रकट अन्तर्जगत् और कवि के व्यक्तित्व की समीक्षा और उसका मूल्यांकन किया जाता है। कहा जाता है कि यह भाव कृत्रिम है, या इसमें लेखक की ईमानदारी है, या उसने जीवन को खूब देखा-परखा है।

आलोचना की दृष्टि से जो बात सबसे पहले सामने आती है, कवि-कर्म और रचना-प्रक्रिया की दृष्टि से वह सबसे अन्तिम है। रचना-प्रक्रिया के प्रवाह में रहकर लेखक अपने भावों की शब्दों से तुलना करता है। जो शब्द सर्वाधिक प्रातिनिधिक हैं, उनकी योजना करता है। वह शब्द-साधना करता है। साथ ही संगति और निर्वाह को साधता चलता है। वह अपने ही भावों के उत्स को संयमित कर उनका सम्पादन-संशोधन करता है—संगति और निर्वाह के हेतु। जब उसकी शब्दाभिव्यक्ति उसी के लिए रमणीय हो जाती है, तब वह सन्तुष्ट हो जाता है, भले ही आगे चलकर वह उसमें, नवीन-प्राप्त सूक्ष्म-दृष्टि के अनुसार, फिर से संशोधन करे।

किन्तु, पाठक और आलोचक किसी कलात्मक अभिव्यक्ति के सिंह-द्वार से सीधे अन्तर्जगत् में प्रवेश करते हैं—वह अन्तर्जगत् जो किसी कलाकृति में उद्घाटित हुआ है, वह अन्तर्जगत् जिसमें कलाकार का व्यक्तित्व, उसके जीवनानुभव, उसकी भाव-दृष्टि समाई हुई है। पाठक-आलोचक का मन उस अन्तर्जगत् में रमता है, उसका रस लेता है, उसमें विचरण करता है, और यदि उस अन्तर्जगत् में उसे कहीं (अपने लिए) बाधा दिखाई दी तो वह वहाँ ठहर जाता है और सोचने लगता है। उसे कलाकार का अन्तर्जगत्, उसमें समाया हुआ व्यक्तित्व और भाव-दृष्टि आकर्षित करती है। और वह यह ढूँढ़ने लगता है और पा जाता है कि वह भाव-दृष्टि उसके लिए (और सभी के लिए) क्यों महत्त्वपूर्ण है, या नहीं है।

संक्षेप में, रचना-प्रक्रिया का जो सर्वाधिक मूल-स्थित, सर्वाधिक प्रच्छन्न, किन्तु क्रमश: प्रकट होनेवाला अंश है, वह पाठक और आलोचक के लिए सर्वप्रथम है। कलाकार रचना के समय, शब्दाभिव्यक्ति के संघर्ष में, संगति और निर्वाह के संघर्ष में, भावों के उत्स को प्रातिनिधिक रूप देने के यत्न में लीन होता है। यह उसका तात्कालिक संघर्ष है। पाठक-आलोचक का यह तात्कालिक यत्न नहीं है। कलात्मक अभिव्यक्ति उसके लिए कलाकृति का केवल सिंह-द्वार है, जिसमें से गुजरकर वह अन्तर्जगत् के क्षेत्र में विचरण करता है। इसीलिए मैंने कहा कि पाठक-आलोचक के ध्यान का जो प्राथमिक केन्द्र है, वह है अन्तर्जगत्, और रचयिता के ध्यान का जो प्राथमिक केन्द्र है, वह है अन्तर्जगत् की प्रातिनिधिक शब्दाभिव्यक्ति और कलात्मक संगति और निर्वाह।

कलात्मक अभिव्यक्ति के सिंह-द्वार में से गुजरकर, अन्तर्जगत् में विचरण कर चुकने, रस ले चुकने, व्यक्तित्व और भाव-दृष्टि का प्रभाव ग्रहण कर चुकने के उपरान्त, पाठक-आलोचक अन्तर्जगत् के प्रभाव के परिणामस्वरूप ही सहसा सोचने लगता है कि प्रभाव उत्पन्न करने के वे उपादान कौन-कौन से हैं, जिन्होंने सफल अभिव्यक्ति की तैयारी की, अथवा सफलता के मार्ग पर चलते-चलते लेखक ने कौन-सी बाधाएँ उत्पन्न कर दीं। अब वह रूप और शिल्प के सम्बन्ध में सोचने लगता है। संक्षेप में, किसी कलाकृति को लेकर पाठक-आलोचक की यात्रा भिन्न दिशा की ओर होती है, सृजन करते समय कलाकार की यात्रा उसके विपरीत दिशा की ओर होती है। इस तथ्य को हृदयंगम करना आवश्यक है।

तब समझ में आएगा कि जीवन-जगत् के आभ्यन्तरीकरण की प्रक्रिया कलाकार के लिए क्यों महत्त्वपूर्ण है। यह प्रक्रिया कलाकार के वास्तविक जीवन में चलती रहती है। किन्तु क्या वह समुचित रूप से और प्रबुद्ध दृष्टि से युक्त होकर चलती रहती है? यदि कलाकार का जीवन, उसका बाह्य और मानसिक जीवन, तुच्छ है, अर्थात् नव-नवीन संवेदनात्मक ज्ञान और ज्ञानात्मक संवेदनाओं से हीन है, यदि उसमें उदार सहानुभूतियों का विस्तार नहीं है, यदि उसमें नितान्त आत्मबद्धता है, तो फिर ऐसा अन्तर्जगत् कलाभिव्यक्ति के लिए महत्त्वहीन है। संक्षेप में, उस अन्तर्जगत् में महत्त्व की सूचनाएँ चाहिए। (यहाँ महत्त्व का अर्थ है, जो महत्त्वपूर्ण है वह।)

यही कारण है कि आदिकाल से कवि को महान माना गया है, उसके अन्तर्जगत् में महत्त्व की स्थापना को देखकर। मैं यह नहीं कह सकता हूँ कि कवि को अध्यात्मवादी, आदर्शवादी, अमुक-तमुक-वादी होना चाहिए। मैं सिर्फ यह कहना चाहता हूँ कि कवि के अन्तर्जगत् की ओर आदिकाल से ध्यान गया है, और उसके महत्त्व की स्थापना की गई है।

किन्तु आधुनिक युग में, जबकि व्यक्ति पर तरह-तरह के दबाव हैं, उनमें से एक दबाव समाज का भी होता है। उसी प्रकार कलाकार पर भी समाज का दबाव होता है। समाज के दबाव के माध्यम भिन्न-भिन्न प्रकार के होते हैं। परम्परा का वहन समाज का दबाव नहीं तो क्या है? उसी प्रकार प्रचलित काव्य-प्रणाली से अपनी संगति एक अन्य प्रकार का सामाजिक दबाव ही है। हाँ, यह सही है कि ये दबाव प्रत्यक्ष नहीं, वरन् अप्रत्यक्ष होते हैं। जिस प्रकार इनडायरेक्ट टैक्सेशन (अप्रत्यक्ष कर-व्यवस्था) उपभोक्ता को नहीं खलता, उसी प्रकार समाज के अप्रत्यक्ष दबाव भी सामने नहीं आते, किन्तु वे बराबर सक्रिय रहते हैं।

उसी प्रकार वैचारिक आन्दोलन के रूप में भी कई सामाजिक दबाव होते हैं। ये विशेष आग्रहों-अनुरोधों का रूप धारण करते हैं। इस प्रकार के विशेष आग्रह-अनुरोध कभी केवल कलात्मक शब्दावली का रूप भी धारण करते हैं। कला के

एक विशेष पैटर्न के आग्रह, कला-सम्बन्धी एक विशेष भाव-दृष्टि के आग्रह, कोई वैचारिक दृष्टि अपनाने के आग्रह, लोकोपयोगी कला-सृजन करने के आग्रह—सब वस्तुत: सामाजिक दबाव ही हैं, किसी में किसी भाव-दृष्टि का आग्रह है तो किसी में किसी पैटर्न का आग्रह।

ये सब दबाव या आग्रह उचित होते हैं, यह कहना गलत है। उसी प्रकार ये सब अनुचित होते हैं, यह कहना भी उतना ही गलत है। उनमें से बहुत-से आग्रह न केवल सही, वरन् पूर्णत: उचित हो सकते हैं।

किन्तु आग्रहकर्ता जब एक वातावरण निर्मित करके कलाकार पर दबाव लाना चाहते हैं, तो वे यह नहीं देखते कि दबाव का, वस्तुत:, क्या प्रभाव होगा। हाँ, यह सही है कि ऐसे बहुतेरे निकल आते हैं, जो अपनी अपरिपक्वावस्था के कारण, अथवा विशुद्ध अवसरवादी दृष्टि से प्रेरित होकर, दबाव ग्रहण करके उस दबाव के अनुसार कलाकृति प्रस्तुत करते हैं, चाहे घटिया ही क्यों न सही। शेष, जो दबाव स्वीकार करना नहीं चाहते, और चाहते हुए भी नहीं कर सकते, वे चुप बैठ जाते हैं, अलग हट जाते हैं और तिरोहित होने में ही अपना कल्याण समझते हैं। मेरे खयाल से ये दोनों परस्पर-विपरीत प्रतिक्रियाएँ या परस्पर-वैपरीत्य सही भी हो सकता है, गलत भी। यह विशेष परिस्थिति पर निर्भर है कि कौन-सा गलत है, कौन-सा सही।

किन्तु इन आग्रहों की आधार-भूमि, इन आग्रहों के मूल-स्रोत, यदि व्यापक मानवीय सहानुभूति और करुणा से समन्वित हैं, यदि किसी व्यापक मानवीय आदर्श से प्रेरित हैं, तो यह अनुमान करना गलत नहीं है कि उन्हीं व्यापक सहानुभूतियों और व्यापक मानवीय आदर्शों का कुछ-न-कुछ तत्त्व या कुछ-न-कुछ अंश लेखक भी अपने में आत्मसात् किये हुए है। अतएव किसी सामान्य भूमि पर आग्रहकर्ता और लेखक, दोनों एकत्र हो सकते हैं, बशर्ते कि (और यह बड़ी शर्त है) आग्रहकर्ता महोदय रचना-प्रक्रिया में भी सूक्ष्म-दृष्टि रखते हों, और उस रचना-प्रक्रिया का एक सिरे, अर्थात् लेखक के हृदय में तड़पते हुए जीवनानुभव, जीवनानुभवों के सामान्यीकरण (ज्ञान) और भाव-दृष्टि, को खूब समझते हों। पंडित रामचन्द्र शुक्ल छायावादी रचना-प्रक्रिया को नहीं समझते थे, इसीलिए उसका विरोध करते रहे। अधिक-से-अधिक, छायावाद को उन्होंने 'अभिव्यक्ति की लाक्षणिक प्रणाली' ही माना। डॉ. रामविलास शर्मा को प्रयोगवादी या नई कविता में, 'असुन्दर' और 'विद्रूप' से अधिक कुछ नहीं दीखता। शिवदानसिंह चौहान को इस बात का खेद है कि आज की कहानी में 'कथानक' तत्त्व का लोप हो रहा है। अतएव ऐसे आलोचकों के आग्रह, रचना-प्रक्रिया में सूक्ष्म दृष्टि के अभाव में, लादे जा रहे से और खोखले मालूम होते हैं। कारण यह है कि नई प्रकृतियों और प्रवृत्तियों की रचना-प्रक्रिया में सूक्ष्म-दृष्टि रखने के लिए आलोचक को संवेदनात्मक जीवन-ज्ञान आवश्यक है—ऐसे

जीवन का ज्ञान, जो नवीन प्रवृत्ति-रूप में सामने आया हो। इसका अर्थ यह नहीं है कि उनके आग्रह, उनके अपने मान्यता-रूप में, स्वभावत: गलत है; नहीं, वे सही भी हो सकते हैं। किन्तु जब तक वे लादे जाएँगे, रचना-प्रक्रिया में सूक्ष्म दृष्टि के अभाव में, वे खोखले और निरुपयोगी ही साबित होंगे, और, अपने आप में उनके सहीपन के बावजूद, उनका विरोध होता ही रहेगा।

दूसरी ओर, भले ही कोई लेखक वैचारिक दृष्टि से कोई बाह्य आग्रह स्वीकार कर ले, जब तक उस आग्रह के तत्त्वों का आभ्यन्तरीकरण नहीं होता, जब तक अन्तर्जगत् के तत्त्वों में उसका रंग नहीं चढ़ जाता, तब तक वह हृदय में तड़पते हुए जीवनानुभवों का एक भाग नहीं बन जाता, तब तक उस आग्रह के अनुरूप रचित साहित्य निष्प्राण और कृत्रिम ही रहेगा। लेखक के लिए मुख्य बात आभ्यन्तरीकरण की है। आभ्यन्तरीकरण की प्रक्रिया केवल विचार तक सीमित नहीं है, वह उससे ज्यादा गहरी, व्यापक और मानसिक है। जब तक लेखक अपने स्वयं के जीवनानुभवों से प्राप्त दृष्टि के रूप में उन्हें नहीं पाता, जब तक आभ्यन्तरीकरण की प्रक्रिया पूरी नहीं हुई, यह समझना चाहिए। सच्चा आभ्यन्तरीकरण तो तब होता है, जबकि लेखक जिन्दगी में गहरा हिस्सा लेते हुए संवेदनात्मक जीवन-ज्ञान प्राप्त करके, उसी भाव-दृष्टि तक स्वयं अपने आप पहुँचता है, कि जो भाव-दृष्टि आग्रह-रूप में बाहर से उपस्थित की गई है।

आग्रह कई प्रकार से उपस्थित होते हैं। कुछ कला के नाम पर, कला की शब्दावली में प्रस्तुत होकर, साहित्य-जगत् का शासन भी करने लगते हैं। कुछ समय तक उनका शासन चलता भी है, लेकिन समाज और राष्ट्र की भिन्न परिस्थितियों में उत्पन्न पीढ़ी कला की शब्दावली में छिपे आग्रहों की निन्दा करती है। उदाहरणत: सन् 1960 के सैटर्डे रिव्यू में टी.एस. इलियट के विरुद्ध जबर्दस्त आक्रमण के रूप में लिखा हुआ कार्ल शैपिरो का लेख। महत्त्व की बात यह है कि जीवन-परिस्थिति में परिवर्तन के साथ-साथ भाव-दृष्टि बदलने लगती है, और यथार्थ के नये-नये पहलू सामने आते हैं, जिन्हें कलात्मक अभिव्यक्ति देने के लिए उपयुक्त शब्द-सम्पदा और परम्परा नहीं होती। लेखक को नये सिरे से प्रयत्न करना पड़ता है। भले ही पुरानी पीढ़ी को नई पीढ़ी के काव्य में कोई सौन्दर्य न दिखाई दे, किन्तु नई पीढ़ी को उसमें ही अपना आत्म-प्रकाश, अन्त:सौन्दर्य, दिखाई देता है। पुराने लेखक आग्रह-रूपी शास्त्रों से नयों का वध करने का प्रयत्न करते ही रहते हैं। मजा यह है कि ये आग्रह कला और सौन्दर्य के नाम पर होते हैं, फिर भी नवीन प्रवृत्तिवालों को वे स्वीकरणीय नहीं हो पाते।

संक्षेप में, यथार्थ परिवर्तनशील होता है। अतएव आग्रह भी दो प्रकार के होते हैं—एक वे, जो कला या दृष्टि के नाम पर परिवर्तन क्रम की पिछली अर्थात् विगत कड़ी या सीढ़ी की ओर खींचते हैं, और वे जो परिवर्तन-क्रम की अगली कड़ी या

सीढ़ी की ओर खींचते हैं। यह अगला या पिछलापन यथार्थ के परिवर्तन-क्रम को देखकर पहचाना जाना चाहिए न कि वैचारिक दृष्टि से उच्चतरता या निम्नतरता की दृष्टि से। ऐसा मैं क्यों कह रहा हूँ?

यह कहना इसलिए आवश्यक है कि जीवन-परिस्थिति में परिवर्तन से, और यथार्थ के नये-नये पहलुओं के खुलने से, उनके आभ्यन्तरीकरण के द्वारा लेखक का जो संवेदनात्मक वैयक्तिक इतिहास बनता है, वह इतिहास पूर्ववर्ती प्रवृत्ति के कवियों से सर्वथा भिन्न होता है। अतएव इस नवीन प्रवृत्तिवाले की रचना-प्रक्रिया भी बदल जाया करती है, और तदनुसार अभिव्यक्ति-शैली भी। अमरीका में आज नवीन काव्य-शैली का जो प्रचलन है, उसके विरुद्ध पुराने कवियों का आक्रोश सर्वथा स्वाभाविक है। उसी प्रकार नवीन काव्य-शैली वालों को अपने अस्तित्व के लिए पुरानों का प्रतिरोध करना पड़ता है। यह विरोध वैचारिक दृष्टि से उच्चतरता या निम्नतरता का परिणाम नहीं है, वरन् एक काव्य-प्रवृत्ति के विशेष पैटर्न को और उसके साथ उसके अन्तर्गत समय (विगत) जीवन-तत्त्वों को समेटे रखने और स्थायी बनाने का प्रयत्न है। इसके विरुद्ध नये का विद्रोह होना स्वाभाविक ही है। दूसरे शब्दों में, पुरानी पीढ़ी के लोग, नई पीढ़ी के लोगों द्वारा आभ्यन्तरीकृत जगत् और आभ्यन्तरीकरण-प्रक्रिया में विकसित भाव-दृष्टि और उन दोनों से उत्पन्न अभिव्यक्ति-प्रक्रिया—इन सबको असुन्दर, निषिद्ध और बेकार ठहराने का प्रयत्न करते रहते हैं—कभी कला और सौन्दर्य के नाम पर, कभी आध्यात्मिक आदर्श के नाम पर, कभी सामाजिक प्रगति के नाम पर।

इसका अर्थ यह नहीं है कि लेखक, वैचारिक अथवा भावना की दृष्टि से, जन-विरोधी, लोक-विरोधी, प्रगति-विरोधी हो नहीं सकता। वह बराबर हो सकता है, और उसका वैसा होना दिखाई भी देता है। किन्तु किसी लेखक की विचारधारा पर आक्रमण करना एक बात है, आभ्यन्तरीकृत यथार्थ की कवि-कृत व्याख्या पर आघात करना एक बात है, किन्तु उस पूरी काव्य-प्रणाली पर चोट करना एक अलग बात है, उस पूरी रचना-प्रक्रिया और अभिव्यक्ति-शैली पर आघात करना बात ही दूसरी है। जिस प्रकार आदर्श के शब्द-व्यापार में नितान्त अवसरवाद और बेईमानी दिखाई देती है, उसी प्रकार यथार्थ के उद्घाटन के नाम पर भी अयथार्थ और कृत्रिमता भी सामने आती है। यह तो विशिष्ट-विशिष्ट लेखक की विशिष्ट-विशिष्ट रचनाओं को सामने रखकर ही तय किया जा सकता है।

संक्षेप में, लेखक की रचना-प्रक्रिया के प्राथमिक और निगूढ़ स्तर—अर्थात् लेखक का अन्तर्जगत्, लेखक के अन्तर्जगत् का संवेदनात्मक पुंज, लेखक का समग्र व्यक्तित्व—पाठक और आलोचक के लिए अत्यन्त महत्त्वपूर्ण होता है, और उसके आकलन के माध्यम से रस-ग्रहण होता है। अतएव सबसे अधिक वाद-विवाद, सबसे ज्यादा बहस, इसी को लेकर होती है।

क्यों होती है? इसलिए कि संवेदनात्मक अन्तर्जगत् अर्थात् जीवनानुभव, रचना-प्रक्रिया के दौरान, अपने विशेष संवेदनात्मक उद्देश्यों को लेकर अवतीर्ण होते हैं। ये संवेदनात्मक उद्देश्य, एक ओर, लेखक के अन्तर्व्यक्तित्व का एक भाग हैं, उसके अनुभवात्मक इतिहास से सम्बन्ध रखते हैं। उसने जो कुछ आत्मसात् किया है, जो कुछ पाया और खोया है, उससे नाता रखते हैं, उसकी विद्यमान जीवन-स्थिति और मनोदशाओं से सम्बन्धित रहते हैं। इन संवेदनात्मक उद्देश्यों से प्रेरित होकर ही कलात्मक अभिव्यक्ति होती है। रचनाओं में प्रकट इन संवेदनात्मक उद्देश्यों को ध्यान में रखकर ही कवि के अन्तर्व्यक्तित्व का, उसके अनुभवात्मक जीवन का, उसकी भाव-दृष्टि का हमें अनुमान होता है। इस प्रकार वे एक ओर अन्तर्व्यक्तित्व को, तो दूसरी ओर रचना को एक-दूसरे से जोड़ देते हैं।

जीवन में जो कुछ अर्जित है, जो कुछ संवेदनात्मक ज्ञान और ज्ञानात्मक संवेदना के रूप में प्राप्त है, अर्थात् जो कुछ विशिष्ट अनुभव हैं, और जीवन-जगत् सम्बन्धी जो कुछ आत्मकृत सामान्यीकरण हैं, जो भी जीवन-मूल्य आत्मसात् किये हैं, और जिनके लिए संघर्ष किया है, जो संस्कार, जो आदर्श, जो यथार्थ हृदय का अनन्य अंग बन गया है—वह सब-का-सब स्थिर रूप में व्यक्ति का अंग होता है। दैनिक जीवन के दैनिक कार्यों में व्यस्त रहने से हम उस सौन्दर्य-क्षण से दूर रहते हैं, जब मन द्रवित हो जाता है, कल्पना सक्रिय होकर चित्र उपस्थित करते हुए हमें जीवन के रस में डुबोने-सी लगती है, जब हम गहन होकर विस्तृत होने लगते हैं। यह आवश्यक नहीं है कि ऐसे क्षण हमें अपने अकेले में किसी कमरे में किसी टेबल के पास मिलें और लेखनी लेकर बैठने के लिए मजबूर करें। बिलकुल नहीं। डूबकर फैलने के ये निजी क्षण रास्ते चलते, बात करते, या कभी-कभी बिलकुल भीड़ में या एकान्त में भी, मिल सकते हैं। यह भी आवश्यक नहीं है कि ये क्षण हमें अभिव्यक्ति के लिए मजबूर करें। फिर भी ये अद्वितीय क्षण हैं, प्रतीति के क्षण हैं, क्योंकि ये सौन्दर्य के क्षण हैं, रसात्मक क्षण हैं। ये क्षण केवल कलाकार को ही प्राप्त नहीं होते, वे सामान्य जन को भी प्राप्त होते रहते हैं। इन्हीं क्षणों से समृद्ध पाठक, आत्मभिव्यक्ति से दूर रहकर भी, अन्य द्वारा रचित कलाकृति में अपनी अभिव्यक्ति देखता है। ये क्षण मानवता के लक्षण हैं—उस मानवता के, जो व्यक्ति और देश से ऊपर रहते हुए भी प्रत्येक हृदय में समाई हुई है।

'स्व' से ऊपर उठना, खुद की घेरेबन्दी तोड़कर कल्पना-सज्जित सहानुभूति के द्वारा अन्य के मर्म में प्रवेश करना, मनुष्यता का सबसे बड़ा लक्षण है। इस प्रकार की व्यापक और उदार सहानुभूति—कल्पनाशील सहानुभूति—मानवता के पिछले इतिहास ने, साहित्य और धर्म ने, कला और संस्कृति ने, संस्कार-रूप में हमें प्रदान की है। यही नहीं, बुद्धि स्वयं अनुभूत विशिष्टों का सामान्यीकरण करती हुई हमें जो ज्ञान प्रस्तुत करती है, उस ज्ञान में निबद्ध 'स्व' से ऊपर उठने, अपने से तटस्थ रहने,

जो है उसे अनुमान के आधार पर और भी विस्तृत करने की प्रवृत्ति होती है। भाषा स्वयं सामान्यीकरणों से उत्पन्न है। इस प्रकार, एक ओर तटस्थ रहकर, तो दूसरी ओर अपने से ऊपर उठकर, अपने से परे जाकर, विस्तार करने की प्रवृत्ति हममें पहले ही से विराजमान रहती है। भावना हमें डुबो देती है और परिचालित करती है, संचलित करती है। संवेदनात्मक ज्ञान के आधार पर और ज्ञानात्मक संवेदनाओं के आधार पर, हम एक साथ तटस्थ और तन्मय, अपने से परे और अपने में निमग्न, अपने से बाहर और अपने अन्दर, एक साथ रहते हैं। सहानुभूतिशील कल्पना और कल्पनाशील सहानुभूति हमें आत्म-विस्तार के लिए उद्यत कर देती है। संक्षेप में, बाह्य और अन्तर का भेद उस समय लुप्त-सा हो जाता है।

ऐसे क्षणों पर केवल कलाकार का अधिकार नहीं होता, वे सामान्य जनों को भी निरन्तर प्राप्त होते हैं। यही कारण है कि साहित्य रचा और समझा जाता है। जिस प्रकार बुद्धि विशिष्टों का सामान्यीकरण करती है, उसी प्रकार कल्पना भी विशिष्ट का इस प्रकार मनश्चित्र बनाती है, कि वह मनश्चित्र सारे तत्समान विशिष्टों का प्रतिनिधि हो जाता है। ऐसे मनश्चित्र की प्रातिनिधिकता एक प्रकार का सामान्यीकरण नहीं तो क्या है?

किन्तु ये सारी मनोवैज्ञानिक प्रक्रियाएँ हमारे सामान्य जीवन में ही चलती रहती हैं। उन्हीं से हमारी भाव-सम्पदा बनती है। हृदय में जीवन-मूल्यों की संवेदनात्मक स्थिति उन्हीं के कारण है। संक्षेप में, निमग्नता और तटस्थता के योग से उत्पन्न आत्म-विस्तार, हमारे न देखे-जाने-पहचाने सामान्य जीवन का ही अंग है।

यह सही है कि व्यक्तियों के आत्म-वैभव की कोटियाँ होती हैं। कोई आदमी बहुत पढ़ा-लिखा होकर भी जड़ हो सकता है, और कोई डिग्रीधारी न होकर अत्यन्त परिष्कृत हो सकता है, कोई विख्यात पंडित काव्य और कला के प्रति नि:संज्ञ और जड़ हो सकता है, लेकिन कोई बहुत मामूली पढ़ा-लिखा उसके प्रति सहज संवेदनशील हो सकता है। यह आवश्यक नहीं है कि 'महान' आलोचक संवेदनशील हों। यूनिवर्सिटियों के डॉक्टरों की जड़ता दर्शनीय और प्रदर्शनीय है। ज्ञान के अहंकार में अज्ञान के अन्धकार का कुछ ऐसा शुभ्र रूप हमें उनमें मिलता है कि लगता है, कला और साहित्य की छाती पर बैठे हुए ये टीले हैं।

ऐसे सौन्दर्य-क्षणों, ऐसे मनोवैज्ञानिक क्षणों से वंचित अथवा अल्प-समृद्ध, दरिद्र जो आलोचक है, वह अपने को चाहे जितना बड़ा समझे—साहित्य-क्षेत्र का अनुशासक समझे—वह, वस्तुत: साहित्य-विश्लेषण के अयोग्य है, कला-प्रक्रिया के कार्य में अक्षम है, भले ही वह साहित्य का 'शिखर' बनने का स्वाँग रचे, मसीहा बने।

आलोचक के लिए सर्वप्रथम आवश्यक है अनुभवात्मक जीवन-ज्ञान, जो निरन्तर आत्म-विस्तार से अर्जित होता है। खुद की घेरेबन्दी में रहनेवाले कुर्सी-तोड़ मसीहाओं के बूते की वह बात नहीं। मतलब यह कि कला की बहुत-सी

समस्याएँ केवल अज्ञान के कारण पैदा की जाती हैं, जबकि असल में वे होती नहीं, हो नहीं सकतीं।

ऐसे लोगों के जो भी विश्लेषण और निर्णय होते हैं, वे कलाकार की रचना-प्रक्रिया को बिना देखे-समझे होते हैं। वह आलोचना, जो रचना-प्रक्रिया को देखे बिना की जाती है, आलोचक के अहंकार से निष्पन्न होती है, भले ही वह अहंकार आध्यात्मिक शब्दावली में प्रकट हो, चाहे कलावादी शब्दावली में, चाहे प्रगतिवादी शब्दावली में।

उपर्युक्त जो मनोवैज्ञानिक प्रक्रिया बताई गई, वह सामान्य जीवन में ही होती है। वह हमारे अन्तर्जीवन को समृद्ध करती है, और उसी समृद्धि का एक भाग बन जाती है। कलाकार के अन्तर्जीवन का भी वह एक भाग होती है।

संवेदनात्मक उद्देश्य इसी भाव-समृद्धि के अंग हैं और उसी से उद्गत होते हैं। लेखक के पूरे व्यक्तित्व से समुद्गत ये संवेदनात्मक उद्देश्य, उसके अनुभवों का विशेष रूप से संकलन करते हुए उन्हें अपनी पूर्ति की दिशा में प्रवाहित कर देते हैं। यह पूर्ति (लेखक-कलाकार के लिए) अभिव्यक्ति में होती है। साधारण जन की आत्म-पूर्ति की दिशा भिन्न होती है। उसके लिए वह सूक्ष्म दृष्टि या मर्म-दृष्टि के रूप में अवतरित होती है, और वह उसके संवेदनात्मक जीवन-ज्ञान या जीवनानुभूति का अंग बन जाती है।

संवेदनात्मक उद्देश्यों द्वारा परिचालित और आत्म-पूर्ति की विशेष दिशा में प्रवाहित, यह अनुभव-पुंज कल्पना द्वारा विस्तृत और मूर्तिमान हो उठता है, किन्तु साथ ही प्रवाहशील भी। अनुभव-प्रवाह चित्र-प्रवाह में परिणत हो जाता है। संवेदनात्मक उद्देश्यों की प्रक्रिया, संवेदना और ज्ञान के योग से, कल्पना-चित्रों को विभिन्न विधान करती हुई एक ओर बहा देती है। अथवा यों कहिए कि कल्पना का अपना लॉजिक तैयार हो जाता है। मन कल्पना की इस स्वाभाविक गति में घुलता हुआ और उसमें तन्मय होता हुआ उसके संवेदनात्मक रस का पान करने लगता है। निःसन्देह यह सौन्दर्य-क्षण है, रस-क्षण है, जिसे कलाकार और सामान्य-जन दोनों प्राप्त करते हैं। जीवनानुभवों के ये सौन्दर्य-क्षण हैं जिनमें कल्पना-चित्र स्वयं प्रातिनिधिक हो उठते हैं। इसे हम कलात्मक सूक्ष्म-दृष्टि का क्षण भी कह सकते हैं, अथवा जीवन के सारभूत यथार्थ का क्षण भी कह सकते हैं।

संवेदनात्मक उद्देश्यों का उत्पत्ति-स्थल, उनका उद्गम स्रोत, आत्मचरित्रात्मक है। उनके सम्बन्ध-सूत्र कलाकार की मनोरचना से लेकर उसके व्यक्तिगत इतिहास तक में समाये रहते हैं। यही कारण है कि प्रत्येक साहित्य, मूलतः और सारतः, आत्मचरित्रात्मक है, भले ही बाहर-बाहर से वह चाहे जितना वस्तुवादी क्यों न दिखाई दे। उसकी यह आत्मचरित्रात्मकता मुख्यतः, अभिव्यक्ति के लिए लाए जानेवाले अनुभवों के संवेदनात्मक महत्त्व-बोध में है। यदि लेखक के पास संवेदनात्मक महत्त्व-बोध नहीं है, या क्षीण है, तो उन विशिष्ट अनुभवों की अभिव्यक्ति क्षीण होगी।

संवेदनात्मक उद्देश्यों को देख-परखकर ही यह पहचाना जा सकता है कि लेखक किस प्रकार का प्रभाव उत्पन्न करना चाहता है। एक ओर, यदि हम उन्हें देख लेखक के अन्तर्व्यक्तित्व के सम्बन्ध में अनुमान कर सकते हैं, तो दूसरी ओर, कलात्मक प्रभाव का विश्लेषण भी संवेदनात्मक उद्देश्यों के सन्दर्भ के बिना नहीं हो सकता।

लेखक, जो कि अपनी संवेदनात्मक क्षमता से साहित्य-सृजन करता है, वह संवेदनात्मक उद्देश्यों के अनुसार परिचालित होता है। वह अपनी अभिव्यक्ति का पैटर्न भी संवेदनात्मक उद्देश्यों के अनुसार बनाता है। दूसरे शब्दों में, संवेदनात्मक उद्देश्य, एक ओर, आत्मचरित्रात्मक होते हैं, तो दूसरी ओर, वे एक विशेष प्रकार का कलात्मक प्रभाव उत्पन्न करने के लिए अभिव्यक्ति का विशेष पैटर्न गूँथते हैं, तो तीसरी ओर, ये संवेदनात्मक उद्देश्य अपने धक्के से हृदय में स्थित जीवन-अनुभवों अर्थात् ज्ञानात्मक संवेदन और संवेदनात्मक ज्ञान को जाग्रत् और संकलित करके उन्हें अपनी दिशा में प्रवाहित करते हैं। जाग्रत् अन्तश्चेतना में अर्थात् इस प्रक्रिया में, कल्पना उत्तेजित होकर संवेदनात्मक उद्देश्यों के अनुसार अनुभवों के साकार चित्र प्रस्तुत करती जाती है।

इस प्रकार हम देखते हैं कि संवेदनात्मक उद्देश्यों का कार्य, प्रारम्भ से लेकर अन्त तक, अन्तर्व्यक्तित्व की विशेषताओं और उसकी हलचलों से लेकर अभिव्यक्ति के अन्तिम पैटर्न तक, होता है। यह संवेदनात्मक उद्देश्य, अन्तर्व्यक्तित्व और आभ्यन्तरीकृत जगत् का प्रतिनिधित्व करते हुए, जाग्रत् और संकलित अनुभवों को मनस्पटल पर एक के बाद एक मूर्तिमान करते हुए आगे बढ़ चलता है।

संवेदनात्मक उद्देश्यों को देखकर लेखक के अन्तर्व्यक्तित्व की रचना के अन्तर्गत जीवन-तत्त्वों को और उनकी अभिव्यक्ति को देखा जा सकता है। प्रयोगवादी कविता के संवेदनात्मक उद्देश्यों को न समझने के कारण ही उसके सम्बन्ध में बहुत-सी भ्रान्तियाँ फैलाई गईं। उसे या तो राजनीतिक रूप से प्रतिक्रियावाद कहा गया, या भारतीय संस्कृति के सन्देश [और] उसकी आत्मा के प्रतिकूल। होना तो यह चाहिए था कि संवेदनात्मक उद्देश्यों को समझकर, उन संवेदनात्मक उद्देश्यों को जाग्रत् करनेवाली जीवन-भूमि का विश्लेषण करते हुए, उन संवेदनात्मक उद्देश्यों की सहज मानवीयता—उन रचनाओं की सहज मानवीयता—को हृदयंगम किया जाता। लेकिन इस प्रकार की कविताओं को एकदम असुन्दर, प्रतिक्रियावादी विद्रूप या निषेधात्मक कहकर टरका दिया गया। आलोचकों का उद्देश्य इस काव्य-प्रवृत्ति को समझना नहीं था, वरन् उससे संघर्ष करके उसे नष्ट कर देना था।

लगभग ऐसे ही उद्देश्य से परिचालित होकर पंडित रामचन्द्र शुक्ल ने छायावाद का विरोध किया। उन्होंने जब छायावाद से समझौता भी किया तो उसे 'अभिव्यक्ति की लाक्षणिक प्रणाली' कहकर छुट्टी पाई। लेकिन यह नहीं

देखा कि आखिर लेखक इस प्रकार की प्रणाली को क्यों अपनाना चाहता है, या यों कहिए कि इस प्रकार की अभिव्यक्ति-प्रणाली आखिर कवियों के लिए क्यों स्वाभाविक हो उठी?

कहने का तात्पर्य यह कि अभिव्यक्ति की प्रणाली बदलते ही आलोचकों की नाड़ी छूटने लगती है। मुझे इस बात का गहरा सन्देह है कि इसका कारण यांत्रिक बुद्धि है। अपनी-अपनी थियॅरीज और सिद्धान्तों के कठघरे में किसी नई प्रवृत्ति को न फँसते देखकर उस नई प्रवृत्ति को ही निन्द्रित किया गया, न कि उन सिद्धान्तों को बदला [गया], अथवा उन सिद्धान्तों के सम्बन्ध में अब तक उनकी अपनी जो समझ थी, उसमें परिवर्तन किया [गया]। उन्हें अपने-अपने बौद्धिक मानसिक ढाँचों की ज्यादा फिक्र थी, किसी नई प्रवृत्ति के जीवन्त-तथ्यों की नहीं।

संवेदनात्मक उद्देश्य विद्युत की वह धारा है जो अन्तर्व्यक्तित्व से प्रसूत होकर जीवन-विधान करती है, कला-विधान करती है, अभिव्यक्ति-विधान करती है। आत्मचरित्रात्मक और सृजनशील, ये संवेदनात्मक उद्देश्य, हृदय में स्थित जीवन्त अनुभवों को संकलित कर उन्हें कल्पना के सहयोग से उद्दीप्त और मूर्तिमान करते हुए, एक ओर प्रवाहित कर देते हैं। यह कला का प्रथम क्षण है, या कहिए, सौन्दर्य-प्रतीति का क्षण है। यह क्षण सामान्य-जन को भी प्राप्त होता रहता है।

किन्तु कला का द्वितीय क्षण तब उपस्थित होता है जब लेखक में शब्द-संवेदनाएँ जाग्रत् होकर, वह विषय-तत्त्वों को व्यक्त करने लगता है। यह क्षण दो कारणों से महत्त्वपूर्ण है। एक तो इसलिए कि अब शब्द-संवेदनाएँ और भाव-संवेदनाएँ, दोनों एक-दूसरे से सन्तुलित होने लगती हैं; दूसरे, इसलिए भी कि लेखक का मन दर्शक और भोक्ता, इन दो के बीच में केवल विभाजित ही नहीं होता। अब दर्शक केवल निष्क्रिय नहीं रहता, बल्कि सक्रिय हो जाता है, और साथ ही वह विषय-तत्त्व के मनोरूपों को व्यक्त करने का प्रयास करने लगता है। संक्षेप में, अब यह दर्शक एक क्रियान्वन शक्ति बन जाता है। किन्तु उसकी क्रिया मनोरूपों के सम्बन्ध में होने से एक विशेष परिस्थिति निर्मित हो जाती है। वह परिस्थिति इस प्रकार है।

न केवल अन्तर का द्विधा विभाजन होता है, वरन् यह कि इस दर्शक-मन को शब्दाभिव्यक्ति में देर लगती है। फलत: उसे संवेदनात्मक उद्देश्यों के अनुसार प्रवाहित होनेवाले मनोरूपों की गति को थाम लेना या मन्द करना पड़ता है, उसे संयमित करना पड़ता है। इस बीच शब्द संवेदनाएँ जाग्रत् होकर अपना कार्य मनोनुकूल पूरा कर चुकती हैं। इस बीच कभी-कभी, सम्भवत:, संवेदनात्मक उद्देश्यों से परिचालित मनोरूपों की गति ही लुप्त हो जाती है, और रचित शब्दावली का भावार्थ भी पूरा नहीं हो पाता।

मेरा मतलब तटस्थता और तन्मयता से है। यदि दर्शक मनोरूपों की गतियों से इतना निर्लिप्त है कि वह शब्द-संवेदनाओं में खो जाता है और मनोरूपों की

गति जड़ हो जाती है, तो ऐसी निर्लिप्तता भी उसके काम की नहीं होती। और यदि वह उन मनोरूपों की गतियों में पूर्णत: विलीन हो जाता है, तो शब्द-संवेदनाओं के लिए अवकाश की हीनता के फलस्वरूप अभिव्यक्ति निर्बल अथवा दुरूह हो जाती है। अतएव उसे मनोरूपों की गतियों को प्रवाहित करनेवाले संवेदनात्मक उद्‌देश्यों से एकाकार होकर, साथ ही उन मनोरूपों का मजा लेते हुए, उनकी गतियों को आत्मसात् करते हुए, चलना पड़ता है। दूसरे शब्दों में, उसे अनवरत रूप से एकीभूत स्थिति और द्विधा-रूप स्थिति कायम रखनी पड़ती है।

किन्तु केवल इतना ही नहीं होता। शब्द-संवेदनाओं और भाव-संवेदनाओं की परस्पर तुलना से अंगीकृत अभिव्यक्ति के फलस्वरूप, रचना का जो अंश तैयार हो जाता है, वह स्वयं एक फोर्स, एक शक्ति, बन जाता है और यदि अनुभवात्मक संवेदनाएँ (विषयभूत मनोधाराएँ) क्षणमात्र लुप्त भी हुईं, तब भी वह शब्दात्मक रचना-खंड स्वयं उसे अगला मार्ग सुझा देता है।

शब्द-संवेदनाओं को प्राप्त करते हुए लेखक जाने-अनजाने अपनी मूल भाव-सम्पत्ति और मनोधारा में भी परिवर्तन करता रहता है। शब्द-संवेदनाएँ नवीन एसोसिएशन्स को जाग्रत् कर देती हैं। फलत:, वह मूल मनोधारा यदि इस प्रकार से इन एसोसिएशंस को प्राप्त करके समृद्ध हो जाती है, तो दूसरी ओर उसका—उस मनोधारा का स्वयं का—मूल रूप-स्वरूप बहुत-कुछ बदलता जाता है। यह महत्त्व की बात है। प्रारम्भिक स्फूर्ति ने जो तत्त्व-विधान और रूप-विन्यास किया था, वह परिवर्तित होता रहता है।

बुद्धि का कार्य यहीं उपस्थित होता है। उसे काव्य-निर्वाह करना पड़ता है। मूल मनोधारा ने अपने आवेग में रूपमय तत्त्वों को लाकर खड़ा कर दिया, कल्पना को उद्‌दीप्त कर दिया, और संवेदनात्मक उद्‌देश्यों की पूर्ति की दिशा में उसे प्रवाहित कर दिया। किन्तु शब्द-साधना के समय नवीन भावात्मक अनुषंग, नवीन अनुभव उपस्थित होते हैं। उनके मूल्यवान होने पर भी उन्हें जाने-अनजाने आत्मसात् कर लिया जाता है। शब्द-संवेदनाएँ लगातार कार्य करती रहती हैं। उनकी चोट होती रहती है। मूल मनोधारा में बहुत-कुछ परिवर्तन अर्थात् संशोधन होता जाता है। यह संशोधन किस प्रकार का होता है?

असल में, शब्दाभिव्यक्ति के समय लेखक मनोधारा के अन्तर में और भी अधिक प्रवेश करता है। उसके लिए वह अधिकाधिक तत्त्व-साक्षात्कार का और आत्म-साक्षात्कार का काल है। एक प्रकार से वह उसके आत्म-निर्माण का भी काल है। शब्दाभिव्यक्ति तो केवल उसका एक माध्यम है। संवेदनात्मक उद्‌देश्यों की तीव्रता पर यह निर्भर करता है कि कहाँ तक वह आगे बढ़ेगा। संवेदनात्मक उद्‌देश्यों की तीव्रता के अभाव में—अर्थात् प्रेरणा के अभाव में—उसकी रचना बहुत आगे बढ़ नहीं पाती। वह खंडित हो जाती है, अथवा उसे जैसे-तैसे करके वह

निबटा देता है, उसका तत्त्व-साक्षात्कार, आत्म-साक्षात्कार छिछला और पतला, विरल और तुच्छ होता है।

किन्तु लेखक के पास यदि उतनी प्राण-शक्ति है, तो निस्सन्देह [वह]अब तक निर्मित शब्दात्मक रचना की सहायता से अपना अगला कदम भी देख लेता है। जीवन-अनुभवों में डूबी हुई उसकी बुद्धि, रचना के संवेदनात्मक उद्‌देश्य से एकाकार होकर, आगे का पथ प्रशस्त करती है। फलत: काव्य-निर्वाह होता चलता है। यह बुद्धि, संवेदनात्मक उद्‌देश्य के अनुसार, शब्द-योजना और अभिव्यक्ति-निर्माण में एक सम्पादक का, संशोधक का, कार्य करती है। दूसरी ओर, वह संवेदनात्मक ज्ञान और ज्ञानात्मक संवेदनाओं को लक्ष्य में रखकर, उनसे अनुप्राणित होकर, आगे बढ़ती है। यह बुद्धि जीवन-तत्त्व में, जीवन-यथार्थ में, प्रवेश करनेवाली बुद्धि है। वह एक साथ कई कार्य करती है। भाव-यात्रा में वह ठीक दिशा को सूचित करती रहती है, संवेदनात्मक उद्‌देश्य से प्रेरित होने के कारण। जीवन-अनुभवों में सूक्ष्म दृष्टिफल को वह सामान्यीकरणों का रूप देती चलती है। तीसरी ओर, अभिव्यक्ति-निर्माण में वह सम्पादक-संशोधक का काम भी करती है, अतएव वह रूप-रचना में भी सहायक होती रहती है।

इस प्रकार हम देखते हैं कि द्विधा-विभाजित मन की प्रक्रिया में तटस्थता नामक जो एक आत्म-स्थिति पैदा हो जाती है, वह तटस्थता नामक आत्म-स्थिति एक क्रियावान शक्ति है, और क्रिया में गतिमान होने के लिए ही उपस्थित रहती है।

[सम्भवत: अपूर्ण। सम्भावित रचनाकाल : 1959 के बाद।
नये साहित्य का सौन्दर्यशास्त्र में संकलित]

मार्क्सवादी साहित्य का सौन्दर्य-पक्ष

'मार्क्सवादी साहित्य का सौन्दर्य-पक्ष' शीर्षक के अन्तर्गत लिखते हुए, मेरे मित्र गोरखनाथ जी ने जो विचार व्यक्त किये हैं, उनसे सहमत होना मेरे लिए मुश्किल हो गया है।

गोरखनाथ जी के लेख से यह जान पड़ता है कि वर्तमान चीनी साहित्य में व्याप्त जन-मंगल-भावना से उन्हें कोई आपत्ति नहीं है। यह शुभ संकेत है। इस बात में मैं उनके साथ हूँ कि वह साहित्य जन-मंगल की भावना से अनुप्राणित होने के अतिरिक्त अधिक कलात्मक भी है।

किन्तु, इसके आगे, मेरे लिए उनसे सहमत होना मुश्किल हो रहा है। वे कहते हैं कि आए-दिन चीन में पाठकों की बेतहाशा वृद्धि और विस्तार के साथ-साथ नये लेखकों की जो एक बेशुमार भीड़ आगे बढ़ रही है, उससे, 'मौलिक तथा विशिष्ट प्रतिभा' के परिपोष के लिए खतरा है। 'खतरा' शब्द का प्रयोग उन्होंने नहीं किया है, किन्तु उनके कहने का तात्पर्य लगभग यही है। वू येन नामक चीनी लेखक ने नये लेखकों की इस बेशुमार भीड़ के विरुद्ध यह जो स्थापना की कि इस भीड़ के कारण कलात्मक सौष्ठव की रक्षा नहीं हो रही है और कलाहीन साहित्य उत्पन्न हो रहा है—इस स्थापना के समर्थन में गोरखनाथ जी ने अपने लेख में दूसरे प्रश्न भी उठाए हैं।

सबसे पहले तो मैं यह कहना चाहूँगा कि प्रत्येक युग में साहित्य को नये विषय प्राप्त होते हैं। सचमुच युग ही विषयों का संकलन करता है। साहित्य-विषयों से युग का आवयविक सम्बन्ध है। किसी युग-विशेष में विशिष्ट विषय-क्षेत्र आवृत्त और पुनरावृत्त होते हैं। उन विषयों के प्रति लेखक-गण जो दृष्टिकोण विकसित करते हैं, उनमें भी बहुत-सी मूलबद्ध समानताएँ होती हैं।

आज चीनी साहित्य में जो विषय प्रचलित हैं, वे उस देश के युग के अनुरूप ही हैं। ये विषय सामान्य जनता के अतिशय निकट हैं, इसलिए कि वे उन्हीं के जीवन से सम्बन्ध रखते हैं। विषयों की इस अतिशय निकटता के फलस्वरूप आज वहाँ की सामान्य जनता साहित्य-क्षेत्र में सक्रिय हो उठी है। साहित्य-क्षेत्र में सामान्य जनता तभी सक्रिय हो उठती है, जब उसमें कोई व्यापक सांस्कृतिक आन्दोलन चल रहा हो—ऐसा आन्दोलन, जो उसके आत्म-गौरव और आत्म-गरिमा को

स्थापित और पुन:स्थापित कर रहा हो। किसी जमाने में हमारे भारत में भी (भिन्न परिस्थितियों में ही क्यों न सही) ऐसा ही हुआ था, दलित-पीड़ित और गरीब वर्गों के लोग साहित्य-क्षेत्र में सक्रिय हो उठे थे। हमारे भक्ति-आन्दोलन के पूर्वार्ध का स्मरण कीजिए। उस समय भी शास्त्री-कलाकारों और पंडित कवियों ने उनका विरोध किया था, क्योंकि साहित्य-सौन्दर्य के उनके मानदंडों के अनुसार, गरीब लोगों का वह साहित्य तुच्छ और विद्रूप था।

आज चीन में मुक्ति के वातावरण में जनता साँस ले रही है, और वह अपने देश के पुनर्निर्माण में लगी है। उस देश में आज जो युग है, उसके अनुसार वहाँ के साहित्य-विषय हैं। ये साहित्य-विषय जनता के अत्यधिक निकट होने से, तथा उसी के वास्तविक जीवन से सम्बन्धित होने के कारण, वह (जनता) स्वयं अब साहित्य-क्षेत्र में सक्रिय हो उठी है, और वहाँ के जन-क्षेत्र व्यापक सांस्कृतिक-सामाजिक आन्दोलन से अनुप्राणित हो उठे हैं। इस सांस्कृतिक आन्दोलन की एक अभिव्यक्ति के रूप में, स्वयं जनता के हाथों से गढ़ा हुआ, नया साहित्य प्रस्तुत हुआ है। चूँकि जनता स्वयं साहित्य तैयार कर रही है, इसलिए लेखकों की बेशुमार भीड़ होना स्वाभाविक ही है। साथ ही यह भी स्वाभाविक है कि जनता द्वारा उत्पन्न सारा-का-सारा साहित्य वस्तुत: उच्च कोटि का न हो।

इस साहित्य का कलात्मक स्तर और ऊँचा उठाने का क्या उपाय है? क्या इसका उपाय यह है कि उन लेखकों को साहित्य-प्रकाशन की सुविधा दी जाए; अथवा यह कि उनका लेखन-कार्य निषिद्ध ठहराया जाए? अथवा यह कि जनता में जो सांस्कृतिक आन्दोलन चल रहा है, उसमें सक्रिय भाग लेकर लेखकों की रचनात्मक आलोचना की जाए?

आलोचक का कार्य केवल गुण-दोष-विवेचन ही नहीं है, वरन् साहित्य का नेतृत्व करना भी है। आलोचक का धर्म साहित्यिक नेतागीरी करना नहीं है, वरन् जीवन का मर्मज्ञ बनना और उसी विशेषता की सहायता से कला-समीक्षा करना भी है। साहित्य-नेतृत्व करने के लिए तो जीवन-मर्मज्ञता की और भी अधिक आवश्यकता है। संक्षेप में, सामान्यत: जनता के, और विशेषत: जनता के बीच से आए हुए लेखकों के, शैक्षणिक-सांस्कृतिक-स्तर तथा उनके कलात्मक-स्तर को और भी अधिक विकसित करना आवश्यक है।

यह कार्य मुख्य है। यदि इस कार्य को लक्ष्य बनाकर वू येन द्वारा आलोचना की गई होती, और उस आलोचना में कलात्मक स्तर के विकास के उपायों को निर्देशित किया गया होता, तो बात अलग थी। किन्तु लेखकों की बाढ़ से 'मौलिक तथा विशिष्ट प्रतिभा' को खतरे का नारा देकर जो आलोचना की जाएगी, वह न केवल निरर्थक और असंगत होगी, वरन् वह उस व्यक्तिवाद को सूचित करेगी, कि जो व्यक्तिवाद जनता को ढोर समझता है, मूर्ख समझता है।

यह सही है कि साहित्य-रचना में प्रतिभा का बहुत बड़ा स्थान होता है। किन्तु वास्तविक प्रतिभावान कौन-कहाँ तक है, इसका निर्णय महान उपलब्धियों के पूर्व नहीं, पश्चात् होता है। पूर्वतर स्थिति में तो सभी लेखक गुणवान होते हैं। सच तो यह है कि समय की कसौटी पर जिस लेखक का साहित्य खरा उतरेगा, वही प्रतिभावान कहलाएगा। लेकिन, क्या इसके लिए यह आवश्यक नहीं है कि हम सभी को लिखने दें, ऐसों को भी कि जो पेशेवर साहित्यिक नहीं हैं?

हिन्दी साहित्य में पेशेवर साहित्यिकों के कारण जीवन का वैविध्य प्रकट नहीं हो पाता, जिन्दगी के असली तजुर्बे नहीं आ पाते, और वे जीवन-मूल्य स्थापित नहीं हो पाते कि जिनके लिए साधारण व्यक्ति संघर्ष करता है। साहित्य में जीवन के ज्वलन्त प्रतिबिम्ब अपनी सम्पूर्ण निष्कलुषता के साथ उतर नहीं पाते। पेशेवर साहित्यिकों में जो 'साहित्यिक योग्यता' है, यदि वह सचमुच योग्यता होती तो देश का कल्याण हो जाता! सच तो यह है कि ऐसी योग्यता जिसमें महान प्रेरणा न हो, जिसमें लोक-कल्याण के लिए त्याग की भावना न हो, जिसमें जनजीवन की अन्तर्धाराओं को देखने की दृष्टि न हो—ऐसी योग्यता निरर्थक है।

इसका अर्थ यह नहीं है कि मैं वास्तविक साहित्यिक योग्यता का अनादर कर रहा हूँ। यह योग्यता किसानों में भी हो सकती है, गरीब मध्यवर्ग में भी, मजदूरों में भी। उसके लिए साहित्यकारों द्वारा अनुमोदित और समर्पित होकर 'साहित्यिक' बनना आवश्यक नहीं है। जिस देश में साहित्यकारों का एक अलग वर्ग होता है, वह देश भयानक विषमताओं से पीड़ित होता है, यह निर्विवाद है। साहित्यकारों के वर्ग में भी वास्तविक प्रतिभावान साहित्यिक बहुत थोड़े होते हैं।

किन्तु जनतंत्र में हर एक को यह अधिकार है कि वह लिखे। उसकी रचना यदि सर्वमान्य स्तर की है, तो उसके प्रकाशित होने में कोई रुकावट नहीं होनी चाहिए। आज चीन की सामान्य जनता यदि सामान्य कोटि की रचना करती है, तो इसका कारण यह है कि समाजवादी संस्कृति का वहाँ इतना अधिक विकास नहीं हुआ है जितना कि अन्य देशों में सदियों से चली आ रही पूँजीवादी-व्यक्तिवादी संस्कृति का। संक्षेप में साहित्य का वहाँ एक नये आधार पर विकास हो रहा है। उसके सम्पूर्ण उत्कर्ष के लिए समय लगेगा।

ध्यान दीजिए उस जमाने पर, जब हमारे यहाँ भारतेन्दु युग था। तब हमारी कृतियों का क्या साहित्यिक स्तर था? जब खड़ी बोली में बड़े पैमाने पर कविताएँ लिखना शुरू हुआ, तब ब्रजभाषावालों ने 'कलात्मकता' के नाम पर ही उसका विरोध किया। जब प्रयोगवादी कविता शुरू हुई, तब कलात्मक स्तर के नाम पर भी उसकी भीषण आलोचना की गई। ऐसी स्थिति में, किसी नई प्रवृत्ति का जो प्रारम्भिक चरण होता है वह, आपेक्षिक रूप से तथा पिछली उपलब्धियों की तुलना में, अविकसित और अपुष्ट ही होता है।

ऐसी नई प्रवृत्तियों का प्रत्येक विरोधक, उस प्रवृत्ति द्वारा प्रेरित रचनाओं में से जो अति साधारण या हीन कोटि की होती हैं, उन्हें ही लक्ष्य में रखकर, उन प्रवृत्तियों की नवीन उपलब्धियों की ओर ध्यान न देते हुए, उस प्रवृत्ति का विरोध करता है, तथा पिछली स्वदेशिक प्रवृत्तियों की अथवा वर्तमान विदेशिक प्रवृत्तियों की उपलब्धियों का उदाहरण सामने रखकर, ऐसी वर्तमान स्वदेशिक प्रवृत्तियों की आलोचना करता है जिनका अभी पूर्ण विकास और उत्कर्ष नहीं हुआ है। ऐसे विरोध का एकमात्र उद्देश्य नई प्रवृत्ति को हतोत्साहित करना है।

रूस, फ्रांस, ब्रिटेन, अमरीका बहुत बड़े देश हैं। वहाँ अनगिनत पत्र-पत्रिकाएँ हैं, और उनमें लिखनेवाले लेखक अनगिनत हैं। ऐसी स्थिति में वहाँ लेखकों में गहन स्पर्धा है। अच्छे लेखकों को भी जरा देर से मान्यता मिलती है। फिर भी उस स्पर्धा की परीक्षा से गुजरकर सफल होनेवाला साहित्य, अपने प्रभावोत्पादक गुणों के कारण ही, न केवल उन देशों में वरन् विदेशों में भी—अर्थात् अन्तर्राष्ट्रीय पैमाने पर—यशस्वी हो उठता है। वहाँ की 'मौलिक तथा विशिष्ट प्रतिभा' को लेखकों के अनगिनतपन से डर नहीं लगता। तो ऐसी स्थिति में, चीन में सामान्य लेखकों के अनगिनतपन द्वारा 'मौलिक तथा विशिष्ट प्रतिभा' वालों को खतरा क्यों महसूस होना चाहिए?

निष्कर्ष—(1) मौलिक तथा विशिष्ट प्रतिभावालों को वस्तुत: यदि कोई खतरा है, तो अपने भीतर से है, बाहर से नहीं। यदि उनकी प्रतिभा सचमुच मौलिक तथा विशिष्ट है, तो अपने प्रभावोत्पादक गुणों के फलस्वरूप वह स्वयं उदाहरण-स्वरूप बन जाएगी, यहाँ तक कि वह किसी उज्ज्वल परम्परा को जन्म देगी। यदि वह मौलिक तथा विशिष्ट प्रतिभा के नाम पर पनपनेवाला मात्र एक साहित्यिक अहंवाद है, तो इतिहास उससे वैसा व्यवहार करेगा।

(2) कोई भी नई साहित्यिक प्रवृत्ति, साधारणत:, शुरू में अपरिपक्व ही होती है। उस साहित्यिक प्रवृत्ति की व्यापक अपरिपक्वता की भर्त्सना करने के बजाय, उसके अधिकाधिक विकास में योग देकर उसे अधिक परिष्कृत करने की आवश्यकता है।

(3) चीन का नया सांस्कृतिक-साहित्यिक आन्दोलन जनता की अपनी चीज है। जनता के शत-सहस्र प्रदीर्घ प्रयासों से ही सफलताओं का आविर्भाव होगा।

यह कहना गलत है कि चीन में आज जो सारा साहित्य उत्पन्न हो रहा है, उसमें कलात्मकता का एकदम अभाव है। इसके विपरीत, यह कहना सही है कि चीन में पिछले दस वर्षों के भीतर कुछ स्मरणीय उपलब्धियाँ भी विराजमान हैं। अगर उनमें किसी को अनुभूति के दर्शन न हों, मात्र प्रचार दीखे, और वह निष्प्राण प्रतीत हो, तो यही कहा जाएगा कि देखनेवाले को उस साहित्य के मूल मानवीय उत्सों से कोई सहानुभूति नहीं है।

दूसरे, यह बात भूलने की नहीं है कि साधारण लेखक-वर्ग, बहुधा, मर्मज्ञ पाठक-वर्ग होता है, जो अभिव्यक्ति की अभिलाषा के कारण लेखक-रूप में परिणत हो जाता है। साहित्य-प्रयासों द्वारा पाठक स्वयं साहित्य-मर्मज्ञ बनता है। ऐसी स्थिति में एक व्यापक लेखक-वर्ग के रूप में जो एक विशाल प्रबुद्ध पाठक-वर्ग है, उसका साहित्य के विकास में बहुत बड़ा योग होता है। चीन के 'मौलिक तथा विशिष्ट प्रतिभा' वालों को वह योग प्राप्त है बशर्ते कि वे उसको स्वीकार करें। किन्तु यदि वे अपनी उच्चतर स्थिति के शिखर पर बैठकर उन पदतलवासियों को अवहेलना की दृष्टि से देखें, तो इसके लिए कोई क्या करे! सौन्दर्यवाद के नाम से प्रचलित व्यक्तिबद्धता की जो एक प्रवृत्ति है, उसे हम उस सौन्दर्यवाद से अलग करके देखते हैं जिसका सम्बन्ध व्यापक प्रभावोत्पादकता के साहित्यिक गुण से है। अतएव हम कलात्मकता के उन समर्थकों के साथ हैं, जो वस्तुत: समर्पित भाव से जनता में से आए हुए लेखकों के कलात्मक स्तर को ऊँचा उठाने की तत्पर बुद्धि रखते हों, तथा अपनी स्वयं की साहित्य-रचना द्वारा वास्तविक कलात्मकता का मार्ग प्रशस्त करते हों। किन्तु हम कलात्मकता के उन समर्थकों के विरुद्ध हैं, जो जनता में से आए हुए लेखकों की आपेक्षिक अपरिपक्वता का निदर्शन-प्रदर्शन केवल इसलिए करते हैं कि उनके साहित्यिक शिखरवाद की, अर्थात् व्यक्तिवादी सांस्कृतिकता की, रक्षा हो। साहित्य-क्षेत्र में सौन्दर्यवाद और कलात्मकतावाद की ऐसी एक प्रवृत्ति रही है, जिसने लेखकों को सामान्य जन-अनुभव से अलग कर दिया है। ऐसी स्थिति में, जब गोरखनाथ जी मौलिक तथा विशिष्ट प्रतिभा को अनतिशिक्षित और अनतिसंस्कृत साधारण लेखकों के कन्ट्रास्ट में—विरोधात्मक भूमिका में—रखना चाहते हैं, तो मेरे मन में वैसी शंका उठना स्वाभाविक ही है।

गोरखनाथ जी ने कहा कि रूस देश में आज तॉल्स्तॉय जैसे लेखक पैदा क्यों नहीं होते? उनके कहने का तात्पर्य यह है कि पूँजीवादी-साम्राज्यवादी समाज-रचना के अनन्तर रूस में जो एक उच्चतर समाजवादी समाज-रचना स्थापित हुई तो साहित्य को भी उसी हिसाब से नये समाजवादी युग में श्रेष्ठतर होना चाहिए था। मुझे लगता है कि उनका आशय उपर्युक्त ही है, यद्यपि वह कुछ प्रच्छन्न है।

साहित्येतिहास का विद्यार्थी यह जानता है कि युग-परिवर्तन के साथ ही, साहित्य-क्षेत्र में जो नये विषय अवतीर्ण होते हैं, उनकी गहन कलात्मक अभिव्यक्ति दीर्घ साधना का फल होती है। यह साधना एक व्यक्ति या एक पीढ़ी की नहीं, वरन् कई पीढ़ियों द्वारा की गई होती है। जब उन विषयों को लेकर कई पीढ़ियाँ खप जाती हैं तब कहीं कला विलक्षण उत्कर्ष को प्राप्त होती है, जैसे कि वह तॉल्स्तॉय के साहित्य में दिखाई पड़ी। इसका अर्थ यह नहीं है कि रूस का क्रान्ति-उत्तर साहित्य श्रेष्ठ नहीं है। दुनिया के कई बड़े-बड़े देशों के साहित्य से वह आज भी सफलतापूर्वक मुकाबला कर सकता है। उस साहित्य का प्रभाव यूरोप और अमरीका

के विभिन्न क्षेत्रों में स्पष्टत: परिलक्षित होता है। मैक्सिम गोर्की को हम छोड़ भी दें, तब भी, उसके अनन्तर, अलेक्ज़ी तॉल्स्तॉय, शोलोखोव, ऑस्ट्रोवस्की, बान्दा वासिलेवस्की, मायकोवस्की, वेरा पेनोवा, गेलिनिना विश्नेवस्की, त्वारदोवस्की, पॉस्तॉवस्की, एलेक्जेंडर गोचेर, लिओनिद लिओनोव विश्वख्याति प्राप्त कर चुके हैं। फिर भी यह नि:संकोच रूप से कहा जा सकता है कि भूतकाल के शिखरों की तुलना में रूस में आज का साहित्य अपनी सम्पूर्ण उच्चता को अभी नहीं पहुँचा है।

किन्तु क्या ब्रिटेन, अमरीका या फ्रांस का आज का साहित्य उनके पूर्वतर शिखरों की तुलना में तुंगतर और उच्चतर है? क्या फ्रांसीसी साहित्य ने उत्तरोत्तर उत्कर्ष की सीढ़ियों पर चढ़ते हुए रोमां रोलां को बहुत पीछे छोड़ दिया? यह विवादास्पद विषय है। मैं पूछता हूँ कि छायावाद और प्रगतिवाद के अनन्तर प्रयोगवादी कविता ने अपने पूर्वतरों से उज्ज्वलतर, उच्चतर सफलताएँ प्राप्त कीं? यदि नहीं, तो इसका अर्थ यह है कि हमारी विचारधारा में कोई खामी है, या खामी विचारधारा में न होकर किसी और जगह है!

गोरखनाथ जी चीन के साहित्य को लेकर साम्यवादी जगत् के साहित्य पर उतर आते हैं, और फिर उस साहित्य की तथाकथित श्रीहीनता का दोष मार्क्सवाद के मत्थे मढ़ने की कोशिश करते हैं।

अमरीका, फ्रांस, ब्रिटेन, भारत आदि सभी देशों में साहित्यिक लेखन खूब ही होता है। सामान्य श्रेणी का साहित्य संख्या की दृष्टि से बहुत होता भी है। किन्तु हम उन-उन देशों के साहित्य की सफलता सिर्फ चोटी के कलाकारों में ही देखते हैं। हम अमरीकी साहित्य की श्रेष्ठता को सिंकलेअर लेविस, अपटन सिंकलेअर, एजरा पाउंड, हेमिंग्वे आदि कलाकारों के साहित्य से ही मापते हैं, तो यही सुविधा हम रूसी तथा चीनी साहित्य की श्रेष्ठता को मापने के लिए उनके चोटी के कलाकारों को ही क्यों न दें? क्या हम रोजमर्रा धड़ल्ले से पैदा होनेवाले अमरीकी साहित्य से उस देश के साहित्य की श्रेष्ठता को मापते हैं? क़तई नहीं! तो हम रूस और अन्य साम्यवादी देशों में धड़ल्ले से पैदा होनेवाले साहित्य के स्तर की अति-साधारणता को ध्यान में रखकर उसे दरिद्र क्यों कहें? क्यों न हम उसकी सर्व-स्वीकृत उपलब्धियों की उच्चता मापकर उस साहित्य की श्रेष्ठता स्वीकार करें?

आश्चर्य की बात यह है कि एक ओर गोरखनाथ जी 'मौलिक तथा विशिष्ट प्रतिभा' की दुहाई देते हैं, किन्तु वे उन प्रतिभाओं की ओर ध्यान नहीं देते जिन्होंने उन देशों के साहित्य का सिर ऊँचा किया। वरन् वे यह सूचना देते-से प्रतीत होते हैं कि जन-मंगल की भावना से प्रेरित साम्यवादी साहित्य प्रचारात्मक है, अर्थात् दूसरे शब्दों में, वह कलाहीन है, श्रीहीन है, अनुभूति-प्रवण नहीं है। साम्यवादी जगत् में सबसे अधिक विकसित साहित्य रूस का है। क्यों न वे उस साहित्य को देखकर यह ठहराएँ कि मार्क्सवाद साहित्य को किस ऊँचाई पर ले गया? मार्क्सवाद मनुष्य

को कृत्रिम रूप से बौद्धिक नहीं बनाता है, वरन् उसे ज्ञानालोकित आदर्श प्रदान करता है। मार्क्सवाद मनुष्य की अनुभूति को ज्ञानात्मक प्रकाश प्रदान करता है। वह उसकी अनुभूति को बाधित नहीं करता, वरन् बोधयुक्त करते हुए उसे अधिक परिष्कृत और उच्चतर स्थिति में ला देता है। संक्षेप में, मार्क्सवाद का मनुष्य की संवेदन-क्षमता से कोई विरोध नहीं है, न हो सकता है।

गोरखनाथ जी ने मार्क्सवाद से सम्बन्धित सौन्दर्यशास्त्र की बात उठाई है। उनकी बातों से कुछ ऐसा जान पड़ता है कि मार्क्सवादी साहित्यिक विचारकों ने सौन्दर्यशास्त्रीय प्रश्नों पर या तो विचार नहीं किया है और यदि किया भी है तो वह विचार सतही ढंग से हुआ है। उनके विचार से, शायद, यही कारण है कि मार्क्सवादी साहित्य-कला में प्रचारात्मकता अधिक और सौन्दर्य-तत्त्व कम होते हैं। इसलिए गोरखनाथ जी का अनुरोध है कि मार्क्सवादी साहित्य-विचारक सौन्दर्यशास्त्रीय प्रश्नों पर और गहराई से विचार करें।

इस सम्बन्ध में मेरा निवेदन यह है कि मार्क्सवादी साहित्य-विचारकों ने सौन्दर्य-सम्बन्धी प्रश्नों पर विस्तृत रूप से विचार किया है। रूस में इन प्रश्नों पर विशेष चिन्तन हुआ है। जिस देश में उज्ज्वल साहित्य की एक विशाल परम्परा हो, उस देश में सौन्दर्यशास्त्रीय प्रश्नों पर विचार होना स्वाभाविक है। उनके तत्सम्बन्धी विचार हमारे लिए बहुत-कुछ उपादेय हैं। हमने भी साहित्यशास्त्र के अन्तर्गत कई समस्याओं पर बहुत-कुछ चिन्तन किया है। मेरा अपना खयाल है कि हमारे तत्सम्बन्धी विचार भी उनके लिए उपादेय हो सकते हैं। एक तो वहाँ के कलाकारों ने स्वयं ही कलात्मक सौन्दर्य के सम्बन्ध में मूल्यवान विचार प्रकट किये हैं। चूँकि वे विचार अनुभव-प्रसूत हैं, इसलिए उनका अपना एक विशेष महत्त्व है। तुर्गनेव, तॉल्स्तॉय और मैक्सिम गोर्की से लेकर इलिया एहरेनबर्ग और पॉस्तॉवस्की तक ने इस सम्बन्ध में अत्यन्त महत्त्वपूर्ण विचार व्यक्त किये हैं। एहरेनबर्ग के लेख काफी प्रसिद्ध हो चुके हैं। उसी प्रकार, पॉस्तॉवस्की की गोल्डन फ्लॉवर नामक पुस्तक अत्यन्त पठनीय है। इसके साथ ही समय-समय पर सोवियत लिट्रेचर नामक मासिक-पत्र में, एतत्सम्बन्धी प्रश्नों पर विचार प्रस्तुत होते हैं। उनसे बहुत-कुछ जाना-सीखा जा सकता है। खेद है कि सौन्दर्यशास्त्र-सम्बन्धी अन्य उत्तमोत्तम पुस्तकें रूसी जबान में धरी रह जाती हैं, और वे अंग्रेजी में अनूदित होकर हम तक पहुँच नहीं पातीं।

सौन्दर्यशास्त्र एक विचित्र शास्त्र है। वह वस्तुत: एक मूल्य-शास्त्र है, आदर्श-शास्त्र है। चूँकि हमारे जीवन की प्रधान दिशाएँ और तत्सम्बन्धी जिज्ञासाएँ विभिन्न युगों में बदलती रही हैं और बदलती रहेंगी, इसलिए इस शास्त्र का वैसा विकास नहीं हो पाता जिस प्रकार कि, उदाहरणत:, भौतिकशास्त्र का है,जिसमें परवर्ती विचारक पूर्ववर्ती चिन्तक के सिद्धान्तों को या तो नई व्यवस्था में बाँधता है, अथवा उसके कन्धे पर खड़े होकर नव-नवीन-विकास के परिदृश्य देखता है।

सौन्दर्यशास्त्र, नीतिशास्त्र आदि मूल्य-शास्त्र होने के कारण, वे मुख्यत: सिद्धान्त-प्रणालियों के समवाय के रूप में प्रस्तुत होते हैं। अन्तिम निर्णय करने का भार हम पर ही रह जाता है कि उनमें से कौन-सी बात हमारे लिए स्वीकरणीय है और कौन-सी त्याज्य। आधुनिक सौन्दर्यशास्त्र के क्षेत्र में तो सिद्धान्तों का एक जंगल-का-जंगल खड़ा हो गया है।

सौन्दर्यशास्त्र के सम्बन्ध में दूसरी महत्त्वपूर्ण बात यह है कि उसके सिद्धान्तों में परिवर्तन होता रहता है और किसी युग में किसी विशेष प्रवृत्ति की औचित्य-स्थापना के लिए वैसे सौन्दर्य-सिद्धान्त बनते और बनाये जाते हैं। आज की स्थिति तो यह है कि आधुनिकतम चित्रकला को समझने के लिए सबसे पहले हमें उसकी सौन्दर्यशास्त्रीय मान्यताओं का ही अध्ययन करना चाहिए।

किसी प्रवृत्ति की औचित्य-स्थापना के हेतु जिस सौन्दर्य-सिद्धान्त का जन्म होता है, वह सिद्धान्त उस प्रवृत्ति के ह्रास के साथ ही निर्बल हो जाता है। आज पाश्चात्य साहित्य से प्रभावित हम लोग जिस भाव और उसकी जिस अभिव्यक्ति में सौन्दर्य देखते हैं, उसका कारण यह है कि हमारी मन:प्रवृत्तियाँ भी उसी भाव के अनुकूल हैं। साधारणत:, आत्मोन्मुख साहित्य-धारा में सौन्दर्य का जो अर्थ हो सकता है, वह अर्थ बहिरन्तर समग्र-जीवनोन्मुख साहित्य-धारा में परिवर्तित हो जाता है। फलत:, जिसे हम सौन्दर्य कहते हैं, उसमें कुछ लोग अपूर्णता या एकांगिता तथा बाधाग्रस्तता देखते हैं; और वे जिसे सौन्दर्य कहते हैं, उसमें हमें खोखलेपन की बू आती है। यह एक वास्तविक मनोवैज्ञानिक तथ्य है। हममें, हम सबमें, साहित्यिक संस्कृति का इतना विकास नहीं हुआ है कि हम अपनी प्रवृत्तियों और रुझानों, धारणाओं और अभिरुचियों के घेरे से उठकर, वस्तुत: अन्य तथा कभी-कभी विरोधी प्रवृत्ति के साहित्य की क्षमताएँ पहचान सकें और उन क्षमताओं को गहराई से पहचानकर उसकी सीमाएँ भी जान सकें।

भारत में पहुँचनेवाला रूसी तथा चीनी साहित्य-पत्रिकाओं में प्रकाशित साहित्य हमेशा उच्च कोटि का नहीं होता, यह कहने की आवश्यकता नहीं। उन पत्रिकाओं में प्रकाशित साहित्य को देखकर उन-उन देशों की प्रधान उपलब्धियों के बारे में सोचना असंगत होगा। किसी भी देश के किसी भी युग में श्रेष्ठ साहित्यिक थोड़े ही होते हैं। उन्हीं के नाम से उस देश के साहित्य की श्रेष्ठता या अश्रेष्ठता पहचानी जाती है, न कि पत्र-पत्रिकाओं में निरन्तर निकलनेवाले साहित्य से। किन्तु—और यह बहुत बड़ा किन्तु है—पत्र-पत्रिकाओं में प्रकाशित साहित्य और उसके लेखक साहित्य के विकास में अपने प्रयत्नों द्वारा योग देते हैं। उनसे सूचित होता है कि राष्ट्र की प्रधान प्रवृत्तियाँ और प्रयत्न क्या हैं। यह आवश्यक है कि ये प्रवृत्तियाँ स्वस्थ और कल्याणकारी हों। इस आवश्यकता से कौन इनकार करेगा? इस आवश्यकता को ध्यान में रखकर काम करने की जरूरत है।

मैं गोरखनाथ जी को धन्यवाद देता हूँ कि उनके लेख ने मुझे अपने विचार प्रकट करने के लिए आतुर कर दिया। गोरखनाथ जी का लेख सद्भावनापूर्ण था, बुनियादी तौर पर। इसीलिए मैंने उत्तर देने का साहस किया। उत्तर देते समय मैं इधर-उधर अपने विचारों में भटक गया हूँ। लेकिन इसमें मुझे कोई हानि मालूम नहीं होती।

[वसुधा : 1960 में प्रकाशित। नये साहित्य का सौन्दर्यशास्त्र में संकलित]

आधुनिक काव्य की चिन्ताजनक स्थिति

यद्यपि यह कहा जाता है कि तनाव का, खिंचाव का काल साहित्य-सृजन के लिए विशेष उपयुक्त रहा है। यह भी सत्य है कि पिछले कुछ सालों से हिन्दी-काव्य में ह्रास के लक्षण स्पष्ट दिखाई देने लगे हैं। वह युग जिसका प्रतिनिधित्व मैथिलीशरण गुप्त से लगाकर तो 'बच्चन' ने किया, अब समाप्त हुआ है। उनकी गूँजें, वही भावच्छायाएँ, वही काव्य-उपादान, थोड़े बहुत हेर-फेर के साथ पत्र-पत्रिकाओं में प्रकाशित होनेवाली कविताओं में मिल जाया करते हैं।

स्पष्ट है कि विगत साहित्यिक पीढ़ी का रोमैंटिक काव्य वर्तमान भारतीय जीवन के यथार्थ पर आधारित नहीं है। पिछले आठ-दस सालों से हमारी जिन्दगी में कुछ ऐसी तबदीली हुई है, और पिछले चार-पाँच सालों से उस तबदीली की रफ्तार इतनी तेज हो गई है कि अलसायी छायाओं के उपवनों के उन्मत वातावरणों से आज हमारी आत्मा की परितृप्ति नहीं हो सकती। न उस टाइप के प्यार को लेकर, उसके अभिशापों और वरदानों तथा तत्सम्बन्धी मूक साधनाओं, मरण-त्योहारों और अग्नि-श्रृंगारों के खिलौने से हमारी जिन्दगी में भाव-सम्पन्नता आ सकती है, बशर्ते कि हमारा काव्य कवि-गोष्ठियों में उठते-बैठते रस बरसानेवाला काव्य न हो। आज हमारी जिन्दगी का यथार्थ हमारे साहित्य में अपने पूरे अभिप्राय और आवेग के साथ उतरना चाह रहा है। खेद है कि हिन्दी के प्रत्यक्ष काव्य-प्रयास कुछ महत्त्वपूर्ण अपवादों को छोड़कर उन्हीं पुरानी गूँजों को गुँजा रहे हैं, उसी बासी गन्ध को फैला रहे हैं जिसका हमारे वर्तमान जीवन के यथार्थ से सामंजस्य नहीं हो पाता।

जब तक हमारे कविगण वर्तमान यथार्थ के अभिप्राय समझ नहीं सकेंगे, और उन्हें समझकर उनका चित्रण नहीं कर सकेंगे, तब तक हमारे काव्य-साहित्य का उद्धार नहीं। 'दिनकर' कुरुक्षेत्र का पोथा भले ही लिख लें, और उसमें राष्ट्रवाद के नाम पर बड़े शब्दों और ऊँची-ऊँची कल्पनाओं, फड़कते हुए वाक्यों और धड़कते हुए चित्रणों की रेल-पेल कर दिखाएँ, यह निश्चित है कि जिन्दा वही रहेगा जो वर्तमान यथार्थ के अभिप्रायों को समझ सके। यानी आज के प्रश्नों के सम्बन्ध में निश्चित भावात्मक और बौद्धिक 'आउटलुक' रख सके। 'दिनकर' के बारे में तो यह कहा जा सकता है कि वह अब पुराने खेमे का कवि हो गया है। किन्तु प्रधान

प्रश्न तो उन कवियों का है जो, नवीन दृष्टिकोण का विरोध अथवा उपेक्षा करते हुए, अपने प्रयासों के डिफेन्स में इन कवियों के काव्य-उदाहरणों को प्रस्तुत करते हैं। यह भी निश्चित है कि जो व्यक्ति वर्तमान यथार्थ की ओर दृष्टिपात नहीं करता, उससे अपनी काव्य-प्रेरणा और स्फूर्ति ग्रहण नहीं करता, और उस नारे से प्रभावित होता है जो 'भारतीय संस्कृति' का नारा कहलाता है, तो वह व्यक्ति नवीन दृष्टिकोण (मॉडर्न आउटलुक), जनता का दृष्टिकोण, भी ग्रहण नहीं कर सकता। आज 'भारतीय संस्कृति' का नारा उन लोगों का है जो जनता के क्रान्तिकारी दृष्टिकोण को रूसी दृष्टिकोण कहकर लोगों का ध्यान, वर्तमान जनजीवन के यथार्थ के तकाजों से हटाते हुए, उन पुराने मायालोकों में अटकाना चाहते हैं जहाँ अध्यात्म और विलास परस्पर चुम्बन-आलिंगनादि में व्यस्त हैं। यदि 'भारतीय संस्कृति' का अर्थ जनता के अपने तकाजों और सवालों के आधार पर उसको सुसंस्कृत करना होता तो वह नारा कभी गलत नहीं होता। किन्तु बात इससे बिलकुल उल्टी है। आज जब इनसानियत तबाह हो रही है, और कुछ तबके उसकी कीमत पर लखपति बनने की कोशिश कर रहे हैं, तब गरीब मध्यवर्ग के एक लेखक को 'भारतीय संस्कृति' का लुभावना नारा देकर उसे उन लोगों से हटाया जा रहा है जो उसके अपने हैं यानी जो उसी की तरह तबाह हैं और जिनकी हालत उससे भी बदतर है, जो अपनी जिन्दगी के तकाजों के आधार पर सामाजिक, आर्थिक और राजनीतिक लड़ाइयाँ लड़ रहे हैं। जहाँ भूखी जनता को अनुशासन में रहने की, भारतीय संस्कृति के अनुसरण की, दिन-रात नसीहत दी जाती हो, और, दूसरी ओर, बड़े मजे में अपने सगे-सम्बन्धियों को शोषण का मजा लेने दिया जाता हो, वहाँ 'भारतीय संस्कृति' के नाम पर एक बहुत बड़ा फ्रॉड चला करता है। अपने शत्रुओं के कैम्प के बुद्धिजीवियों की संघर्ष-आस्था को नष्ट करने के लिए विचारों की जालसाजी से भरे आन्दोलनों के ब्रह्मास्त्र छोड़े जाते हैं। 'भारतीय संस्कृति' का नारा उसी का एक अंग है। गरीब मध्यवर्ग के लेखक को ऐसे सब नारों से मोर्चा लेना होगा जो प्रतिक्रियावादियों के कैम्प में से निकलते हैं।

मुझसे कहा जाएगा कि यह राजनीति हुई, साहित्य नहीं रहा। किन्तु वस्तु-स्थिति तो यह है कि जनता की राजनीति और जनोन्मुख साहित्य का स्रोत एक है। और वह है, आज का यथार्थ। आज का यथार्थ कोई रहस्यवादी धारणा नहीं है जिसको समझने के लिए इड़ा-पिंगला-सुषुम्ना नाड़ियों को तीव्र करना जरूरी हो। आज का यथार्थ जनता के जीवन का यथार्थ है जो हम स्वयं रोजमर्रा जीते हैं। यदि हमारी काव्य-प्रेरणा वस्तुत: जनजीवन से उद्‌भूत हुई हो, तो जनजीवन की वर्तमान परिस्थितियाँ और उसके कष्टों का कारण भी हमारे अनुभूति-क्षेत्र का अंग होगा; अर्थात् इनसानियत को तबाह करनेवाले रावणों, उनके सिपहसालारों और दोस्तों के जन-विरोधी षड्यंत्र भी हमारी अनुभूति के अंग होंगे यानी मात्र बौद्धिक स्तर से उतरकर वे हमारे हृदय और आत्मा के समस्त अभिप्रायों में लीन हो जाएँगे। जब

वे लीन होंगे तो स्थायी भाव होगा घृणा, घृणा और भयानक घृणा! तथा उनके नाश का संकल्प! जनजीवन के अन्य चित्रों के साथ हमारे दूसरे भाव रहेंगे। देशभक्ति का अर्थ जन-भक्ति होगा। अतएव राजनीति और साहित्य मात्र अभिव्यक्ति में भिन्न हैं। उनका मूल है आज का यथार्थ, यानी जनजीवन का यथार्थ, उसके लक्ष्य, उसके अभिप्रेत, उसके संघर्ष।

हमारे समाज की कुछ ऐतिहासिक महा-प्रक्रियाएँ चल रही हैं। किसी-न-किसी विकास-अवस्था में दो परस्पर विरोधी तत्त्वों का संघर्ष चल रहा है। समाज के अन्तस्तल में द्वंद्वों का यह संघर्ष ऐतिहासिक प्रक्रिया है। इस संघर्ष की तीव्रता दिन-ब-दिन गहरी होती जा रही है। संघर्ष व्यापक होता जा रहा है। जब तक हम अपनी बुद्धि, प्राण-मन, हृदय और आत्मा की समस्त अनुभूति तथा शक्ति को केन्द्रित करके, उसके द्वारा इस ऐतिहासिक जिन्दा यथार्थ के आधार पर, जनजीवन के चित्र नहीं खड़े करते, तब तक गरीब किन्तु बुद्धिमान लेखक के जीवन-कार्य का प्रथम अनुच्छेद भी समाप्त नहीं होता। स्पष्ट है कि यहाँ हम ऐसे ही लेखक की कल्पना कर रहे हैं जो बड़ी तनख्वाहवाले उच्चवर्गीय साहित्यिकों के जमघट में अपनी साहित्यिक करामात का डेमॉन्स्ट्रेशन देने की इच्छा नहीं रखता; 'रेडियो-कवि' नहीं बनना चाहता; आलस, निठल्लेपन, दोस्तीबाजी को साहित्यिक जीवन की अपनी विशेषता नहीं बनाना चाहता; जो साहित्य में कैरियरिस्ट नहीं है, यानी अपनी रचना के मूल्य के आधार पर समाज से कीमत माँगता है, न कि स्पेशल कॉन्टेक्ट्स के जरिये मैन्यूवर करने का प्रकट-अप्रकट हिमायती है; जो अपनी बात की पाबन्दी चाहता हो और वस्तु-सत्य, चाहे वह बौद्धिक और मानसिक ही क्यों न हो, की परवाह ज्यादा करता है, यानी वाचाल नहीं है, और अपनी ही कल्पना की पतंग नहीं उड़ाया करता है; जो अपने साहित्य-कर्म के प्रति और उसके जनजीवन-सम्बन्धी मूल प्रेरणास्त्रोतों के प्रति अगाध रूप से गम्भीर और ईमानदार है, या गम्भीर और ईमानदार रहने की बेहद कोशिश करता है।

स्पष्ट है कि आज का साहित्यिक जितनी गम्भीरता से अपने प्रत्येक प्रकार के उत्तरदायित्वों को सोचेगा और जीवन के समस्त रूपों के अध्ययन में रुचि और सूक्ष्मता प्रकट करेगा, उतनी ही उसकी साहित्य-शक्ति तीव्र और प्रभावोत्पादक होगी। यदि वह अपने सबजेक्ट मैटर के यथार्थ में गम्भीरता से प्रवेश करेगा, तो न सही एक दिन के एक प्रयास में, [बल्कि] धीरे-धीरे, कदम-ब-कदम, वह पुरानी जड़ीभूत परतों को तोड़कर अपने नये साहित्य-संस्कारों को जन्म देगा, और वह हौले-हौले उसका विकास करता हुआ आगे बढ़ता चला जाएगा। प्रयास के प्रथम चरण की दुरूहता, उलझी अभिव्यक्ति-शैली तथा भावों का सामान्य स्तर, लेखक के स्वयं के अनुभवों के सहारे निखरकर हीरे और मोतियों-सी चमकती हुई भावच्छवियों और शब्द-मालिकाओं का रूप धारण कर लेगा।

कहना न होगा कि विषय के यथार्थ के यथातथ्य भावात्मक चित्रण का कार्य एक वैसा ही घोर, अविरत और सुदीर्घ संघर्ष है, जैसे भारत का वर्तमान जीवन! जितना गहरा यह संघर्ष होगा, समझिए कि उतनी ही गहराई के साथ, अपने स्वयं के काव्य-उपादान लेकर, जनजीवन का वस्तु-सत्य अपने समस्त सन्दर्भों के साथ अपनी स्वयं की मौलिक अभिव्यक्ति लिये प्रकट होना चाह रहा है। लिखते वक्त, हर ईमानदार लेखक का यह अनुभव है कि जो बात वह वस्तुत: कहना चाहता है, यानी कि जो असल बात है (जिसे वह उसके सम्पूर्ण सौन्दर्य के साथ प्रकट करने के लिए आतुर है), ठीक वही किन्हीं अजीब शक्तियों के षड्यंत्र से हाथ से निकल जाती है, और अन्य भाव, अन्य अभिव्यक्तियाँ बीच में दस्तन्दाजी-दखलअन्दाजी करती हुई किसी दूसरी ओर बहा ले जाना चाहती हैं। असली बात-रूपी रुपहली मछली उसको धोखा देते हुए, जाल में आती हुई-सी लगकर भी, इधर-उधर से फिसल जाती है, और कभी-कभी तो उसे निराश हो जाना पड़ता है। कहना न होगा कि यह एक महान और सुदीर्घ संघर्ष है। और इस संघर्ष के पीछे है वैज्ञानिक ईमानदारी, जिसकी वैज्ञानिकता का हृदय मनुष्य-हृदय है, यानी वह हृदय की अनुभूति की गहरी वैज्ञानिकता है। ऐसा संघर्षी लेखक झूठे रंगों, झूठी गूँजों और नकली बातों के फेर में नहीं पड़ता, न उसके सत्य का स्टैंडर्ड इतना नीचा होता है कि जो बात अनुभूत नहीं है, उसका वह दावा करे। उसकी अनुभूति को कल्पना के पर हैं और वैज्ञानिक आँखें हैं।

किन्तु हमारे लेखक...वे प्रगतिवादी ही क्यों न हों—इस प्रकार [के] संघर्ष से बचते हैं। इसलिए वे बात के नूर के स्थान पर भड़क रंग और फिसलती हुई जबान और बहता हुआ स्वर अधिक पसन्द करते हैं। परिणामत:, उनकी बात अधिक रोमैंटिक ढंग की हो जाती है। शीघ्र इफेक्ट्स देने के लिए वे थोड़ा कहने की चतुरता का इस्तेमाल करते हुए कवि-कर्म से फारिग हो लेते हैं। यदि कोई यह कहे कि वे मॉडर्न आउटलुक, जनजीवन का दृष्टिकोण रखते हुए भी ईमानदार नहीं हैं, तो इस गम्भीर सत्य का एक पहलू [यह] भी है कि जो लेखक शीघ्र परिणाम के पीछे हाथ धोकर इस प्रकार पड़ा हुआ है, वह न अपने दृष्टिकोण के प्रति ईमानदार है, न अपने कर्तव्य के प्रति। ऐसे लेखक, यह सच है कि, कुछ समय के लिए अपने न्याय-पथ पर कथन-शैली के द्वारा साहित्य-जगत् में अपना स्थान बना लेते हैं, किन्तु उनका हो-हल्ला शोरगुल शीघ्र ही शान्त भी हो जाता है।

मैं यह पहले भी कह चुका हूँ कि जीवन के यथार्थ के प्रति अगर यह ईमानदारी रहे, तो वह स्वयं ही बोलता हुआ चला आता है। यानी, दूसरे शब्दों में, अपने स्वयं के काव्य-उपकरण लेकर उतरता है, तो उसके मानी यह हुए कि घिसे हुए उपमा-चित्रों और प्रतीकों का पंजा आप-ही-आप छूट जाता है और जीवन-यथार्थ नये काव्य में अपनी नवीन शैली लेकर उतरता है। कहना न होगा कि छायावादी

शैली वर्तमान कष्टमय संघर्षमय जनजीवन-सम्बन्धी चित्र-प्रयासों के लिए नितान्त अनुपयुक्त और बिलकुल बेकार है। फिर भी, बड़ी ही प्रगतिशील भावधारा के (कभी-कभी हमारे प्रयासों की गहराई के अभाव में) उन्हीं प्रतीकों को लेकर चलाने के लिए असंख्य उदाहरण दिये जा सकते हैं। निश्चित और स्पष्ट है कि पुराने प्रतीकों के रंगदार काँच की खिड़कियों से बाहर की असलियत के विशाल दृश्य ठीक-ठीक दिख नहीं पाते। यानी, यद्यपि यथार्थ खुद बोलता हुआ काव्य में उभरना चाहता है, तथापि हमारे साहित्य-सम्बन्धी असंगत संस्कार उसकी जबान की जगह उन्हीं घिसी हुई उपमाओं तथा शब्दों का शोरगुल खड़ा कर देते हैं। दूसरे शब्दों में, पूर्वागत काव्य-शैली तथा भाव-शैली के घनीभूत प्रभाव के कारण नवीन यथार्थ भी अपनी भाषा को छोड़कर, अपना पैटर्न छोड़कर, पुराने पैटर्न में कैद हो जाता है। अतएव, नवीन लेखक के पास पुराने प्रभावों से जूझते हुए वर्तमान जन-यथार्थ के चित्र-प्रयासों के लिए उपयुक्त पैटर्नों की प्राप्ति का भी महत्त्वपूर्ण कार्य है। संघर्षी लेखक को, नये यथार्थ की किसी पूर्वागत परम्परा के अभाव के कारण, कभी-कभी अपने पैटर्नों के प्रति, और अपने प्रति उत्पन्न अविश्वास के प्रति, घोर संघर्ष करना पड़ता है। नवीन यथार्थ के पैटर्नों को वह सामाजिक मान्यता नहीं मिल पाई है।

मैं ऊपर कह चुका हूँ कि संघर्षी लेखक के विरुद्ध सारी स्थिति-परिस्थितियाँ आज काम कर रही हैं। चूँकि आज उसे अपना रास्ता बनाना है, यानी नये यथार्थ का समस्त वातावरण शब्दों में अंकित करना है, उसकी अपनी भाषा और प्रतीकों के जरिये, साथ-ही-साथ चूँकि विद्वानों की दकियानूसी से लगाकर सम्पादकों की निर्बुद्धिता उसके रास्ते में पहाड़ और खाइयों का काम करती है, जो कि उसकी आवाज को पाठकों के पास पहुँचने नहीं देती, और चूँकि लेखक के स्वयं (यद्यपि पुरानों से बहुत आगे) अपनी मंजिल के बहुत पीछे होने से उसका ध्यान अपने साहित्य-कर्म के कठोर कार्यक्रमों में ही लगा हुआ है, और चूँकि उसे वस्तुत: जनजीवन के विभिन्न प्रधान रूपों और प्रधान भावों को अपने भाव-विलास के क्षेत्र में आत्मसात् करने की दीर्घ प्रक्रिया में लीन होना है—अतएव, वैज्ञानिक ईमानदारी रखनेवाले अनुभूतिप्रवण साहित्यकार की समस्त प्रवृत्तियाँ आज कठोर संघर्ष कर रही हैं। इस घनघोर आस्था और अन्तत: अपनी विजय में उतनी ही घनघोर निष्ठा आज के जनवादी लेखक की पतवार है, उसका सम्बल है। यह उसका अहंकार नहीं कि साहित्यिकों की फूहड़ सोसाइटी उसे अरुचिकर प्रतीत होती है।

सबसे बड़ी बात यह है कि जिस प्रकार एक नेता न केवल जनता को नेतृत्त्व प्रदान करता है, वरन् वह उससे सीख और नसीहत भी ग्रहण करता है, उसी प्रकार नये लेखक का सबसे बड़ा शिक्षक, सबसे बड़ा गुरु, और सबसे बड़ा वैज्ञानिक, स्वयं जनजीवन और उसके दृश्य हैं। हमें वास्तविक जनजीवन में अनेक महान व्यक्ति देखने को मिलते हैं, महान प्रतिभाएँ दृष्टिगत होती हैं, और महान संघर्ष और

त्याग के विशाल मानवीय दृश्य नजर में आते हैं, जिनके सामने हमारी तथाकथित साहित्यिक सोसाइटी के नेता बौने, बुजदिल, निर्बुद्धि मालूम होते हैं। कहना न होगा कि चूँकि लेखक इस जनजीवन का ही एक भाग, एक अंश है, इसलिए वह इस जनजीवन के आदेशों का ही पालन करेगा। उसका खुदा और पैगम्बर उसी जनजीवन में बसता है, और वही जनजीवन उसका कुरान और मार्क्सिज्म है। तात्पर्य यह कि हमारा लेखक एक नये ढाँचे का व्यक्ति है जो कवि-सम्मेलनों और पत्र-पत्रिकाओं के ग्रामोफोनों से अलग अपनी वीणा पर जिन्दगी के सप्त-स्वर छेड़ता है। इस संघर्ष के ऐतिहासिक कार्य और उन स्वरों के आगे वह किसी की परवाह नहीं करता, चाहे वह कितना ही बड़ा तीसमारखाँ क्यों न हो।

यहाँ 'जनजीवन', इस शब्द को भी स्पष्ट कर देना चाहिए। चूँकि फ्रॉड की गुंजाइश सब जगह है, इसलिए यहाँ भी है। जब हम रास्ते पर घूमते हैं तो करुणा-जनक दृश्य दिखाई देते हैं। क्या हम जनजीवन को उतना ही निःशक्त और दयनीय समझें? हरगिज नहीं! हमारे कतिपय साथी उस दयनीयता के चीखते हुए चित्रों और उसके विद्रूप रंगों को ही एकमात्र जनजीवन समझते हैं। यह गलत है। वह जनजीवन का एक अल्पांश है। उस अल्पांश से समस्त जनजीवन पर निर्णय नहीं दिये जा सकते। जनजीवन में करुणा है, पर विद्रूप दयनीयता नहीं; उसमें कठोर संघर्ष शक्ति है, त्याग की भावना है, विवेक है, कर्मण्यता है; उसी प्रकार युगानुयुग शोषण के कारण, अलावा गरीबी के, उसमें अज्ञान है तो ज्ञान भी है, कुसंस्कार है तो क्रान्ति-भावना भी है। सारांश में, जनजीवन की आत्म-शक्ति और संघर्ष-शक्ति के ऐतिहासिक क्रान्तिकारी अभिप्राय हैं। उनके दुख, कष्ट, वेदना में एक रफ्तार है—वह रफ्तार जो जमाने की रग में गुस्सैल खून की तरह बहती है। वह कष्ट-वेदना एक शमशीर है जो जन-शत्रुओं को खत्म कर देगी। वह कष्ट-वेदना जनजीवन के पैरों में मोच नहीं है। सारांश यह कि जनजीवन के इन मौलिक तत्त्वों के आधार पर ही मानवीय करुणा, संघर्ष आदि के दृश्य खड़े किये जाने चाहिए।

यहाँ हम एक दूसरे खतरे की ओर भी इशारा कर देना चाहते हैं। वह यह कि जनजीवन के इन क्रान्तिकारी अभिप्रायों को वास्तविक जनजीवन के दृश्य से हटाकर उनके सामान्यीकरणों (जेनेरेलाइजेशन) की कविता हिन्दी में होती है, जैसे—धरती का प्रतीक लेकर जनजीवन की प्रशस्ति की रचनाएँ, अथवा किसान-मजदूरों की क्रान्तिकारी हैसियत के पुरजोश तराने! बिला शक ऐसी कविताएँ जरूरी हैं, किन्तु चूँकि ऐसी कविताएँ करना अपेक्षाकृत आसान है, और चूँकि इस ढर्रे पर अनेक कविताएँ और भी लिखी जा सकती हैं, और अपनी लिखास (लिखने की प्यास) पूरी की जा सकती है, इसलिए कौन वास्तविक जनजीवन के दृश्यों की मूर्ति खड़ा करे! जैसे कोई गरीब स्त्री अपने बच्चों को सुलाते हुए लोरी गा रही है और तब उसकी आँखों में जीवन के दृश्य तैर रहे हैं। कौन इस थीम को अंकित करे! इसमें

तकलीफ होती है! एक वृद्ध पिता अपने नाती को जीवन-संघर्ष में वफादार रहने की बात कहता है। कौन इसका चित्रण करे! तकलीफ होती है! एक माता अपने क्रान्तिकारी पुत्र की आँखों में भावी नवजीवन के सपनों की मूर्ति की तस्वीर देखती हुई पुलकित हो जाती है। कौन उसकी पुलक का अंकन करे! तकलीफ होती है! एक मित्र अपने दूसरे मित्र की भयानक तकलीफ से पीड़ित होकर वर्तमान जिन्दगी की तस्वीर अपनी आँखों में बसाता है। कौन इसका चित्रण करे! तकलीफ होती है! गोया आसानी से हो जाए तो ठीक, नहीं तो ऐसी-तैसी!

मराठी, उर्दू और हिन्दी की कविता का मिलान यहाँ ठीक होगा। मराठी में जीवन-दृश्यों के क्षणों का सूक्ष्म चित्रण हुआ है। उर्दू में क्रान्ति और तारुण्य की बेसब्र सम्मिलित मनोभावनाओं का, और हिन्दी में वर्तमान जीवन की कटुता का, जोश भरे तरानों और क्रान्ति के सामान्यीकरणों का, बाहुल्य है। हमें जीवन के समस्त दृश्यों का चित्रण करना जरूरी है। इसलिए हमारे प्रयास व्यापक होना चाहिए। विशिष्ट (पर्टिकुलर) जनजीवन-दृश्यों में जनजीवन के अभिप्रायों ने सामान्यीकरण (जेनेरल) की गूँज जरूरी है। इन दोनों के मिश्रण से ही पाठक को अपने जीवन-भाव और अपने अभिप्राय समझ में आएँगे। और इस प्रकार उसके हृदय में कठोर यथार्थ और हिम्मत, शक्ति और मस्ती का योग होगा। विशिष्ट को छोड़ मात्र सामान्य में वह बल नहीं आ पाता, जो जिन्दगी में चट्टानी हिम्मत, भुजाओं में फौलादी ताकत, दिल में इनसानियत का लहराता समुन्दर, ला सके। इस प्रकार जनजीवन का ज्ञान, जनजीवन के अभिप्राय, और उसकी आत्म-शक्ति का मेल, जब तक हम अपने सुख-दुख में न कर केवल ऊपरी अमूर्त निराकार वैचारिक स्तर पर ही उसे घुमाते रहेंगे, तो सामान्य विशिष्ट का स्वर नहीं हो पाएगा। काव्य में विशिष्ट के साथ-साथ सामान्य रहे तो जीवन-दृश्य और उनका आघात ठीक-ठीक होगा। हमारे रात-दिन चलते हुए संघर्ष के दृश्यों के अभिप्राय ही तो जनजीवन के अभिप्राय, जनजीवन के प्रतीक हैं। इस लक्ष्य की पूर्ति अपने आप में एक ऐसा आकर्षक और सम्मोहक कार्य है, जिसके लिए जिन्दगी के तमाम दूसरे व्यक्तिगत मोहों को ठुकराया जा सकता है, और उसके माध्यम द्वारा जीवन की सफलता और अपने काव्य का आनन्द प्राप्त किया जा सकता है।

[नया खून : 1951 में प्रकाशित। पुन: प्रकाशित—सवेरा संकेत : दीपावली विशेषांक, 1971 में]

नवीन समीक्षा का आधार

संघर्ष करनेवाले व्यक्ति को जिस क्षेत्र में, जिन वास्तविकताओं के विरुद्ध, जिन मूल्यों की स्थापना के लिए, प्रयास करना होता है, उसे सर्वप्रथम जीवन के उन दृश्यों से तदाकार होना पड़ता है, जो उसके स्वयं के दृश्य और उसके आसपास के लोगों के दृश्य हैं। न केवल यह, इन दृश्यों का एक छोर, यदि वह स्वयं और उसकी जीवन-परिधि है, तो दूसरा छोर विरोधी वास्तविकताओं तक फैलकर उन्हें समेटे हुए है। इस सम्पूर्ण के भीतर व्यक्ति और स्थिति के आपसी भीतरी सम्बन्धों, उनके रूप-स्वरूप, उनकी तेज या धीमी होती गतिविधियों और उनकी दिशाओं के ज्ञान का अर्थ ही यह है कि मनुष्य अपनी वास्तविकताएँ समझता है, और उन्हें समझकर, उनकी आन्तरिक क्रिया-प्रतिक्रियाओं के तजुर्बे से सहायता लेते हुए, वह अपने प्रयास में तत्पर रहता है।

साहित्य-समीक्षा के मूल बीज वास्तविक जीवन में तजुर्बे के बतौर उपलब्ध होनेवाले ज्ञान-संवेदन तथा संवेदन-ज्ञान में ही हैं। इस ज्ञान-संवेदन और संवेदन-ज्ञान के परे जानेवाली 'समीक्षा' में न 'ईक्षा' यानी देखना या दृष्टि है, न सम्यकता। जब-जब समीक्षा इस मूलाधार को छोड़कर, विचारों की बारीकी और लक्ष्यों की ऊँचाई प्रदर्शित करने के गोपनीय या प्रकट उद्देश्य से, इधर-उधर भटकी है, उसने लेखकों और पाठकों को सच्ची सहायता देना छोड़ दिया है। कहा जाता है कि साहित्य जीवन का प्रतिबिम्ब है। इस खंड-तथ्य को हम यों भी कह सकते हैं कि साहित्य में इन प्रतिबिम्बों की रचना अनेक पैटर्न्स में होती है। जब तक समीक्षक उस जीवन को नहीं जानता, जिसके प्रतिबिम्बों के विभिन्न पैटर्न्स में गुँथी हुई रचना की वह आलोचना करने बैठा है, तब तक वह समुद्र-दर्शन के नाम पर लहरें गिनता हुआ बैठा है। यदि वे लहरें आलोचक की बुद्धि की आज्ञाएँ न मानें तो इसमें आश्चर्य ही क्या है! आलोचक या समीक्षक का कार्य, वस्तुत: कलाकार या लेखक से भी अधिक तन्मयतापूर्ण और सृजनशील होता है। उसे एक साथ जीवन के वास्तविक अनुभवों के समुद्र में डूबना पड़ता है, और उससे उबरना भी पड़ता है, कि जिससे लहरों का पानी उनकी आँखों में न घुस पड़े। अपने वर्ग, समाज या श्रेणी की जिन्दगी में अपनी जिन्दगी की सही हिस्सेदारी के बगैर, जो समीक्षक

उस जिन्दगी के प्रतिबिम्बों के पैटर्न्स का मूल्यांकन करने बैठता है, वह कभी भी सच्ची आलोचना नहीं कर सकता। जीवन के वास्तविक अनुभवों से प्राप्त सत्यों के अभाव में, बौद्धिक खामखयाली को वह सूक्ष्मदर्शिता का लिबास भले ही पहना दे, उसकी समीक्षा कभी भी सृजनशील नहीं हो सकती। क्योंकि साहित्य में उतरे हुए उन प्राण-प्रतिबिम्बों का महत्त्व वह समझ ही नहीं सकता, चाहे वह कविता हो, निबन्ध हो या उपन्यास।

जिस प्रकार अनुभव-ज्ञान सम्पन्न मनुष्य, वास्तविक जीवन में पाये जानेवाले व्यक्तित्वों, परिस्थितियों और प्रवृत्तियों का हार्दिक और बौद्धिक आकलन करके अपना मार्ग बनाता है, यानी, दूसरे शब्दों में, अपनी संवेदनात्मक ज्ञान-शक्ति के द्वारा वह मार्ग बनाने के लिए लगातार समीक्षा करता चलता है (इस समीक्षा के बगैर उसका मार्ग ही नहीं बन सकता), उसी प्रकार, ईमानदार समीक्षक वास्तविक जीवन की मूलभूमि में उपजी हुई समीक्षा-शक्ति के सहारे साहित्य की समीक्षा करता है। यदि वह ऐसा न करे तो शैले के कल्पना-बिम्बों के रूप-स्वरूप के कारणों को, वह स्पेन्सर के कल्पना-बिम्बों के रूप-स्वरूप के कारणों से, अलग नहीं कर सकता। आज भी, इसी भारतीय जिन्दगी में, शैले, व्यक्तित्व की दृष्टि से, एक 'टाइप' है, स्पेन्सर दूसरा 'टाइप'। तॉल्स्तॉय की नैतिक भावना की मूल पीड़ा ज़िन परिस्थितियों में बद्ध और ग्रस्त जिस 'टाइप' में हो सकती है, वह परिस्थिति और व्यक्तित्व का वह 'टाइप' आज भी हमारे भारतीय जीवन में, जैसा कि वह जिया जाता है, पाया जाता है। असल में, वास्तविक जीवन की संवेदनात्मक समीक्षा-शक्ति के अभाव में, साहित्य के क्षेत्र की समीक्षा-शक्ति थोथी होती है। इसीलिए समीक्षक का आदि कर्तव्य वास्तविक जीवन की संवेदनात्मक समीक्षा-शक्ति का विकास करना है। जीवन की परिस्थितियों, प्रवृत्तियों, गतिविधियों और उसमें पले हुए व्यक्तियों का संवेदनात्मक ज्ञान जब तक समीक्षक को नहीं है (और वह हो नहीं सकता जब तक कि अपने वर्ग, श्रेणी या समाज की व्यापक जिन्दगी में समीक्षक की जिन्दगी की हिस्सेदारी न हो), तब तक समीक्षक की साहित्यिक समीक्षा कुतिया के उस बच्चे के समान है जिसकी आँखें नहीं खुली हैं।

वास्तविक जीवन की संवेदनात्मक समीक्षा-शक्ति के द्वारा ही हम यह जान लेते हैं कि प्रत्येक परिस्थिति की सर्वसामान्यता और निजी विशेषता कौन-सी है, और किस प्रकार अलग-अलग व्यक्तियों पर उसका भिन्न-भिन्न मनोवैज्ञानिक प्रभाव होता है। परिस्थिति की सर्वसामान्यता के कारण, प्रभाव में भी सामान्यता है, किन्तु व्यक्तियों की भिन्नता के कारण ही प्रभावों की विशेषता है। सारांश यह कि वास्तविक जीवन के संवेदनात्मक धरातल पर लेखक और समीक्षक की होड़ है। लेखक और समीक्षक की यह प्रतियोगिता नि:सन्देह अत्यन्त वांछनीय है। जिन्दगी को कौन ज्यादा समझता है? समीक्षक या लेखक? यद्यपि इन दो के कर्तव्य अलग-

अलग हैं, फिर भी उनके कर्तव्यों की पूर्ति जीवन के वास्तविक संवेदनात्मक ज्ञान के आधार पर ही होगी। यदि साहित्य जीवन का उद्घाटन है, तो समीक्षक को तो यह जानना ही पड़ेगा कि उद्घाटित जीवन वास्तविक जीवन है या नहीं। असल में, कसौटी वास्तविक जीवन का संवेदनात्मक ज्ञान ही है, जो न केवल लेखक और समीक्षक में होता है, वरन् पाठक में भी रहता है। वास्तविक जीवन की संवेदनात्मक समीक्षा-शक्ति किसी की बपौती नहीं है। इसी समीक्षा-शक्ति के सहारे बड़े-बड़े व्यक्तित्वों का निर्माण होता है।

साधारण मनुष्य में प्रकट होनेवाली महानता भले ही उसे समाज के ऊर्ध्व-स्थान पर प्रतिष्ठित न करे, उसी की महानता पूरी दुनिया को चला रही है। नहीं तो राग-द्वेष के आघात-प्रत्याघातों से वह कभी की चूर-चूर हो गई होती। साधारण मनुष्य की इस असाधारणता का मर्म समीक्षक क्या समझेगा, यदि उसकी जिन्दगी अपने वर्ग, श्रेणी या समाज के वास्तविक जीवन की हिस्सेदारी नहीं है! घर की पड़ोसिन, जो बड़ी लड़ाकू है, न मालूम कब और क्यों पिघल जाती है, कि आपके संकट के काल में सारा भार अपने ऊपर ले लेती है! उसके हृदय का न मालूम कौन-सा छोर भीग गया है!

क्या समीक्षक को इन तथ्यों से मतलब नहीं है? साहित्य में व्यक्तित्व-चरित्रों का, मानव-मूल्यों का, जीवन-प्रवृत्तियों का उद्घाटन होता है। जिन्दगी से तटस्थ रहकर उसके साहित्यिक प्रतिबिम्बों की नाप-जोख करनेवाला समीक्षक, सामाजिक प्रतिष्ठा के शिखर की फटी हुई पताका का एक लत्ता भले ही हो जाए, वह उस शिखर के नीचे बैठी हुई देवमूर्ति की स्थापना करनेवाले अनगिनत लोगों का जीवन नहीं समझ सकता।

वास्तविक जीवन की संवेदनात्मक समीक्षा-शक्ति के अभाव में, साहित्य-समीक्षा का हाल बुरा होता है। रोमां रोलां के प्रसिद्ध उपन्यास ज्याँ क्रिस्तोफ के अन्तर्गत दार्शनिक मन:स्थिति में लिखे गए प्रदीर्घ जीवन-आलोचनात्मक खंडों को निकाल देने की सलाह देनेवाले समीक्षकों की कमी कभी नहीं रही। मोपासाँ तक आते-आते फ्रेंच साहित्य ह्रासग्रस्त हो गया था। ठीक उसी प्रकार, समीक्षा ने भी ह्रासकालीन चौखटों के मूल्यों की वकालत शुरू कर दी थी। वस्तु-सत्यों के मानवीय महत्त्व का लोप होकर, यानी स्वरूप को आँखों से ओझल कर, रूप की सराहना होने लगी। निश्चय ही, यह रूप भी विशिष्ट कोटि या विशिष्ट श्रेणी का होना चाहिए। समीक्षा जब ह्रासकालीन जीवन-मूल्यों की वकालत करने लगती है, तब रूप के नाम पर भी एक विशेष प्रकार के रूप का ही समर्थन किया जाता है। ह्रासकालीन फ्रेंच लेखकों की वास्तविक जीवन-संवेदनाओं से इन समीक्षकों का कोई सम्बन्ध नहीं था। फिर भी, उनकी निराशा, नकारवाद, उदास रंग की वकालत करने में वे, वस्तुत:, खुद की वकालत कर रहे थे। इसके विपरीत मैक्सिम गोर्की इन लेखकों

की वास्तविक अन्तर्भूमि समझता था। उनकी वेदना के रूप-स्वरूप के कारणों का विश्लेषण करके, उनकी पीड़ा में अपनी हिस्सेदारी करके भी, मैक्सिम गोर्की ने ह्रास-मूल्यों की वकालत नहीं की। मैक्सिम गोर्की ज्यादा गहरा उतरा। उस ढंग की जीवन-गहराई के सत्यों का निरूपण करके उन्हीं सत्यों के अनुभव-सिद्ध तर्कसंगत निष्कर्ष उसने सामने रख दिये। किन्तु, फ्रेंच समीक्षक कभी अतीत के साहित्य की तुलना में नवीन को हेच ठहराने लगे, तो कभी नये ह्रासकालीन साहित्य के जीवन-मूल्यों की वकालत करने लगे।

वास्तविक जीवन की संवेदनात्मक समीक्षा शक्ति की दुर्बल मन:स्थिति का ही यह परिणाम है कि समीक्षा कभी साहित्य के पीछे-पीछे चलने लगती है, (उसकी अनुगामी हो जाती है), या उसके नेतृत्व के जोश में मीलों आगे बढ़ जाती है। किन्तु उसका हाथ पकड़, उसके साथ-साथ चलते हुए, उसको मार्ग नहीं बताती। हम इसका एक उदाहरण देंगे। छायावाद की आलोचना करनेवाले हमारे महान आलोचक छायावाद के नि:सहाय बच्चे हैं। प्रसाद ने 'नारी तुम केवल श्रद्धा हो, विश्वास-रजत-नग-पग-तल में' कहा तो आलोचकों ने नारी का कैसा-कैसा आदर्शीकरण नहीं किया! वास्तविक नारी और समाज में उसके व्यक्तित्व की गरिमा की स्थापना के लिए सामाजिक संघर्ष आदि समस्त बातें छूट गईं। छायावादी आलोचक छायावाद के कल्पना-स्वप्नों के उलझे भटकाव-भरे मार्ग पर ही चले। छायावादी सम्मोह और उसके अद्वैतवादी प्रयास साहित्यिक आलोचना के मानदंड नहीं हैं। इन सम्मोह, कल्पना-स्वप्नों का भावुक विवरण, विश्लेषण नहीं है। बताया जाना चाहिए था कि छायावादी मनोवृत्ति क्यों और कैसे उत्पन्न होती है। उसमें सन्निहित भावों और मनोविचारों और जीवन-मूल्यों से आच्छन्न होने की कोई जरूरत ही नहीं थी।

साहित्य के वास्तविक जन्मदाताओं के जीवन से मीलों आगे बढ़कर नेतृत्व प्रदान करनेवाले आलोचकों में प्रगतिवादी समीक्षकों का स्थान अग्रणी है। उस पीढ़ी का जीवन, जो आगे आ रही है और लिख रही है, इन समीक्षकों के लिए तभी तक महत्त्वपूर्ण है, जब तक वह 'प्रगतिवादी' भावों को उन्हीं के ढर्रे पर प्रकट करे। उस पीढ़ी की असली जिन्दगी के संघर्ष, कष्ट और संवेदनाओं से उन्हें कोई मतलब नहीं। जब यह पीढ़ी निराशा, घुटन, उदासीनता, प्रणय, स्नेह, सौन्दर्य, आश्चर्य, साहस, उत्साह, संघर्ष और विजय की भावनाओं का मनोवैज्ञानिक चित्रण करती है, तो उन्हें वह आत्मबद्ध, आत्मग्रस्त, कुंठामय, अवरुद्ध और व्यक्तिनिष्ठ, अहंवादी और गतिरुद्ध प्रतीत होती है। कुल मिलाकर नतीजा यह है कि ये आलोचक साहित्य की वास्तविक जन्मदात्री पीढ़ी की जिन्दगी समझ ही नहीं पाते। एक ओर ऐतिहासिक भौतिकवाद की दृष्टि से वे साहित्य की व्याख्या करते हैं, किन्तु उसी दृष्टि से वे हमारे साहित्यिक नौजवानों के जीवन को और उनकी मनोभावनाओं को हृदयंगम नहीं कर पाते। नतीजा यह है कि हमारे नवयुवक साहित्यिकों को उनकी आलोचनाओं

से विशेष लाभ नहीं होता। वास्तविक जीवन की ज्ञान-संवेदनात्मक और संवेदन-ज्ञानात्मक समीक्षा-बुद्धि का अभाव ही इस असामर्थ्य का मूल कारण है।

समीक्षकों की इस दयनीय उपहासात्मक स्थिति के कारण ही आज प्रत्येक लेखक को अपना समीक्षक होना पड़ रहा है। लेखक और कुछ न सही, जीवन की संवेदनाएँ प्रकट करने का प्रयत्न तो कर रहा है। समीक्षक तो एकदम 'चिन्तक' हो गया है, उसकी असली जिन्दगी के आवेगों से कोई मतलब नहीं। यह सही नहीं है कि लेखक समीक्षा की सारी आवश्यकताओं की पूर्ति कर सके। बहुधा, उसके मतों में एकांगिता और उसके निर्णयों में अधूरापन पाया जाता है। अपने जीवन में प्राप्त संवेदनात्मक अनुभव के आधार पर ही वह मत बना रहा है, या निर्णय दे रहा है। यह हो सकता है कि उसके ये आधार सभी के लिए समान न हों। अंग्रेजी में कोलरिज, वड्र्सवर्थ, शैले, टी.एस. इलियट आदि प्रमुख कलाकार आलोचक हैं। इनमें से मुख्यत: विचारणीय कोलरिज और टी.एस. इलियट ही हैं। स्पष्ट है कि इन सबके मूलाधार अलग-अलग हैं। किन्तु कौन कह सकता है कि वास्तविक साहित्यिक सृजन में इनकी समीक्षाओं का योगदान न रहा? कारण साफ है। इनका समीक्षात्मक चिन्तन वास्तविक अनुभवों का निष्कर्ष है। बुजुर्ग की सीख सभी के लिए और सब जगह यकसाँ फायदेमन्द नहीं होती। किन्तु उनका आधार वास्तविक जीवन होता है। लोग अपनी-अपनी विवेक-बुद्धि से अपने लिए अनुकूल बातें उठा लेते हैं, प्रतिकूल अस्वीकार कर देते हैं। समीक्षा के बारे में यह बिलकुल सही रुख है। किन्तु ऐसे लेखक-समीक्षकों में बहुधा जीवन के महत्त्वपूर्ण सत्यों के ऐसे-ऐसे उद्घाटन होते हैं कि दंग रह जाना पड़ता है।

क्या इसका अर्थ यह है कि आलोचना के कोई मूल सिद्धान्त नहीं हैं? हैं, किन्तु सिद्धान्तों का प्रयोग किस ढंग से होना चाहिए, यह भी महत्त्वपूर्ण है। यह विज्ञान या शास्त्र, मूलत: इंडक्शन (आगमन) पर आधारित है, उसके बाद ही डिडक्शन (निगमन) होता है। डिडक्शन इंडक्शन का स्थान नहीं ले सकता, वह अपने सही होने के लिए इंडक्शन पर ही अवलम्बित है। ठीक उसी प्रकार, सिद्धान्त जीवन के आन्तरिक और बाह्य तथ्यों का स्थान नहीं ले सकता, वस्तुत:, वह स्थिति के लिए उन्हीं पर अवलम्बित है। जो सिद्धान्त इन तथ्यों और सत्यों की अवहेलना कर आगे बढ़ेंगे, वे चाहे किसी वाद की दुहाई दें, असफल ही रहेंगे, क्योंकि उन सिद्धान्तों का प्रयोग वास्तविक जीवन-सत्यों को हृदयंगम करके नहीं किया जा रहा है। केवल वही समीक्षा महत्त्वपूर्ण होती है जो संवेदनात्मक जीवन के सत्य उद्घाटित करते हुए लेखक को अपने वस्तु-सत्यों से अधिक परिचित सचेत करती है। लेखक जीवन की विभिन्न मनोवृत्तियों, स्थितियों, आदि-आदि का अंकन करने का प्रयत्न करता है। समीक्षक को इन जीवन-सत्यों से अधिक परिचय होने की आवश्यकता है, तभी वह लेखक की सहायता कर सकता है, उसकी चेतना की परिधि विस्तृत कर सकता

है, अन्यथा नहीं। लेखक को सचमुच सहायता करनेवाले समीक्षक जीवन-सत्यों से लेखक से भी अधिक परिचित होते हैं। तभी वे लेखक द्वारा प्रस्तुत की गई जीवन-समीक्षा की समीक्षा कर सकते हैं। समीक्षक द्वारा प्रस्तुत की गई ऐसी समीक्षा का आधार वस्तुत: जीवन, जैसा कि वह जिया जाता है, ही है, किताबी शब्द-समुदाय नहीं। जीवन-सत्यों पर आधारित साहित्यिक समीक्षा स्वयं एक सृजनशील कार्य है, और वह न केवल लेखक को वरन् पाठक को भी जीवन-सत्यों के अपने उद्घाटनों द्वारा सहायता करती जाती है।

कहा जाएगा कि ये सब प्रारम्भिक बातें हैं। समीक्षा इसके बहुत आगे बढ़ गई। इस आपत्ति का उत्तर यह है कि वर्तमान समीक्षा ऐसी मूलभूत बातें भूल रही है, जिन बातों के आधार पर ही सिद्धान्तों की मीनारें खड़ी की जा सकती हैं। वास्तविक जीवन की ज्ञान-संवेदनात्मक और संवेदन-ज्ञानात्मक समीक्षा-शक्ति का इतना ह्रास हो गया है कि सिद्धान्तों के आधार पर साहित्यिक बातें देखी जाती हैं, किन्तु जीवन-सत्यों के आधार पर स्वयं सिद्धान्तों का परीक्षण और प्रयोग नहीं किया जाता। सीधी बात यह है कि आज की तरुण संघर्षशील पीढ़ी की जिन्दगी के भीतर समाई हुई पीड़ित मनुष्यता को किस समीक्षा ने अपना आधार बनाया है? इस पीढ़ी के संघर्षशील जीवन के स्नेह और मैत्री, बाधा और विजय, अनुत्साह और निराशा, उत्साह और विश्वास, लक्ष्य और आदर्श को जरा नजदीक से देखने पर पता चलेगा कि उसके द्वारा पैदा किये गए साहित्य की समीक्षा किस ढंग की होनी चाहिए। एक ओर, व्यक्ति-स्वातंत्र्य और व्यक्तित्व की सम्पूर्ण मानवीय गरिमा की स्थापना, और दूसरी ओर, सामाजिक प्रवंचनाओं तथा बाधावरोधों पर विजय की स्थिति की स्थापना, इस जिन्दगी का तकाजा है। व्यक्ति-स्वातंत्र्य और व्यक्तित्व की सम्पूर्ण मानवीय गरिमा, तथा नये साम्यमूलक शोषणविहीन मानवोचित समाज की स्थापना, एक ही सत्य के दो पहलू और दो तकाजे हैं, जो एक-दूसरे पर अपनी पूर्ति के लिए, अपने विकास के लिए, अवलम्बित हैं। प्रश्न यह है कि ये सत्य जिन्दगी में किस प्रकार, किन मानसिक क्रिया-प्रतिक्रियाओं, स्थिति-प्रतिस्थितियों, आघात-प्रत्याघातों द्वारा प्रकट होते हैं? इनका उद्घाटन करनेवाला साहित्य, इनका उद्घाटन करनेवाली समीक्षा, वस्तुत: महत्त्वपूर्ण साहित्य और महत्त्वपूर्ण समीक्षा होगी।

आलोचना दो प्रकार की होती है; एक, रूप की; दूसरी, तत्त्व की। महत्त्वपूर्ण बात यह है कि रूप अपनी स्थिति के लिए तत्त्व पर ही अवलम्बित होता है। तत्त्व अपने प्रकट होने की प्रक्रिया में रूप निर्धारित और विकसित करता है। इसीलिए तत्त्व की आलोचना रूप की आलोचना से अधिक मूलभूत है। आपत्ति की जाएगी कि यह तत्त्व, जो समीक्षा का विषय है, साहित्यिक तत्त्व है (साहित्य में प्रकट तत्त्व है), न कि जीवन में जिया जानेवाला तत्त्व। जीवन में जिये जानेवाले तत्त्व साहित्यिक समीक्षा के क्षेत्र के बाहर की चीजें हैं। यह आपत्ति एकदम निराधार है। साहित्य में प्रकट

तत्त्व की सत्यता की जाँच की कसौटी क्या है? सिद्धान्त? समीक्षक की कल्पनाएँ? नहीं, बिलकुल नहीं। साहित्य में प्रकट तत्त्व की जाँच की कसौटी है—वास्तविक जीवन में पाये जानेवाले तत्त्व। इसी कसौटी के आधार पर हम यह कहते हैं कि अमुक कवि के आँसू वास्तविक करुणा नहीं, करुणा की विलासपूर्ण कल्पना हैं। इसी कसौटी के आधार पर हम यह कहते हैं कि सच्ची वेदना की 'भावना' छायावाद में मुख्य नहीं है, जैसे आपको बहुत-से ठाकुर-जैसे रीतिकालीन कवियों और सूर और मीरा-जैसे सन्तों में मिल जाएगी। पात्रों के चरित्र की स्वाभाविकता या कृत्रिमता हम वास्तविक जीवन के अपने अनुभवों से ही घोषित करते हैं।

निष्कर्ष यह है कि जब तक वास्तविक जीवन की संवेदन-ज्ञानात्मक और ज्ञान-संवेदनात्मक समीक्षा-शक्ति लेखक और समीक्षक दोनों में विकसित और सम्पन्न नहीं होती, तब तक हमारे सारे प्रयत्न अधूरे हैं। जिस लेखक की यह जीवनगत समीक्षा-शक्ति बढ़ी हुई होगी, वह अपनी संवेदनाओं के माध्यम से जीवन-तथ्यों का सही-सही मूल्यांकन और चित्रण करेगा, उसकी दृष्टि उतनी ही गहरी और विशाल होगी। समीक्षक की सफलता के लिए भी यही स्थिति आवश्यक है।

[वसुधा : गई, 1956 में प्रकाशित। नई कविता का आत्मसंघर्ष में संकलित]

जनवादी सांस्कृतिक गोष्ठियों की एक रूपरेखा

नर्मदा के गीत प्राचीन कवियों ने गाये हैं और आधुनिक कवि भी यदा-कदाचित् नर्मदा का स्मरण कर लिया करते हैं। इस पुनीत सरिता का निर्द्वंद्व दुर्निवार वेग स्फटिक शिलाओं की घाटियों से बहे या न बहे, (स्फटिक शिलाएँ तो धुल ही रही हैं) हमारे नये कवियों के हृदय और कंठ में से उसकी ओजमयी वाणी फूट रही है।

नर्मदा की घाटियों में किसी कल्पक पुरातत्त्वशास्त्री ने मोहनजोदड़ो और मिस्र के जमाने की सभ्यता खोज निकालने की प्रतिज्ञा की। लेकिन जो एक नई सभ्यता उसकी घाटियों में और उसके चतुर्दिक बढ़ रही है, उसको अंकित करने की चेष्टा का विचार अभी नहीं हुआ है। वास्तविकता तो यह है कि हमारे नगरों और कस्बों के साहित्यिक केन्द्रों के वातावरण में नये बोल गूँज रहे हैं। इन गूँजों का ऐतिहासिक चित्रण मोहनजोदड़ो के सभ्यता-अन्वेषण से अधिक महत्त्व रखता है। लेकिन किसे इतनी फुरसत है कि वह इस ओर भी ध्यान दे।

साहित्य-सम्मेलन के कर्ता-धर्ता यह जानते हैं कि सम्मेलनों के पहले साहित्यिक समृद्धि और विकास के चिह्न सर्वत्र दृष्टिगोचर होने चाहिए। किन्तु जिस प्रकार आज कांग्रेस को जन-कार्य से कोई मतलब नहीं—सिवाय चुनाव लड़ने के—ठीक उसी तरह साहित्य-सम्मेलन का साहित्य से सीधा और प्रत्यक्ष सम्बन्ध नहीं रहा, वह तो आनुषंगिक है, गौण और अप्रत्यक्ष है।

लेकिन संस्थाओं से साहित्य का प्रचार भले ही हो, साहित्यिक अभिव्यक्ति सम्बद्ध तो व्यक्ति और उसकी परिस्थिति से है। पत्र-पत्रिकाओं के अभाव में, तथा उचित मार्गदर्शन के स्थान पर, हमारे नौजवान अपने ही दिमाग से ऐसे कई साधन खोज चुके हैं, जो कई अभावों की पूर्ति करते हैं। वे साधन आज, हमारे मतानुसार, बहुत महत्त्वपूर्ण हैं, इसलिए कि उनका आधार श्रोता-समुदाय है। ये साधन हैं—(1) गोष्ठी, (2) कवि-सम्मेलन।

निश्चय ही, अन्य प्रान्तों की भाँति हमारे प्रान्त में सभी साहित्यिकों को पत्र-पत्रिकाओं में स्थान नहीं मिल सकता। यह तब तक असम्भव ही रहेगा जब तक ऐसे साधनों की संख्या में वृद्धि न हो। दूसरे, हमारी पत्र-पत्रिकाओं में न इतना उत्साह है, न आस्था, न दृष्टि, कि वे बड़े नामों की ओर से अपना मुँह मोड़कर

प्रान्त की साहित्यिक आवश्यकताओं की पूर्ति कर सकें। और यह हालत तब तक कायम रहेगी जब तक साहित्यिक समाज-परिवर्तन में अपना योग नहीं देते, और समाज-परिवर्तन नहीं हो जाता। अतएव वर्तमान परिस्थिति में, यह बहुत जरूरी है कि (1) गोष्ठी और (2) कवि-सम्मेलन-जैसी संस्थाओं का विकास और प्रसार किया जाए।

इस बात से कौन इनकार करेगा कि हमारे नौजवान साहित्यकारों की आत्मा बड़ी बलशाली है। पुराने साहित्यिक दद्दा अब नये लेखकों से प्रेम भले ही निभाएँ, और नौजवान लोग भी भारतीय संस्कारों के अनुसार उन्हें अवनत-हृदय प्रणाम करें, किन्तु जहाँ तक प्रेरणा की स्रोतस्विनी का सम्बद्ध है, उसने अपना नया हिमालय खोज लिया है। राजनांदगाँव और बुरहानपुर, होशंगाबाद और रायगढ़, दुर्ग और इटारसी, सागर और अकोला, ऐसे स्थान हैं जहाँ हमारे नौजवान अपने नये अनुभवों के आधार पर नये कदम बढ़ाते जा रहे हैं। यह बात जरूर है कि, इन नये तजुर्बों के खून और नई अनुभूतियों के दूध से पोषित, हमारे नौजवान फिलहाल अपनी अभिव्यक्ति का कोई नया व्याकरण, नया अलंकार-शास्त्र और नवीन छन्दस् नहीं बना सके हैं। किन्तु शीघ्र ही वह दिन भी आनेवाला है, जब उनके अनजाने ही उनकी रचना उस ओर विकास करती जाएगी। अपनी नवीन अनुभव-धरित्री के अनुसार नवीन रूपाकाश बनाने के लिए लेखक को संघर्ष करना पड़ता है। अभी उस संघर्ष की क्रिया प्रारम्भिक रूप में ही है। ध्यान रहे कि तत्त्व के अनुसार ही रूप होता है। सवाल यह है कि ये अनुभव क्या हैं जिन्हें शब्दांकित करने के लिए हमें पुरानों से ज्यादा मदद नहीं मिल पाती? ये अनुभव, निश्चय ही, हमारे व्यक्तिगत होते हुए भी, अपनी कठोरता और उग्रता का गुण उन्होंने सामाजिक स्थिति-परिस्थितियों से पाया है—भयानक शोषण, बेहद गरीबी, राजनैतिक संघर्ष, प्रतिक्रियावादी शक्तियों की जिज्ञासा, अवसरवाद, और इनके विरुद्ध नई शक्तियों की चुनौती। इन नई शक्तियों की इच्छा-आकांक्षाएँ आज सारी मानवता की इच्छा-आकांक्षाएँ हैं। और ये शक्तियाँ सब जगह हैं। ग्राम, नगर, कस्बे, टोले और मुहल्ले उनसे आबाद हैं। मध्य प्रदेश में उन्हें अभी संगठित होना है। सामाजिक-राजनैतिक क्षेत्र में, फिलहाल, उन्होंने वैज्ञानिक आँखें और युग-परिवर्तन की ऐतिहासिक कर्तव्य-चेतना प्राप्त कर ली है। वे उस ओर लगातार कदम भी बढ़ाती जा रही हैं। किन्तु कभी ऐसा कहा नहीं जा सकता कि पुराने के विरुद्ध, प्रतिक्रियावादियों के खिलाफ, वे जिहाद बोल सकती हैं। जिहाद बोलने के लिए जो वैज्ञानिक बुद्धि और सामाजिक-राजनैतिक आत्मगत चेतना की आवश्यकता है, वह अपने प्रारम्भिक रूप में ही हममें विराजमान है। इस प्रारम्भिक अवस्था को शीघ्र-से-शीघ्र पार करने का सतत उद्योग होना चाहिए।

स्पष्ट है कि मध्य प्रदेश की पत्र-पत्रिकाएँ मुख्य रूप से हमारे विकास की साधक नहीं हो सकतीं। उसके लिए तो इमें गोष्ठियों और लेखक तथा कवि-सम्मेलनों

को ही विकसित करना पड़ेगा। उन्हें इस प्रकार बनाना होगा कि वे हमारी सभी नई साहित्यिक-सामाजिक आवश्यकताओं की पूर्ति कर सकें।

गोष्ठी का रूप उसके कार्यों पर अवलम्बित है, उसके कार्य उसकी सदस्यता पर निर्भर हैं, उसके सदस्यों पर अवलम्बित हैं। अगर सदस्यों में काव्य के साथ-ही-साथ अध्ययन का उत्साह है, और विविध साहित्य-रूपों के प्रति अनुराग है, तो निश्चय ही गोष्ठी के कर्तव्य बढ़ जाते हैं। उसके लिए अध्ययन, अध्यवसाय, उत्साह और बचकानेपन से तुरन्त बाहर निकलने की बेचैनी, जरूरी है। गोष्ठी को अध्ययन-मंडल का भी रूप दिया जाना चाहिए, तथा कार्य-मंडल का भी।

जब तक गोष्ठी अध्ययन-मंडल नहीं होती, जब तक उसमें वैचारिक एकता और कर्तव्यों की एकता का निर्माण नहीं हो सकता। और जब तक गोष्ठी के सदस्य राजनैतिक अथवा सामाजिक क्षेत्र में सक्रिय कार्य नहीं करते तब तक अनुभवों की वृद्धि नहीं हो सकती। इसीलिए यह जरूरी है कि साहित्यिक वर्ग और साहित्य-प्रेमी जन जो गोष्ठी में भाग लेते हों, वे अपने कार्यों की दिशा का निर्णय गोष्ठी के अन्दर ही करें। अगर इस प्रकार कार्य, विचार, और साहित्यिक अभिव्यक्ति को एकीभूत कर संगठित किया गया, तो निश्चय ही गोष्ठी साहित्य तथा जनता की चेतना के विकास का साधन बन सकेगी।

कवि-सम्मेलन अथवा लेखक-सम्मेलन का धर्म निश्चय ही दूसरा है, यद्यपि उसका मूल सूत्र-संचालन गोष्ठी के हाथों में ही रहना चाहिए। गोष्ठी को चाहिए कि वह ऐसे सम्मेलन करती रहे जिसमें पास-पड़ोस के स्थानों के साहित्यिक पधार सकें। साथ ही बाहर से उनका ऐसा कोई प्रमुख साहित्यिक प्रवक्ता आए, अथवा उनकी वाणी गुँजानेवाले ऐसे प्रधान साहित्यिक नेता पधारें, जिनकी कविताओं और वक्तव्यों का जनता पर व्यापक रूप से प्रभाव हो सके। यदि प्रान्त के प्रधान नगरों और कस्बों में ऐसी गोष्ठियाँ और सम्मेलन हो सकें, तो हमारा खयाल है कि वह दिन दूर नहीं जब साहित्यिक चेतना और जीवन-विकास के क्षेत्र में मध्य प्रदेश हिन्दी भाषा-भाषी विश्व में अग्र-स्थान ग्रहण करेगा।

गोष्ठियों और सम्मेलनों आदि में साधारण रूप से जो विचार-विनियम होता है, उसका स्वरूप सामूहिक और परस्पर-सामंजस्य के आधार पर रहने के कारण, उसमें गहराई और सूक्ष्मता, लाभ और निर्णय पत्र-पत्रिकाओं में से होनेवाली प्राप्ति से अधिक होते हैं। इस प्रकार की गोष्ठियाँ अमूल्य सिद्ध होती हैं, बशर्ते कि इनका मूलाधार परस्पर-सामंजस्य बना रहे। परस्पर-सामंजस्य में जहाँ गड़बड़ हुई कि सब खेल बिगड़ा, यह समझ जाइए।

परस्पर-सामंजस्य की आवश्यकता गोष्ठियों में सर्वाधिक है। चूँकि इस प्रकार की गोष्ठियों अध्ययन-मंडल, कार्य-मंडल और साहित्य-केन्द्र भी होते हैं, इसलिए अगर उनके सदस्यों में सद्‌भावना, मैत्री और उद्‌देश्य की एकता न हो, तो काम

नहीं चल सकता। महत्त्वपूर्ण बात यह है कि इस प्रकार की गोष्ठी उसी प्रकार दृढ़ सुसंगठित इकाई हो जाएगी, जैसे—अणु के भीतर मूल शक्ति-केन्द्र। सक्रिय कार्यक्षम गोष्ठी अपने सदस्यों में बौद्धिक, हार्दिक और क्रियात्मक अनुभवों का सार स्पन्दित करेगी, साथ ही समाज और देश के प्रत्येक जीवन-पक्ष के प्रति उत्तरदायी बनाती चलेगी। पत्र-पत्रिकाओं के अभाव के कारण हमारी जो दुरवस्था है, उसकी पूर्ति साक्षात् जीवन-अनुभव के द्वारा गोष्ठियों के माध्यम से हजार गुना ज्यादा हो सकती है। निश्चय ही इस प्रकार की गोष्ठियों को चलाने के लिए हमें जाग्रत् नेतृत्व की भी आवश्यकता है।

जाग्रत् नेतृत्व से हमारा मतलब दादागीरी से नहीं है। राजनैतिक क्षेत्र की अवसरवादी प्रवृत्तियों के फलस्वरूप हमारे यहाँ एक नई जाति पैदा हुई है जिसे हम दादाओं की जाति कह सकते हैं। हमें दादाओं की आवश्यकता नहीं, भाइयों की जरूरत है। दादागीरी से हमारा मतलब ऐसे लोगों से है जो अपने नेतृत्व के लिए जीते हैं।

सच्चा जाग्रत् नेतृत्व मध्य प्रदेश में पैदा हो रहा है। रायगढ़ के आनन्दी सहाय शुक्ल से लगाकर तो सागर के शिवकुमार श्रीवास्तव तक एक सिलसिला है। जबलपुर में गोविन्द तिवारी और उनके अनुज के.के. तिवारी, (सबके नाम गिनाना वांछनीय नहीं), नागपुर के रामकृष्ण श्रीवास्तव, प्रमोदकुमार वर्मा, आदि लोग मिलकर मध्य प्रदेश में संगठित तरुण नेतृत्व पैदा कर सकते हैं। हमें आशा है कि वह दिन शीघ्र आएगा जब ये लोग इकट्ठे होकर जनवादी साहित्यिक प्रकृति के व्यापक विकास का नेतृत्व कर सकेंगे।

[नया खून : 26 दिसम्बर, 1952 में प्रकाशित। लेखक का नाम नहीं दिया हुआ]

संस्कृति

एक लम्बी कविता का अन्त

कल ही मैंने एक लम्बी कविता खत्म की। उसका अन्त मुझे शिथिल-सा जान पड़ा। उसके अन्त पर जितना अधिक सोचता गया, मुझे लगा कि उस कविता को और बढ़ाना होगा, कि वह अपने-आप ही बढ़ जाएगी। मुझे उसकी सम्भावित लम्बाई-चौड़ाई को देख भय-सा जान पड़ा। भय इसलिए कि इतनी प्रदीर्घता हमारे यहाँ अच्छी नहीं समझी जाती। दूसरे यह कि उनके (मासिक पत्रों में) प्रकाशन में बड़ी असुविधा हो जाती है। अगर किसी व्यक्ति को पकड़कर आप उसे अपना श्रोता भी बना लें, तब भी काम नहीं चलने का, क्योंकि उसकी प्रदीर्घता उबानेवाली होगी। तब क्या किया जाए?

क्या उसको काट-छाँटकर छोटा कर दिया जाए, या उसके भीतर जो बातें, जो गुत्थियाँ, जो समस्याएँ प्रकट हुई हैं, उनके चित्रात्मक विकास के लिए अवसर और क्षेत्र प्रदान किया जाए? दूसरे शब्दों में, क्या मेरी कविता के अन्तस्तत्त्वों को (अभिव्यक्ति के लिए) विकास का अवसर दिया जाए? मैं उसको विकास और प्रसार का अवसर देने के पक्ष में हूँ! आज मैं महीने-भर से उस कविता के चक्कर में पड़ा हुआ हूँ। या यों कहिए कि वह कविता हाथ धोकर मेरे पीछे पड़ी थी। बीच-बीच में, लोगों के पत्र आते रहे—पिताजी के, मित्रों के, कुछ अपरिचितों के भी। लेकिन मैंने कुछ नहीं किया। जब लगा कि लोग बहुत बुरा मान जाएँगे, मुझे गाली देंगे, उनसे मेरे सम्बन्ध बिगड़ जाएँगे, तब मैंने कलम ली और उन्हें दो शब्द लिख दिये।

इधर वह कविता मेरा पिंड नहीं छोड़ रही थी। अगर वह कविता भावावेशपूर्ण होती, तो एक बार उसकी आवेशात्मक अभिव्यक्ति हो जाने पर मेरी छुट्टी हो जाती। लेकिन वैसा हो सकना असम्भव है, क्योंकि भावावेश किसी बात को लेकर होता है, वह बात किसी दूसरी बात से जुड़ी होती है, दूसरी बात किसी तीसरी बात से।

इसी तथ्य को मैं यों कहूँगा : यथार्थ के तत्त्व परस्पर गुम्फित होते हैं, साथ ही पूरा यथार्थ गतिशील होता है। अभिव्यक्ति का विषय बनकर जो यथार्थ प्रस्तुत होता है, वह भी ऐसा ही गतिशील है,और उसके तत्त्व भी परस्पर गुम्फित हैं। यही कारण है कि मैं छोटी कविताएँ लिख नहीं पाता, और जो छोटी होती हैं, वे वस्तुत: छोटी न होकर अधूरी होती हैं। (मैं अपनी बात कह रहा हूँ।) और इस प्रकार की

न मालूम कितनी की कविताएँ मैंने अधूरी लिखकर छोड़ दी हैं। उन्हें खत्म करने की कला मुझे नहीं आती, यही मेरी ट्रैजेडी है।

इससे भी बड़ी ट्रैजेडी यह है कि लोग मुझे गद्य लिखने को कहते हैं। एक बार, मैंने एक किताब भी रिव्यू की (वह भी ऊपर से दबाव आने पर), तो देखता क्या हूँ कि रिव्यू के लिए किताबों-पर-किताबें आने लगीं। अब आप तो जानते ही हैं कि सच्चाई पर (सच्चाई वह जिसे आप यकीनन सच्चाई समझते हैं) किसी-न-किसी हद तक बन्दिश लगी ही रहती है। इसीलिए रिव्यू करना आग से खेल करना है।

मेरे कृपाशील अधिकारीगण! (वे मेरे प्रगाढ़ मित्र भी हैं, लेकिन लेखक नामक कार्यशील व्यक्ति को जन्तु समझते हैं)—लेखकीय कार्य के प्रति उनकी अनास्था इस आस्था से निष्पन्न होती है कि मनुष्य को अपनी आर्थिक और भौतिक उन्नति के लिए ही कार्य करना चाहिए। इसलिए साल में अगर चार किताबें लिखकर चारेक हजार की आमदनी नहीं की तो क्या किया! इसीलिए मुझे सलाह दी गई है कि मैं उपन्यास लिखूँ और अपना दलिद्दर मिटाऊँ।

मेरी स्त्री मेरी टेबिल के पास आकर खड़ी हो जाती है, और उदास होकर मुझसे कहती है कि तुम क्या कर रहे हो? अच्छा, कविता? इस पर कितने रुपये मिलेंगे?

अब मैं यह सोचता हूँ कि कलम घसीटते हुए मेरे बाल तो सफेद हो ही गए। मेरे जीवन का यह अन्तिम कार्यकाल चल रहा है, तो मैं क्यों न अपनी कविताओं का संशोधन-परिशोधन करके, उन्हें प्रकाशन-योग्य रूप दे दूँ?

लेकिन यह कविता है कि हाथ-पाँव पसारती जा रही है। और अब सुना है कि मुझे जल्दी ही एक कुंजी लिखने का काम मिलेगा। मेरी आर्थिक कठिनाई कुछ तो हल हो ही जाएगी। इधर माता-पिता भी आ रहे हैं। जरूरी है कि मैं लाभजनक कार्य हाथ में लूँ।

लेकिन बुरी बात तो यह है कि मुझे एक काम से दूसरे काम पर जाने में तकलीफ होती है। अब यह हालत है कि मुझे इस कविता को बार-बार पढ़ने की, उसमें बार-बार संशोधन करने की, इच्छा होती है। लेकिन अब समय नहीं है, फिर कभी देखूँगा।

लेकिन स्त्री मेरी टेबिल के पास खड़ी हुई है। किसी जमाने में जब वह छोटी थी (और मैं भी छोटा था) तो बड़ी आकर्षक थी। आज वह मुझे भयोत्पादक प्रतीत होती है। उसको देखकर मेरे हृदय में करुणा, दायित्व-भाव, यथार्थ का आतंक और भय—तरह-तरह की भावनाएँ व्याप्त हो जाती हैं कि इतने में मेरी नजर दो चिट्ठियों पर जाती है जो मेरी टेबिल पर पड़ी हुई हैं; एक है शरद जोशी की, दूसरी अक्षयकुमारजी की।

दोनों मेरे अपने हैं। बस, यही उनका दुर्भाग्य है; क्योंकि अपनों से ऐंठना, अपनों की उपेक्षा करना, उन्हें गले-पड़ी चीज समझना—आज के बहुत-से कलाकारों का

स्वभाव है। मैंने देखा है कि ऐसे कलाकार, साधारणत: अपने को बौद्धिक और प्रतिभाशाली और आधुनिक समझते हैं—शायद वैसे होते भी हैं। दूसरे प्रकार के भी कलाकार होते हैं, जिन्हें अपने लोग बड़े प्यारे होते हैं। उनका यह हिसाब होता है कि अगर कोई कवि उनका दोस्त हुआ, तो वह निस्सन्देह ऊँचा और अच्छा कवि तो हो ही गया। किन्तु यदि कोई लेखक किसी दूसरी या तीसरी प्रकार की मंडली में रहता है, या नहीं भी रहता है, लेकिन उनसे अलग है, तो यह धारणा बनाने की प्रवृत्ति सबल हो जाती है कि वह यूँ ही लिखता है, बेकार लिखता है, फिजूल लिखता है।

इस प्रकार की मंडलियों में जो चीज चलती है, एक सीमित क्षेत्र में, वही श्रेष्ठ और वरणीय दिखाई देती है। उनके वे सब अपने हैं, सगे हैं, इसलिए वे श्रेष्ठ भी हैं, उत्तम भी हैं, अच्छे भी हैं।

दूसरे शब्दों में, एक विशेष प्रकार के लोग यदि अपनों से ऐंठकर उनकी उपेक्षा करते हैं, तो दूसरे विशेष प्रकार के लोग, उन्हीं में रहकर, उनमें प्रचलित स्तरों को कसौटी समझकर, कीर्ति प्राप्त करने की कोशिश करते हैं। यह भी सम्भव है यह 'घरे-बाहिरे' की समस्या हो, यानी कि जो अत्यन्त आत्मीय हों, उन्हें यूँ ही समझा जाए, और जो पराये और परकीय हों, उन्हें अपने आकर्षण, विश्वास और श्रद्धा का आस्पद माना जाए।

मेरा खयाल है कि सब लोग ऐसे नहीं होते। उन्हीं में मैं अपने को गिनवाना चाहता हूँ। लेकिन यह एकदम सच है कि अपनों की उपेक्षा का अपराधी हूँ!

लेकिन मैं उन अपनों से क्या कहूँ कि यह कविता मेरा पिंड नहीं छोड़ती थी! यह नहीं कि मैं उससे रात-दिन चिपका हुआ था (क्योंकि वैसा असम्भव है), वरन् यह कि जब भी मैं देखता कि मेरे हाथ में काम आ गया है तो पाता कि वह मेरी कविता है, और कुछ नहीं। मैंने न मालूम कितने ही महीने और वर्ष उन जैसी पर खर्च किये हैं। और उनसे मुझे कुछ नहीं मिला—न धर्म, न अर्थ, न काम, न मोक्ष।

कुछ पागल लोग कीमियागर (ऐलकेमिस्ट), लोहे को सोना बनाने की फिक्र में लगातार काम करते हुए नष्ट हो गए। कुछ दूसरे ढंग के पागल, जमीन में गड़े खजाने को खोजने और कभी भी न पा सकने में इतने मशगूल रहे कि उनकी फैमिली ने, समाज ने, जमाने ने, उन्हें बेवकूफ करार दिया। कई तरह के पागल हुआ करते हैं, और मुझे अब समझ में आने लगा है कि, हो-न-हो, मैं भी उसी श्रेणी में गिने जाने के योग्य हूँ। लेकिन नहीं, मैं फिर से समझदार बनने की कोशिश करूँगा, और गद्य लिखूँगा।

मैंने इस ओर काम भी शुरू कर दिया है। लेकिन क्या बताऊँ कि एक चीज है, जिसका नाम है धुन, जिसका नाम है लौ। ये शब्द 'आधुनिक' नहीं हैं, फिर भी उनके अर्थ का अस्तित्व आज भी विराजमान है। वह मुझे कविता की ओर ही ले

जाती है। लेकिन मैं वचन देता हूँ कि मैं कविता नहीं बल्कि गद्य लिखूँगा। इससे मुझे आमदनी भी हो जाएगी, और कुछ यश भी बढ़ेगा।

मैंने सोचा है कि मैं हर कविता पर एक कहानी लिखूँ। क्या यह असम्भव है? साफ बता दूँ कि मैंने वैसा कभी भी करके नहीं देखा है। फिर भी सोचता हूँ कि वैसा करूँ। क्यों? अब क्या बताऊँ कि इस तरह मुझे गद्य लिखने की आदत तो पड़ जाएगी। लेकिन उससे भी बड़ी बात यह होगी कि अगर कविता नहीं तो कविता की आत्मा को कहानी के रूप में ही क्यों न सही, मान्यता प्रदान करा सकूँगा। यह मेरी अभिलाषा है।

यह सही है कि मेरी कविता 'आधुनिकतावादी' है, घनघोर है। लेकिन मैं आधुनिकतावादियों में भी पुराना हो रहा हूँ, और अब जल्दी ही खुर्राट हो जाऊँगा। मेरे-जैसे बहुत-से पुराने नयों से भयभीत हैं, डर के मारे अपने पुराने कुरतों को उतारकर नया बुशकोट धारण कर रहे हैं। आज से कोई पच्चीस-तीस साल पहले यह हालत थी कि नया लड़का भी मूँछें-वूँछें रखकर, और दूसरे तौर-तरीकों से अपने को बुजुर्ग-जैसा गम्भीर बनाये रखना चाहता था। आज हालत यह है कि बुजुर्ग भी बालक बनना चाहते हैं और चपल-चंचलता सूचित करने के लिए उसी तरह की पोशाक भी धारण करते हैं। इसका कारण था। पहले समाज और परिवार पर बुजुर्गों का वजन था, आज नवयुवकों और बालकों का जोर है। दो-एक साल पहले मैं यू.पी. गया हुआ था। वहाँ जाकर देखता क्या हूँ कि एक स्वनामधन्य अत्याधुनिक महानुभाव दुखी हैं। पूछने पर पता चला कि वे नई पीढ़ी के कारनामों से पीड़ित हैं। जब मैंने उनकी कहानी सुनी तो मुझे भी पीड़ा हुई।

लेकिन सवाल यह है कि अगर समाज और परिवार पर बुजुर्गों का वजन नहीं है, तो आज, मुख्यत: वे स्वयं दोषी एवं अपराधी हैं। स्वयं वे कहीं चूक गए, इसलिए मात खा गए।

मेरा अपना विचार है कि जिस भ्रष्टाचार, अवसरवादिता और अनाचार से आज हमारा समाज व्यथित है, उसका सूत्रपात बुजुर्गों ने किया। स्वाधीनता-प्राप्ति के उपरान्त भारत में, दिल्ली से लेकर प्रान्तीय राजधानियों तक, भ्रष्टाचार और अवसरवादिता के जो दृश्य दिखाई दिये, उनमें बुजुर्गों का बहुत बड़ा हाथ है। अगर हमारे बुजुर्गों पर नये तरुणों की श्रद्धा नहीं रही, तो इसका कारण यह नहीं है कि वे अनास्थावादी हैं, वरन् यह कि हमारे बुजुर्ग श्रद्धास्पद नहीं रहे। और अगर हमारे युवक अनास्थावादी हैं, तो भी कोई बुराई नहीं है, क्योंकि अनास्था का जन्म आस्था से ही होता है। अनास्था आस्था की पुत्री है। फर्क यह है कि आज के पहले दर्शकों के सामने रंगमंच पर आस्था नाटक खेला करती थी और अनास्था नेपथ्य में सूत्र-संचालन करती थी, तो आजकल रंगमंच पर अनास्था नाटक करती है और आस्था नेपथ्य में बैठकर चुपचाप सूत्र-संचालन करती है। यह मैं मानने के लिए

तैयार नहीं हूँ कि आज के नवयुवकों में केवल धुआँ शेष रह गया है और आग नहीं है। आग है, और वह भीतर-ही-भीतर है। लेकिन नवयुवक पाता है कि आज उस आग की कोई कीमत नहीं रह गई है। इस व्यावहारिक जगत् में, जिसे कभी गलती से समाज भी कहा जाता है, उस आग को 'पुराना भार'-जैसा कुछ माना जा रहा है। वह आग उसकी निज की है, लेकिन उसके कारण सामाजिक हैं—अधिकतर। लेकिन अगर ऊपर कही हुई बात सच है, तो सवाल यह है कि उसके काव्य में वह आग झलकती क्यों नहीं? प्रश्न स्वाभाविक है।

इसका उत्तर इस प्रकार से दिया जा सकता है। बुजुर्गों ने, सत्ताधिकारियों ने, समाज-संचालकों ने, आर्थिक शक्ति से सम्पन्न वर्गों ने, समाज के प्रत्येक स्तर पर प्रकट और अप्रकट, सूक्ष्म और स्थूल, भ्रष्टाचार का विधान कर रखा है। इस भ्रष्टाचार के कई रूप हैं। कभी वह कानून के रूप में भी प्रकट होता है, कभी कानून की आड़ में गैरकानूनी रूप में। कानून या नियम तो आर्थिक शक्ति से सम्पन्न प्रभावशाली लोगों की सुविधा के लिए हैं।

तो इस प्रकार के वातावरण में फिट होने के लिए, हमारी समझदारी का यह तकाजा होता है कि किसी-न-किसी तरह शैतान से समझौता करके गधे को भी काका कहो। बड़े-बड़े आदर्शवादी आज रावण के यहाँ पानी भरते हैं, और हाँ-में-हाँ मिलाते हैं। बड़े प्रगतिशील महानुभाव भी इसी मर्ज में गिरफ्तार हैं। जो व्यक्ति रावण के यहाँ पानी भरने से इनकार करता है, उसके बच्चे मारे-मारे फिरते हैं। और आप जानते हैं कि ख्याति-प्राप्त यशोदीप्त प्रगतिशील महानुभाव भी (मैं सबकी नहीं कह सकता) उन पर हँस पड़ते हैं, या कभी-कभी तुच्छ के प्रति दया के भाव से परिप्लुत हो उठते हैं। तो, संक्षेप में, जो व्यक्ति फटेहाल और फटीचर है, उसे मान्यता देने के लिए कोई तैयार नहीं, चाहे वह कितना ही नैतिक क्यों न हो।

तो ऐसी दयनीय शनिश्चरी दशा से बचने के लिए, अगर हमारे नवयुवक चतुरता का प्रयोग करें तो इसमें आश्चर्य नहीं होना चाहिए। वे भी रावण के किसी दास के अनुदास के उपदास से अपना रिश्ता कायम करने में लगे हुए हैं। और रावण के राज्य का एक मूल नियम यह है कि जो अपना अनुभूत वास्तव है, उस पर परदा डालो। इसलिए हमारे बहुत-से कवि और कथाकार, मारे डर के, उस वास्तव को नहीं लिखते हैं जिसे ये भोग रहे हैं, क्योंकि ये उस वास्तव को इतना अधिक जानते हैं कि अति-परिचय के कारण भी, उस वास्तव से उड़ जाना और उड़ते रहना चाहते हैं। अनुभूत वास्तव का आज जितना अनादर है उतना पहले कभी नहीं था।

यह नहीं कि आज का कथा-साहित्य अयथार्थवादी है, अथवा यथार्थविरोधी है; बल्कि यह है कि लेखक यथार्थ के नाम पर, अनुभूत यथार्थ (अपने जीवन के वास्तविक यथार्थ) से दूर निकलकर, किसी और के यथार्थ से कहानियाँ और उपन्यास गढ़ना चाहता है। मैं यह नहीं कहना चाहता कि हमारे लेखक के पास

प्रतिभा नहीं है; बल्कि यह कहना चाहता हूँ कि उसमें सोशल कॉन्शिएंस—मानवीय अन्तरात्मा—मानवीय विवेक-चेतना—की हलचल मचानेवाली पीड़ा नहीं है, क्योंकि वह जरूरत से ज्यादा समझदार हो गया है और समझदारी का यह तकाजा है कि जिस दुनिया में हम रहते हैं, उससे हम समझौता करें।

आज के साहित्यकार का आयुष्य-क्रम क्या है? विद्यार्जन, डिग्री और इसी बीच साहित्यिक प्रयास, विवाह, घर, सोफासेट, एरिस्टोक्रैटिक लिविंग, महानों से व्यक्तिगत सम्पर्क, श्रेष्ठ प्रकाशकों द्वारा अपनी पुस्तकों का प्रकाशन, सरकारी पुरस्कार, अथवा ऐसी ही कोई विशेष उपलब्धि और चालीसवें वर्ष के आस-पास अमरीका या रूस जाने की तैयारी; किसी व्यक्ति या संस्था की सहायता से अपनी कृतियों का अंग्रेजी या रूसी में अनुवाद, किसी बड़े-भारी सेठ के यहाँ या सरकार के यहाँ ऊँचे किस्म की नौकरी!

अब मुझे बताइए कि यह वर्ग क्या तो यथार्थवाद प्रस्तुत करेगा और क्या आदर्शवाद? स्वामी विवेकानन्द आज से कोई सौ बरस पहले यह घोषित कर चुके थे कि भारत के उच्चतर वर्ग नैतिक रूप से मृतक हो गए हैं। वे कहते हैं, 'भारत की एकमात्र आशा उसकी जनता है। उच्चतर वर्ग दैहिक और नैतिक रूप से मृतवत् हो गए हैं।'

अगर उच्चतर वर्गों की यह हालत उस समय थी, तो आज हम सिर्फ यह कहेंगे कि इस समय भारत के उच्चतर वर्ग दैहिक रूप से खूब प्रबल हो गए हैं। और जहाँ तक नैतिकता का प्रश्न है, वह न पहले कभी थी, न आज है। नैतिकता के स्थान पर आज सिर्फ सौदेबाजी और अवसरवादिता है। स्वामी विवेकानन्द ने एक बार यह भी कहा था, 'मैं एक समाजवादी हूँ, इसलिए नहीं कि वह एक सर्वगुण-सम्पन्न सम्पूर्ण व्यवस्था है, बल्कि इसलिए कि रोटी के अभाव की अपेक्षा आधी रोटी बेहतर होती है। अन्य व्यवस्थाओं की परीक्षा की जा चुकी और उनमें अभाव-ही-अभाव पाए गए। अब इस (व्यवस्था) की भी परीक्षा कर ली जाए—अगर और किसी बात के लिए नहीं तो केवल नवीनता के लिए ही क्यों न सही!' ध्यान में रखिए, ये बातें, जो स्वामी विवेकानन्द ने कहीं, रूसी राज्य-क्रान्ति के पहले कही गई हैं!

मैंने स्वामी विवेकानन्द का नाम क्यों लिया? इसलिए कि अब मैं बुजुर्ग होने जा रहा हूँ, और पीछे की ओर देखने का अभ्यास कर रहा हूँ। लेकिन यह भी मैं बता देना चाहता हूँ कि आज का उच्चतर वर्ग अधिक जड़ और अधिक प्रतिगामी हो गया है। यह इस समय साहित्य में ऐसे विचारों का प्रचार करना चाहता है जिनके द्वारा हमारा साहित्यिक व्यक्ति-अनुभूत वास्तवों की पाशविकता और अमानवीयता पर परदा डाल दे, और वह जनता की ओर उन्मुख न हो। जनता के विरोध का एक उदाहरण लीजिए। हमारी नई कविता में, बहुत बार, ऐसे भाव-विचार प्रकट किए जाते हैं जो नितान्त प्रतिक्रियावादी हैं। 'नई कविता' के 'फॉर्म' का सवाल

नहीं है; सवाल है उन दृष्टियों का जो, मेरे खयाल से, बिलकुल गलत हैं, गलत ही नहीं बल्कि प्रतिक्रियावादी हैं।

आज के युवक की बाह्य स्थिति और अन्त:स्थिति का वर्णन करते हुए एक कवि कहता है कि अगर बाह्य-जगत् में काम करना पड़ा तो लामुहाला मुझे 'भीड़' बन जाना पड़ेगा; मैं 'जुलूस' में शामिल हो जाऊँगा; लेकिन 'भीड़' और 'जुलूस' तो मनुष्य के व्यक्तित्व के परिहार का, अन्तर्व्यक्तित्व के संहार का सूचक है, इसलिए मेरी मुक्ति कहीं भी नहीं है।

एक पुराना प्रयोगवादी कवि भी 'भीड़' से घबराता है। 'भीड़' के प्रति भयानक प्रतिक्रिया करते हुए वह उससे दूर हटना चाहता है, 'भीड़' के प्रति घृणा व्यक्त करता है।

निस्सन्देह, ये दोनों कवि अपनी तरह से अपनी बात कहते हैं, मेरी तरह से नहीं। किन्तु ऊपर मैंने उनकी दृष्टि के सम्बन्ध में लिखा है, न कि उनकी विशिष्ट पंक्तियों के विशिष्ट आशय के सम्बन्ध में।

कोई भी बुद्धिमान व्यक्ति यह जानता है कि एक स्थान में एकत्र संगठित जनता भीड़ नहीं है, क्योंकि वह संगठित है। जहाँ संगठन है, वहाँ एक प्रेरणा और एक उद्देश्य भी है। जहाँ एक प्रेरणा और उद्देश्य है, वहाँ एक स्फीत और सक्रिय चेतना है। देश-विदेश के पिछले इतिहास में हमें यह सूचित होता है कि संगठित जनता ने असाधारण कार्य किये हैं।

हाँ, यह सही है कि इस संगठित जनता की प्रेरणा और उद्देश्य को देखकर ही यह निश्चित करना होगा कि यदि वह प्रेरणा और उद्देश्य उचित हैं, तो वह संगठित एकत्रीकरण भी सर्वथा उचित है। और यदि वह प्रेरणा और उद्देश्य गलत हैं, तो वह संगठित एकत्रीकरण भी अनुचित है।

किन्तु हमारे कई नये कवियों को उस एकत्रीकरण से ही डर लगता है, जिसे जनता का सामूहिक दृश्य कह सकते हैं। उन्हें सामूहिकता से चिढ़ है। क्यों?

इसलिए कि पश्चिमी विचार-पत्र उसे वैसा ही सिखाते हैं। उसे सिखाया गया है कि सचेत आत्मनिर्णीत विवेकपरक संकल्प से शून्य होकर व्यक्ति अपने को समूह में विलीन कर देता है। इसलिए हे जागरूक सचेत महानुभाव, तुम अपने को समूह में विलीन मत करो!

दूसरे शब्दों में, जनता समूह है—वह अज्ञ है, अन्धकार-ग्रस्त है, वह जल्दी ही भीड़ बन जाती है। उसका साथ मत दो। तुम सचेत व्यक्तित्वशाली प्राण-केन्द्र हो। उसमें अपने-आपको विलीन मत करो!

अपने अन्तिम निष्कर्ष में यह विचारधारा अत्यन्त प्रतिक्रियावादी है, वह जन के प्रति घृणा पर आधारित है; और बुद्धिजीवियों को जनता से अलग करके रखने का एक उपाय है।

यह विचारधारा अब तक भारत में नहीं थी। वह इस समय उपस्थित है। सब नये कवि जनता से घृणा नहीं करते हैं। लेकिन कुछ ऐसे हैं जो इस प्रतिक्रियावादी विचारधारा को अपनाते हैं। यह विचारधारा 'नई' है।

हमारे विश्वविद्यालयों के कुछ केन्द्र ह्रासग्रस्त साम्राज्यवादी देशों की विचारधाराओं को हिन्दी में प्रचलित करते हैं। प्रचार के कई तरीके हैं। जैसे गोष्ठी, परिसंवाद, लेखन, प्रकाशन इत्यादि।

भारत के उच्चतर वर्गों के बहुत-से कर्णधार ठेठ पश्चिमी साम्राज्यवादी विचारधाराओं को अपनाकर उनका प्रचार करते हैं। उन विचारधाराओं और दृष्टि-बिन्दुओं का प्रचार साहित्य में भी होता है। फर्क यह है कि यह विचारधारा अधिक सूक्ष्म, अधिक युक्ति-युक्त होकर, औचित्य और संगति का जामा पहनते हुए साहित्य में उपस्थित होती है। ऐसी विचारधाराएँ जन-भय और जन-घृणा पर आधारित हैं। भारत के उच्चतरवर्ग, पश्चिम के साम्राज्यवादी देशों की अद्यतन राजनीतिक और सांस्कृतिक मनोवृत्तियों को आत्मसात् करते हुए, अपने सांस्कृतिक प्रभाव को विस्तृत करना चाहते हैं। छोटे या मझोले मध्यवर्ग के महत्त्वाकांक्षी लेखक, पद और प्रतिष्ठा के लोभ में, उन्हीं के दरवाजे जाते हैं। उन्हीं से सामंजस्य स्थापित करते हैं, और जाने या अनजाने, साहित्य में उन्हीं उच्चतर वर्गों की अद्यतन राजनीतिक-सांस्कृतिक मनोवृत्तियों के, उन्हीं के प्रभावों और विचारों के, उन्हीं की दृष्टियों और भावों के, संवाहक बन जाते हैं। यह एक वास्तविक जीवन-तथ्य है। इससे इनकार नहीं किया जा सकता। यहाँ तक कि उनके दरवाजे जाकर, उनकी कृपा से सभ्य जीवन की सुन्दर साज-सज्जा प्राप्त करके, उन अपनों से घृणा और तिरस्कार करने लगते हैं कि जिनमें वे जनमे थे। उन अपनों के जीवन की बदरंग सूरत उनमें, उनके विरुद्ध, एक तड़पती हुई प्रतिक्रिया पैदा कर देती है। उन अपनों से हटकर, वे अपने स्वामियों या उच्च सत्ताधिकारियों या लाभदायक प्रभाव-सम्पन्न व्यक्तियों की खुशामद करने में, एक-दूसरे की होड़ करने लगते हैं। और इस होड़ के दौरान में एक व्यक्ति या सत्ता के आसपास गुट या दल बन जाते हैं। चारित्रिक संकट उत्पन्न हो जाता है। साहित्यिक क्षेत्र में यह चारित्रिक संकट एक प्रकार से व्यक्त होता है, आर्थिक क्षेत्र में यह चारित्रिक संकट दूसरे प्रकार से व्यक्त होता है, राजनीतिक क्षेत्र में यह चारित्रिक संकट किसी तीसरे प्रकार से व्यक्त होता है। मूल बात यह है कि यह संकट, लाभ-लोभ के फलस्वरूप, और उस लाभ-लोभ से प्रेरित 'समझदारी' से पैदा होता है। जब तक समाज पर धन का शासन रहेगा, तब तक यह चारित्रिक संकट, अधिक-से-अधिक असन्तोष और अव्यवस्था उत्पन्न करने के अतिरिक्त, मानव-मूल्यों की हानि के साथ ही, लाभ-लोभ से प्रेरित 'समझदारी' को प्रधानता देता जाएगा, आदमी ज्यादा-से-ज्यादा टुच्चा और ओछा होता चला जाएगा। फलत: न केवल सामान्य जनता पर उनके

दासों-उपदासों द्वारा शोषण का बोझ बढ़ता जाएगा, वरन् यह कि उन स्वामियों और दासों तथा उपदासों के चारित्रिक अध:पतन से उत्पन्न परिस्थिति भी सामान्य जनता के लिए अधिकाधिक भयावह और दुर्वह होती जाएगी। ऐसे भयानक दृश्यों का विस्तार भारत में आज भी कम नहीं है।

तो मैंने यह सब क्यों लिखा? इसलिए कि आज निर्धन को इस परिस्थिति में जीवन-यापन करना पड़ रहा है। और चारित्रिक अध:पतन के मानसिक संकटों और आन्तरिक ग्लानियों का अनुभव करना पड़ रहा है। इस परिस्थिति से आप इस स्थिति को भी मिलाकर देखिए कि हिन्दी क्षेत्र में कोई व्यापक संजीवनकारी आन्दोलन या हलचल नहीं है, जो सम्भवत: अन्य भाषा-भाषी प्रान्तों में है।

ऐसी स्थिति में, जबकि बाह्य-समाज में संजीवनकारी उत्प्रेरक आन्दोलन या ऐसी संगठित शक्ति नहीं है, एक संवेदनशील मन, जिसमें अब तक अवसरवादी कौशल और लाभ-लोभ की समझदारी विकसित नहीं हुई है, केवल अपने को नि:सहाय अनुभव करता है। यदि वह कवि हुआ, तो सहज मानवीय आकांक्षाओं की पूर्ति के सामाजिक वातावरण के अभाव में, उसके काव्यात्मक रंग अधिक श्यामल, अधिक बोझिल और अधिक आत्मग्रस्त हो जाते हैं।

हाँ, तो मैंने अपनी एक कविता में उन्हीं काजली रंगों का प्रयोग किया है। अन्तर केवल यह है कि इस श्यामलता के कार्य-कारण सम्बन्ध भी वहाँ प्रस्तुत किये गए हैं। अब, कविता कोई निबन्ध तो है नहीं कि जिसमें लोगों को आज के हालात की जानकारी मिले; न वह कोई नाटक है, जिसमें पात्र प्रस्तुत होकर मूर्त रूप से जीवन-यथार्थ उपस्थित करते हैं। कविता, एक संगीत को छोड़, अन्य सब कलाओं से अधिक अमूर्त है। वहाँ जीवन-यथार्थ केवल भाव बनकर प्रस्तुत होता है, या बिम्ब बनकर, या विचार बनकर। कविता के भीतर की सारी नाटकीयता वस्तुत: भावों की गतिमयता है। उसी प्रकार, कविता के भीतर का कथा-तत्त्व भी भाव का इतिहास है।

तो फिर ऐसी स्थिति में यह असम्भव नहीं है कि कविता को अनेक क्रमबद्ध गद्य-चित्रों में प्रस्तुत किया जाए। अथवा अनेक क्रमबद्ध गद्य-चित्र कुछ इस तरह आलोकित और दीप्तिमान हो उठें कि छन्द बन जाएँ, गतिमान हो जाएँ, और एक विशेष दिशा की ओर प्रवाहित हो सकें।

पता नहीं क्यों और कैसे, मैंने एक काव्य-कथा लिख दी। निस्सन्देह उसमें कथा का केवल आभास है, नाटकीयता की केवल मरीचिका है। वह विशुद्ध आत्मगत काव्य है और उस काव्य के रंग साँवले हैं, बिलकुल साँवले। भय, आतंक, अनिश्चय, जिज्ञासा, कुतूहल और समाधान, घबराहट और दुश्चिन्ता उसमें झलक उठती है। वह असल में एक ऐलिगॅरी है—एक रूपक है।

वह रूपक क्या है?

एक व्यक्ति है, उसे लगता है कि वह एक ऐसे अहाते में चला आया जहाँ पहुँचना प्रतिबन्धित है। उस अहाते के भीतर एक बँगला है—पुराना-धुराना। बँगला रहस्यमय है। वह सूना है। वहाँ उसे एक आदमी मिलता है जो गुप्तचर प्रतीत होता है। एक दूसरा आदमी मिलता है जो बिलकुल पागल है। कविता के अन्त में बताया जाता है कि इस बँगले की सीढ़ियाँ जमीन के भीतर-भीतर चलती हैं, वे कई देशों में जा निकली हैं, वे शहर के क्लॉकटॉवर में भी चुपचाप पहुँच गई हैं और मानव-मस्तक के भीतर के सर्वोच्च स्थान पर भी। इस बँगले से सबने अपना-अपना सामंजस्य स्थापित कर लिया है। इसी सामंजस्य-स्थापना के फलस्वरूप सब लोग अन्दर से टूट गए हैं, उनके दिल की कई फाँकें हो गई हैं। इसी कारण से प्रतीत होता है कि यहाँ एक वानर-सत्ता है। अर्थात् एक नकारवाद है। संक्षेप में, वह बँगला, लाभ-लोभ की अर्थवादिनी सत्ता का प्रतीक है, जिससे सामंजस्य और सन्तुलन स्थापित करके लोगों ने अपने-आपको झुठला दिया है। बँगले के भीतर आत्मा की हत्या हो चुकी है। और इस हत्याकांड से सब लोग परिचित होते हुए भी चुप हैं, क्योंकि वे उस बँगले की सत्ता से सामंजस्य स्थापित किए हुए हैं।

गद्य में यह रूपक एक सिलसिले से सामने आता है; लेकिन कविता में यह सिलसिला टूट जाता है, उसी तरह जैसे स्वप्न के भीतर स्वप्न आते हों—उलट-पुलट होकर। कविता में मैंने उस उलट-पुलटपन का निर्वाह करने का प्रयत्न किया है।

सोचता हूँ कि अपनी इस प्रदीर्घ कविता को किसी कहानी का रूप दे दूँ। सम्भव है, कहानी की कोई मासिक पत्रिका मुझे कम-से-कम पन्द्रह-बीस रुपये दे दे। इससे मैं अपने मित्रों के सामने यह सिद्ध कर सकूँगा कि मैं अयोग्य नहीं हूँ और रुपये कमा सकता हूँ! कुंजी लिखने का काम मैं चार दिन के बाद करूँगा। क्यों, ठीक है, न?

[नवलेखन : जनवरी, 1963 में प्रकाशित। एक साहित्यिक की डायरी में संकलित]

वैज्ञानिक दृष्टि और उसका कोण

पंडित जवाहरलाल नेहरू ने अपने भाषणों, वक्तव्यों तथा लेखों में बार-बार जीवन तथा जगत् को वैज्ञानिक दृष्टिकोण से देखने की सलाह दी है। आए दिन अनेक विचारक इस बात पर जोर देते हैं कि जब तक हम वैज्ञानिक दृष्टिकोण नहीं अपनाते तब तक हम सामाजिक या व्यक्तिगत जीवन की कोई भी समस्या हल नहीं कर सकते। मुझे याद है कि एक बार पंडित नेहरू ने साहित्यकारों से भी यह कहा था कि औद्योगिक तथा प्राविधिक-टेक्नोलॉजिकल-विकास के इस जमाने में, साहित्य नई सामाजिक आवश्यकताओं की पूर्ति के लिए वैज्ञानिक दृष्टिकोण अपनाए!

स्वभावतः, यह प्रश्न उठता है कि वैज्ञानिक दृष्टिकोण का अर्थ क्या है? इस अर्थ की स्पष्ट रूपरेखा प्रस्तुत करना आवश्यक है।

किन्तु, यह मामूली काम नहीं है। भौतिक विज्ञान में जिस यथातथ्य दृष्टि के हमें दर्शन होते हैं, वह यथातथ्य दृष्टि हमें सामाजिक समझे जानेवाले विज्ञानों में कम या अधिक मात्रा में ही मिलती है। दूसरे शब्दों में, सामाजिक विज्ञानों में तथ्य क्या है, और अतथ्य क्या है—इसका निश्चय मनुष्य के अनुमान पर बहुत कुछ अवलम्बित रहता है। फलतः, यह निश्चय नहीं हो पाता कि हम बुनियादी तथ्य किन्हें मानें। सामाजिक विज्ञानों में (जैसे नीतिशास्त्र में) इसीलिए, अनेक सिद्धान्त-प्रणालियों की गुंजाइश रहती है। और यह कहना असम्भव होता है कि यही सिद्धान्त-प्रणाली शत-प्रतिशत सही है और सम्पूर्ण-रूप से सत्य है। ऐसी स्थिति में उन प्रणालियों में हम मुख्यतः, आत्मसंगति ही देखते हैं। आत्मसंगति का अर्थ है—एक सिद्धान्त का दूसरे सिद्धान्त से मेल खाना; उस प्रणाली के भीतर के समस्त अवयवों का एक-दूसरे से तालमेल हो जाना। होता यह है कि कोई भी सिद्धान्त-प्रणाली जब जीवन-जगत की व्याख्या करती है—तब उसके भीतर ही ऐसे आत्मविरोध उत्पन्न हो जाते हैं कि प्रतिपक्षी उन असंगतियों को पहचानकर, उस सिद्धान्त-प्रणाली के भीतर के मौलिक असत्य को घोषित कर देता है। उदाहरणतः, शंकर के अद्वैतवाद में अविद्या और माया का सिद्धान्त अपनी पूरी प्रणाली से पूरा तालमेल नहीं बैठा सका। फलतः, रामानुज ने उसे अस्वीकार कर दिया। वैसे ही, यूरोपीय दर्शन का विद्यार्थी जानता है कि दार्शनिक समीक्षा-दृष्टि किस प्रकार कांट से शेलिंग की तरफ, शेलिंग से

फिख्टे की ओर और फिख्टे से हैगल की ओर बढ़ी। अपने पूर्ववर्ती विचारकों की सिद्धान्त-प्रणालियों की असंगतियों के विरुद्ध प्रतिक्रिया करते हुए हैगल ने एक विशाल सिद्धान्त व्यवस्था निर्माण की, जिसमें सम्पूर्ण जीवन-जगत की, एक मूल सिद्धान्त के आधार पर, व्याख्या की गई। इस विचार-व्यवस्था में पूर्ववर्ती विचारकों की असंगतियाँ तो न रहीं, किन्तु उस व्यवस्था ने अपने भीतर नये ढंग की असंगतियाँ पैदा कर लीं। फलत: और विचारधाराएँ आती गईं, बनाती गईं। उनमें से कुछ विज्ञान की ओर झुकती रहीं, कुछ धर्म की ओर। दार्शनिक विचारधाराओं का यह इतिहास हमें केवल एक ही बात बताता है। वह यह कि भारतीय तथा यूरोपीय विचारकों ने किसी भी सिद्धान्त-व्यवस्था को उसकी आत्म-संगति की दृष्टि से तौला है। विचारों में आत्मसंगति विज्ञान की एक प्रधान कसौटी है। यह सही है कि इस कसौटी पर बहुत-सी प्रणालियाँ खरी नहीं उतरीं; किन्तु, इसका अर्थ यह नहीं होता कि वैचारिक आत्म-संगति की यह कसौटी खोटी है।

भौतिक विज्ञान में मुख्यत: दो कसौटियों का उपयोग होता है। एक होता है—यथातथ्य दृष्टि का, दूसरी कसौटी है—आत्मसंगति। किन्तु, विज्ञान का मूलाधार है—यथातथ्य दृष्टि। उसका प्रधान लक्ष्य ही यह है कि वह नये तथ्यों की खोज करे, उनके उद्‌भव, विकास तथा संसार के नियमों का पता चलाए और सृष्टि के मूल नियमों की जानकारी हासिल करे और उन नियमों का, अपने लिए उपयोग करते हुए, सृष्टि के रहस्यों का उद्‌घाटन करे। विज्ञान यदि वह विज्ञान है, तो ज्ञात तथ्यों की न केवल उपेक्षा ही कर सकता है, वरन् ज्ञात तथ्यों द्वारा उद्‌घाटित नियमों के सहारे वह अज्ञात तथ्यों के उद्‌घाटन की तरफ प्रवृत्त होता है। दर्शन इन तथ्यों की व्याख्या भले ही किसी ढंग से करे; किन्तु उसे यदि संगति प्राप्त करना है, तो सबसे पहले वह तथ्यों ही संगति प्राप्त करता है। दर्शन के क्षेत्र में, अनेक तथ्य रहते हुए भी, अनेक मान्यताएँ होती हैं। इन्हीं मान्यताओं की परस्पर-संगति; और पुन:, उनकी ज्ञात-तथ्यों से संगति—ये दो ढंग की संगतियाँ साथ-साथ चलती हैं। भौतिक विज्ञान, सामाजिक विज्ञान तथा दर्शन में अन्तर यह है कि भौतिक विज्ञान के क्षेत्र में तथ्यों का निर्णय शीघ्र और सुनिश्चित रूप से हो जाता है; सामाजिक विज्ञानों में तथ्यों का सुनिश्चित कुछ हद तक सीमित होता है। उदाहरणत:, प्रवृत्ति यानी इंस्टिंक्ट का अर्थ क्या!! कौन-कौन-सी इंस्टिंक्ट हैं!! कुछ तो सबको मालूम हैं—भूख-प्यास-सेक्स। किन्तु मैकडूगल ने और भी बहुत-सी गिनाई हैं जिन्हें अन्य विद्वान नहीं मानते। मनोविज्ञान ही लीजिए। हम मानसिक दुनिया में रहते हैं और ऊपरी तौर पर बहुत-सी बातें जानते हैं। स्वप्न एक तथ्य है; किन्तु वे क्यों आते हैं, उनके प्रतीकों का क्या अर्थ है—यह प्रश्न विवादग्रस्त है। विवादग्रस्त क्यों है—इसलिए कि हम तत्सम्बन्ध में जिन्हें तथ्य समझते हैं, उन्हें अन्य वैसा नहीं मानते। नीतिशास्त्र में तो और भी झमेला है। मतलब यह कि भौतिक विज्ञान में तथ्य-सम्बन्धी जो

सुनिश्चय होता है, वह इतर विज्ञानों में होता तो है किन्तु बहुत सीमित रूप में। तथ्य के अनिश्चय का क्षेत्र ही अधिक होता है! किन्तु, उससे यह कसौटी कि तथ्यों से संगति होनी चाहिए, ढीली नहीं पड़ती, वरन् वह और कस दी जाती है। जहाँ यह सुनिश्चित नहीं हो पाता, वहाँ हम अब तक प्राप्त ज्ञान के सहारे, तथ्यसंगत और तर्क-शुद्ध अनुमान के सहारे कुछ मान्यताएँ ले के चलते हैं। किन्तु यदि कोई नये तथ्य प्राप्त हो गए तो हमें ये मान्यताएँ तुरन्त बदल देनी पड़ती हैं। उदाहरणत:, मनोविज्ञान के क्षेत्र में, पेवलोव द्वारा प्राप्त किये गए नये मनोवैज्ञानिक तथ्य जिन्हें हम कंडिशंड रिफ्लेक्सेस कहते हैं। मतलब यह कि विचारों के क्षेत्र में, सबसे बड़ी कसौटी और बुनियादी कसौटी तथ्यसंगति ही है। किन्तु, चूँकि हमारे ज्ञान का क्षेत्र संकुचित है—और चूँकि नये तथ्यों की खोज में हमें ज्ञात की सहायता से अज्ञात की ओर जाना ही पड़ता है, इसलिए हम तथ्यसंगत और तर्क-संगत अनुमानों के सहारे मान्यताएँ स्थापित करते हैं। अतएव, किसी भी मान्यता की कसौटी दुहरी होती है, वह है—सर्वप्रथम तथ्यसंगति और तर्क-संगति। इन्हीं मान्यताओं की सम्पूर्ण प्रणाली को हम एक विचारधारा या वाद कहते हैं। इस विचारधारा की सच्चाई परखने के लिए हमारे पास तथ्यसंगति और आत्म-संगति ही दो कसौटियाँ हैं। तर्क-संगति आत्म-संगति का ही एक रूप है। दूसरे शब्दों में, हमारे खयाल हकीकत से मेल खाएँ और उनमें आपस में एक-दूसरे से तालमेल हो।

इसका मतलब यह हुआ कि दुनिया में प्राप्त जितने तथ्य हैं, वे हमारी विचारधारा के लिए आधारभूत होने ही चाहिए। यदि ये आधारभूत नहीं हैं और यदि हम केवल आत्म-संगति यानी तर्क-संगति—परस्पर-संगति को ही प्रधान और बुनियादी मानते हैं तो हम बड़ी भारी और अक्षम्य भूल करते हैं।

उदाहरण से बात साफ हो जाएगी। गणित की दृष्टि से, एक और एक हमेशा दो होता है, मानो वह त्रिकालाबाधित सत्य हो! यह धारणा भ्रामक है। एक नदी इधर से आई, दूसरी नदी उधर से आई—दोनों मिल गईं तो दोनों का जोड़ यानी संयुक्तीकरण एक हुआ या दो? नितान्त एक और अद्वितीय! सृष्टि में, दो और दो चार ही नहीं, छह भी हो सकते हैं, पाँच भी, तीन भी। आपका गणितशास्त्रीय नियम तार्किक नियम है, वह बुद्धि का यानी आपके मन का अंग है, सृष्टि का मूलभूत नियम नहीं। यदि आपको नये सत्यों की खोज करनी है, सृष्टि के रहस्यों को समझना है (इस दृष्टि से आप भी एक अंग हैं) तो आपको अपना गणित बदलना पड़ेगा।

वैज्ञानिकों को इसलिए नये-नये गणित ईजाद करने पड़े। ऋण—एक का वर्गमूल, हम साधारणत: निकाल नहीं सकते। किन्तु सृष्टि की प्रक्रियाएँ इतनी सूक्ष्म भी हैं कि उन्हें जानने-पहचानने के लिए हमें असम्भव राशियों का सहारा लेना पड़ता है!

मतलब यह कि वैज्ञानिक चिन्तन की वैज्ञानिक दृष्टि की मूल कसौटियाँ दो हैं—एक, तथ्यसंगति; दूसरे, परस्पर-संगति या आत्म-संगति। चिन्तन में दोनों कसौटियाँ साथ-साथ लगेंगी; किन्तु बुनियादी कसौटी तथ्यसंगति ही है।

ये वैज्ञानिक चिन्तन की कुछ अत्यन्त महत्त्वपूर्ण विशेषताएँ हैं। इनमें से सर्वप्रथम यह है कि जो अनुभव-सिद्ध हो चुका है और होता रहा है, वह बिलकुल खरा है; उसके प्रति हमारा आग्रह यथातथ्य है, इसीलिए, निश्चयात्मक है। इस खरेपन के दृढ़ और चिर-मौलिक आधार पर खड़े होकर ही, हम ज्ञात से अज्ञात की तरफ जाएँगे वरना नहीं। हम अनुमान से अनुमान की तरफ नहीं; वरन् तथ्य से तथ्यसंगत और इस प्रकार के अनुमान को मिलाकर तर्कसंगत निष्कर्ष की तरफ दौड़ेंगे। उच्च-स्तरीय गणित इन्हीं निष्कर्षों का एक रूप है। ऐसे गणित के (Cont 16) सहारे, आँख से कभी न देखे गए और कभी न पहचाने गए प्रोटोन, न्यूट्रॉन, मैसान आदि अणु-केन्द्रीय परमाणुओं की गतिविधि का हमने अध्ययन किया और सूक्ष्म अणु केन्द्र को शतधा और सहस्रधा करके हमने सृष्टि की दिव्य अग्नि उत्सर्जित की। हमने ब्रह्म-किरणों के अदृश्य विकीरण का पता लगाया और अणु-विकेन्द्रीकरण की गति का गणित बनाकर, पृथ्वी के उदर में अनेक स्थानों पर लक्ष्यावधि युगों से चल रही इस प्रक्रिया की आयु निश्चित करके, पृथ्वी की आयु निश्चित की। हमारा ज्यामिति विज्ञान बहुत-अधिक यथातथ्य शास्त्र (Exact Science) रहा है। यह ध्यान रखने की बात है।

किन्तु, हमारे निष्कर्ष किसी भी तरह व्यवहार में (चाहे वह व्यवहार मानसिक सूक्ष्मेन्द्रियों का ही क्यों न हो) गलत सिद्ध हुए तो पहले हम यह देखेंगे कि हमारी अनुमान की प्रक्रिया ही गलत तो नहीं है—यानी दूसरे शब्दों में हमने तथ्य से जो तथ्यसंगत अनुमान किया, वह अनुमान तभी तक सही होगा, जब तक हम तथ्य को, वस्तुत:, समझते हैं। यदि तथ्य समझने में हमने असावधानी बरती है तो अनुमान शत-प्रतिशत सही नहीं होंगे।

मतलब यह कि तथ्य को समझने से विकसित हमारे ज्ञान-क्षेत्र की सीमाएँ विस्तृत करने के लिए बार-बार बुनियाद की तरफ लौट जाना पड़ता है। तथ्य स्वयं मरते-जीते हैं। वे परस्पर-प्रतिक्रियाएँ करते हैं और उनमें आपसी रिश्ता होता है। इसीलिए तथ्य की हमारी समझ को गहरा बनाने के लिए हम बार-बार उनकी परीक्षा करते हैं। यह परीक्षा व्यवहार से ही हो सकती है। व्यवहार तथ्य की परीक्षा का एक अनिवार्य अंग है। तथ्य व्यवहार में खरा नहीं उतरा, तब हम अपने व्यवहार की और तथ्य की, दोनों की परीक्षा करेंगे। यदि हमारा व्यवहार गलत हुआ तो हम उसे सुधारेंगे। यदि सही व्यवहार, सही प्रयोग और सही क्रिया के बाद भी तथ्य पूर्णत: खरा नहीं उतरा तो हम उसमें झूठ की मिलावट के कारणों की तरफ मुड़ेंगे और अपने पिछले अनुमान, फिलहाल, स्थगित कर देंगे।

संक्षेप में (1) तथ्यसंगति, (2) आत्म-संगति या परस्पर-संगति और (3)व्यवहार द्वारा अपने तथ्यों, अनुमानों, विचारों, निष्कर्षों की सतत परीक्षा तथा (4) ज्ञात से अज्ञात की ओर जाने के लिए सतत प्रयत्न-वैज्ञानिक दृष्टि का एक अकाट्य अंग हैं।

जीवन में हम हमेशा ज्ञात से अज्ञात की ओर जाते हैं। यदि हम सफलतापूर्वक जीवन-विकास करना चाहते हैं, विशेषकर यदि विश्व-दृष्टि का विकास करना चाहते हैं तो हम ज्ञान-विज्ञान के वर्तमान स्तर की मुँडेर पर ही खड़े रहकर वैसा कर सकते हैं। हमें रिक्त सामान्यीकरणों से पीछा छुड़ाना ही होगा। हमारी धारणाएँ, जो सिद्ध नहीं हो सकी हैं या जिनकी हमने पूरी तरह परीक्षा नहीं की है, या जो अन्यों की परीक्षा द्वारा पूर्ण रूप से खरी नहीं उतरी हैं या जिनकी अभी परीक्षा होना बाकी है, उन सभी धारणाओं को हमें नितान्त सत्य मानकर नहीं चलना होगा, वरन् एक कार्यकारी अस्थायी मान्यता के रूप में हाइपोथिसिस ही समझकर बढ़ना होगा और विपरीत तथ्य मिलते ही, हमें तुरन्त ही उन्हें त्याग देना होगा। दूसरे, धारणाओं को बाह्य अस्तित्व का सम्पूर्ण महत्त्व-मूल्य न देते हुए, हमें यह देखना ही होगा कि वे तथ्य कौन से हैं, जो उन धारणाओं के विरोध में जाते हैं।

यदि हम परस्पर मानव-सम्बन्धों में इस वैज्ञानिक तटस्थ शोधपूर्ण विवेक को स्थान दें तो बहुत-से आपसी झगड़े हमारे उदार व्यवहार में परिणत हो जाएँगे। वे केवल मतभेद बनकर ही रहेंगे, न कि दृढ़ निन्दात्मक आग्रहों के रूप में। वैज्ञानिक दृष्टि से समन्वित होकर, हम अपने प्रति तटस्थ होकर, अन्यों के प्रति न केवल उदार हो जाएँगे, वरन् जिज्ञासा-प्रेरित परीक्षा-बुद्धि का कार्य बढ़ चलेगा। हमारा जीवन-मूल्य व्यक्तिगत स्वभाव की उत्तेजनात्मक उपज न रहकर, सत्य की कसौटी व्यक्ति की भावना में फँसी हुई नहीं रहेगी।

इस वैज्ञानिक आकलन के फलस्वरूप बुद्धि, मुख्यत: बोध पर आधारित रहेगी, अपने प्राकृत स्वरूप में प्रतिष्ठित होगी, न कि तर्कों और अनुमानों की अपरीक्षित सत्ता में बद्ध। वैज्ञानिक अनुशासन में बद्ध मानव-चेतना भावनाओं की विरोधी नहीं होगी, उन भावनाओं, मनोवेगों और संवेदनाओं का सन्तुलन करेगी। उनको उनके उचित अनुपात और मात्रा में सहज-स्वाभाविक प्राकृत स्थान देगी।

इसके अतिरिक्त, उचित दिशा में व्यक्ति या समाज तथा विश्व को बदलने के लिए, अद्यतन ज्ञान का सहारा लेते हुए, विश्व-विकास के नियमों का कुशल प्रयोग करने के दौरान में, वह उस ज्ञान के मूर्त और सक्रिय व्यवहार द्वारा उसे और बढ़ाएगी।

किन्तु बात यहीं समाप्त नहीं होती। जीवन-विवेक किसी शास्त्र में लिखा नहीं रहता। वह हजारों व्यक्तियों द्वारा हजारों जगहों पर व्यवहृत होता है। इस व्यवहार में हमारी सभी कल्पनाएँ और धारणाएँ काम करती हैं—चाहे वे नीतिशास्त्रीय हों, चाहे नैतिक सौन्दर्यशास्त्रीय हों या सुन्दर।

आज के बदलते हुए जमाने में हमें इन धारणाओं की पुन: परीक्षा करनी होगी। तभी हम विश्व-गतिविधि में अपना क्रियाशील योग दे सकते हैं, क्योंकि हम यह जानते हैं कि व्यक्ति के मनोलोक के सृष्टि पर आरोपण के बजाय, सृष्टि पर मनुष्य का नियंत्रण सभ्यता के विकास की हद बताता है।

इसीलिए, व्यक्ति क्या है, समाज क्या है, समाज कैसे विकास करता आया, सभ्यता कैसे बनी, और हम सभ्यता के कौन-से स्तर पर हैं, और किस प्रकार हम उसके विकास नियमों का उद्घाटन कर, उन नियमों को अपने हाथ में लेकर, उनका प्रयोग कर सकते हैं—अगले विकास के लिए, ये सब बातें हमारी वैज्ञानिक दृष्टि के अन्तर्गत आती हैं।

साहित्य अपनी धारणाओं में विज्ञान से पिछड़ा नहीं रह सकता, क्योंकि वह स्वयं मानव-विकास का एक प्रमुख अस्त्र है। यदि वह अद्यतन ज्ञान द्वारा दी गई दृष्टि को आत्मसात् नहीं कर सका तो वह मानव-विकास में समुचित योग नहीं दे सकेगा, यह भी निर्विवाद है!

[सारथी : 6 जनवरी, 1957 में प्रकाशित। रचनावली के संशोधित एवं परिवर्द्धित संस्करण में पहली बार संकलित]

मध्ययुगीन भक्ति-आन्दोलन का एक पहलू

मेरे मन में बार-बार यह प्रश्न उठता है कि कबीर और निर्गुण पंथ के अन्य कवि तथा दक्षिण के कुछ महाराष्ट्रीय सन्त तुलसीदास जी की अपेक्षा अधिक आधुनिक क्यों लगते हैं? क्या कारण है कि हिन्दी-क्षेत्र में जो सबसे अधिक धार्मिक रूप से कट्टर वर्ग है, उनमें भी तुलसीदास जी इतने लोकप्रिय हैं कि उनकी भावनाओं और वैचारिक अस्त्रों द्वारा, वह वर्ग आज भी आधुनिक दृष्टि और भावनाओं से संघर्ष करता रहता है? समाज के पारिवारिक क्षेत्र में इस कट्टरपन को अब नये पंख भी फूटने लगे हैं। ख़ैर, लेकिन यह इतिहास दूसरा है। मूल प्रश्न जो मैंने उठाया है, उसका कुछ-न-कुछ मूल उत्तर तो है ही।

मैं यह समझता हूँ कि किसी भी साहित्य का ठीक-ठीक विश्लेषण तब तक नहीं हो सकता जब तक हम उस युग की मूल गतिमान सामाजिक शक्तियों से बननेवाले सांस्कृतिक इतिहास को ठीक-ठीक न जान लें। कबीर हमें आपेक्षिक रूप से आधुनिक क्यों लगते हैं, इस मूल प्रश्न का मूल उत्तर भी उसी सांस्कृतिक इतिहास में कहीं छिपा हुआ है। जहाँ तक महाराष्ट्र की सन्त-परम्परा का प्रश्न है, यह निर्विवाद है कि मराठी सन्त-कवि, प्रमुखत:, दो वर्गों से आये हैं : एक ब्राह्मण और दूसरे ब्राह्मणेतर। इन दो प्रकार के सन्त-कवियों के मानव-धर्म में बहुत कुछ समानता होते हुए भी, दृष्टि और रुझान का भेद भी था। ब्राह्मणेतर सन्त-कवि की काव्य-भावना अधिक जनतंत्रात्मक, सर्वांगीण और मानवीय थी। निचली जातियों की आत्म-प्रस्थापना के उस युग में, कट्टर पुराणपंथियों ने जो-जो तकलीफें इन सन्तों को दी हैं, उनसे ज्ञानेश्वर-जैसे प्रचंड प्रतिभावान सन्त का जीवन अत्यन्त करुण कष्टमय और भयंकर दृढ़ हो गया। उनका प्रसिद्ध ग्रन्थ ज्ञानेश्वरी तीन सौ वर्षों तक छिपा रहा। उक्त ग्रन्थ की कीर्ति का इतिहास तो तब से शुरू होता है जब वह पुन: प्राप्त हुआ। यह स्पष्ट ही है कि समाज के कट्टरपंथियों ने इन सन्तों को अत्यन्त कष्ट दिया। इन कष्टों का क्या कारण था? और ऐसी क्या बात हुई कि जिस कारण निम्न जातियाँ अपने सन्तों को लेकर राजनीतिक, सामाजिक, सांस्कृतिक क्षेत्र में कूद पड़ीं?

मुश्किल यह है कि भारत के सामाजिक-आर्थिक विकास के सुसम्बद्ध इतिहास के लिए आवश्यक सामग्री का बड़ा अभाव है। हिन्दू इतिहास लिखते नहीं थे,

मुस्लिम लेखक घटनाओं का ही वर्णन करते थे। इतिहास-लेखन पर्याप्त आधुनिक है। शान्तिनिकेतन के तथा अन्य पंडितों ने भारत के सांस्कृतिक इतिहास के क्षेत्र में बहुत अन्वेषण किये हैं। किन्तु सामाजिक-आर्थिक विकास के इतिहास के क्षेत्र में अभी तक कोई महत्त्वपूर्ण काम नहीं हुआ है।

ऐसी स्थिति में हम कुछ सर्वसम्मत तथ्यों को ही आपके सामने प्रस्तुत करेंगे।

(1) भक्ति-आन्दोलन दक्षिण भारत से आया। समाज की धर्मशास्त्रवादी, वेद-उपनिषद्वन्दी शक्तियों ने उसे प्रस्तुत नहीं किया, वरन् आलवार सन्तों ने और उनके प्रभाव में रहनेवाले जनसाधारण ने उसका प्रसार किया।

(2) ग्यारहवीं सदी से महाराष्ट्र की गरीब जनता में भक्ति-आन्दोलन का प्रभाव अत्यधिक हुआ। राजनीतिक दृष्टि से, यह जनता हिन्दू-मुस्लिम दोनों प्रकार के सामन्ती उच्चवर्गीयों से पीड़ित रही। सन्तों की व्यापक मानवतावादी वाणी ने उन्हें बल दिया। कीर्तन-गायन ने उनके जीवन में रस-संचार किया। ज्ञानेश्वर, तुकाराम आदि सन्तों ने गरीब किसान और अन्य जनता का मार्ग प्रशस्त किया। इस सांस्कृतिक आत्म-प्रस्थापना के उपरान्त सिर्फ एक और कदम की आवश्यकता थी।

वह समय भी शीघ्र ही आया। गरीब उद्धत किसान तथा अन्य जनता को अपना एक और सन्त, रामदास, मिला, और एक नेता प्राप्त हुआ, शिवाजी। इस युग में राजनीतिक रूप से महाराष्ट्र का जन्म और विकास हुआ। शिवाजी के समस्त छापेमार युद्धों के सेनापति और सैनिक, समाज के शोषित तबकों से आए। आगे का इतिहास आपको मालूम ही है—किस प्रकार सामान्तवाद टूटा नहीं, किसानों की पीड़ाएँ वैसी ही रहीं, शिवाजी के उपरान्त राजसत्ता उच्च वंशोत्पन्न ब्राह्मणों के हाथ पहुँची, पेशवाओं (जिन्हें मराठे भी जाना जाता रहा) ने किस प्रकार के युद्ध किये और वे अंग्रेजों के विरुद्ध क्यों असफल रहे, इत्यादि।

(3) उच्चवर्गीयों और निम्नवर्गीयों का संघर्ष बहुत पुराना है। यह संघर्ष निःसन्देह धार्मिक, सांस्कृतिक, सामाजिक क्षेत्र में अनेक रूपों में प्रकट हुआ। सिद्धों और नाथ-सम्प्रदाय के लोगों ने जनसाधारण में अपना पर्याप्त प्रभाव रखा, किन्तु भक्ति-आन्दोलन का जनसाधारण पर जितना व्यापक प्रभाव हुआ उतना किसी अन्य आन्दोलन का नहीं। पहली बार शूद्रों ने अपने सन्त पैदा किये, अपना साहित्य और अपने गीत सृजित्त किये। कबीर, रैदास, नाभा सिम्पी, सेना नाई, आदि-आदि महापुरुषों ने ईश्वर के नाम पर जातिवाद के विरुद्ध आवाज बुलन्द की। समाज के न्यस्त स्वार्थवादी वर्ग के विरुद्ध नया विचारवाद अवश्यम्भावी था। वह हुआ, तकलीफें हुईं। लेकिन एक बात हो गई।

शिवाजी स्वयं मराठा क्षत्रिय था, किन्तु भक्ति-आन्दोलन से जाग्रत् जनता के कष्टों से खूब परिचित था, और स्वयं एक कुशल संगठक और वीर सेनाध्यक्ष था। सन्त रामदास, जिसका उसे आशीर्वाद प्राप्त था, स्वयं सनातनी ब्राह्मणवादी था, किन्तु

नवीन जाग्रत् जनता की शक्ति से खूब परिचित भी था। सन्त से अधिक वह स्वयं एक सामन्ती राष्ट्रवादी नेता था। तब तक कट्टरपंथी शोषक तत्त्वों में यह भावना पैदा हो गई थी कि निम्नजातीय सन्तों से भेदभाव अच्छा नहीं है। अब ब्राह्मण-शक्तियाँ स्वयं उन्हीं सन्तों का कीर्तन-गायन करने लगीं। किन्तु इस कीर्तन-गायन के द्वारा वे उस समाज की रचना को, जो जातिवाद पर आधारित थी, मजबूत करती जा रही थीं। एक प्रकार से उन्होंने अपनी परिस्थिति से समझौता कर लिया था। दूसरे, भक्ति आन्दोलन के प्रधान सन्देश से प्रेरणा प्राप्त करनेवाले लोग ब्राह्मणों में भी होने लगे थे। रामदास, एक प्रकार से, ब्राह्मणों में से आए हुए अन्तिम सन्त हैं, इसके पहले एकनाथ हो चुके थे। कहने का सारांश यह कि नवीन परिस्थिति में यद्यपि युद्ध-सत्ता (राजसत्ता) शोषित और गरीब तबकों से आए सेनाध्याक्षों के पास थी, किन्तु सामाजिक क्षेत्र में पुराने सामन्तवादियों और नये सामन्तवादियों में समझौता हो गया था। नये सामन्तवादी कुनबियों, धनगरों, मराठों और अन्य गरीब जातियों से आए हुए सेनाध्यक्ष थे। इस समझौते का फल यह हुआ कि पेशवा ब्राह्मण हुए, किन्तु युद्ध-सत्ता नवीन सामन्तवादियों के हाथ में रही।

उधर सामाजिक-सांस्कृतिक क्षेत्र में निम्नवर्गीय भक्तिमार्ग के जनवादी सन्देश के दाँत उखाड़ लिये गए। उन सन्तों को सर्ववर्गीय मान्यता प्राप्त हुई, किन्तु उनके सन्देश के मूल स्वरूप पर कुठाराघात किया गया, और जातिवादी पुराणधर्म पुन: नि:शंक भाव से प्रतिष्ठित हुआ।

(4) उत्तर भारत में निर्गुणवादी भक्ति-आन्दोलन में शोषित जनता का सबसे बड़ा हाथ था। कबीर, रैदास, आदि सन्तों की बानियों का सन्देश, तत्कालीन मानों के अनुसार, बहुत अधिक क्रान्तिकारी था। यह आकस्मिकता न थी कि चंडीदास कह उठता है :

शुनह मानुष भाई,
शबार ऊपरे मानुष शत्तो
ताहार उपरे नाई।

इस मनुष्य-सत्य की घोषणा के क्रान्तिकारी अभिप्राय कबीर में प्रकट हुए। कुरीतियों, धार्मिक अन्धविश्वासों और जातिवाद के विरुद्ध कबीर ने आवाज उठाई। वह फैली। निम्न जातियों में आत्मविश्वास पैदा हुआ। उनमें आत्म-गौरव का भाव हुआ। समाज की शासक-सत्ता को यह कब अच्छा लगता? निर्गुण मत के विरुद्ध सगुण मत का प्रारम्भिक प्रसार और विकास उच्चवंशियों में हुआ। निर्गुण मत के विरुद्ध सगुणमत का संघर्ष निम्न वर्गों के विरुद्ध उच्चवंशीय संस्कारशील अभिरुचिवालों का संघर्ष था। सगुण मत विजयी हुआ। उसका प्रारम्भिक विकास कृष्णभक्ति के रूप में हुआ। यह कृष्णभक्ति कई अर्थों में निम्नवर्गीय भक्ति-आन्दोलन से प्रभावित

थी। उच्चवर्गीयों का एक भावुक तबका भक्ति-आन्दोलन से हमेशा प्रभावित होता रहा, चाहे वह दक्षिण भारत में हो या उत्तर भारत में। इस कृष्णभक्ति में जातिवाद के विरुद्ध कई बातें थीं। वह एक प्रकार से भावावेशी व्यक्तिवाद था। इसी कारण, महाराष्ट्र में, निर्गुण मत के बजाय निम्न-वर्ग में, सगुण मत ही अधिक फैला। सन्त तुकाराम का विठोबा एक सार्वजनिक कृष्ण था। कृष्णभक्तिवाली मीरा 'लोकलाज' छोड़ चुकी थी। सूर कृष्ण-प्रेम में विभोर थे। निम्नवर्गीयों में कृष्णभक्ति के प्रचार के लिए पर्याप्त अवकाश था, जैसा महाराष्ट्र की सन्त परम्परा का इतिहास बतलाता है। उत्तर भारत में कृष्णभक्ति-शाखा का निर्गुण मत के विरुद्ध जैसा संघर्ष हुआ, वैसा महाराष्ट्र में नहीं रहा। महाराष्ट्र में कृष्ण की श्रृंगार-भक्ति नहीं थी, न भ्रमरगीतों का जोर था। कृष्ण एक तारणकर्ता देवता था, जो अपने भक्तों का उद्धार करता था, चाहे वह किसी भी जाति का क्यों न हो। महाराष्ट्रीय सगुण कृष्णभक्ति में श्रृंगारभावना, और निर्गुण भक्ति—इन दो के बीच कोई संघर्ष नहीं था। उधर उत्तर भारत में, नन्ददास वगैरह कृष्णभक्तिवादी सन्तों की निर्गुण मत-विरोधी भावना स्पष्ट ही है और ये सब लोग उच्चकुलोद्भव थे। यद्यपि उत्तर भारतीय कृष्णभक्तिवाले कवि उच्चवंशीय थे, और निर्गुण मत से उनका सीधा संघर्ष भी था, किन्तु हिन्दू समाज के मूलाधार यानी वर्णाश्रम-धर्म के विरोधियों ने जातिवाद-विरोधी विचारों पर सीधी चोट नहीं की थी। किन्तु उत्तर भारतीय भक्ति-आन्दोलन पर उनका प्रभाव निर्णायक रहा।

एक बार भक्ति-आन्दोलन में ब्राह्मणों का प्रभाव जम जाने पर वर्णाश्रम धर्म की पुनर्विजय की घोषणा में कोई देर नहीं थी। ये घोषणा तुलसीदास जी ने की थी। निर्गुण मत में निम्नजातीय धार्मिक जनवाद का पूरा जोर था, उसका क्रान्तिकारी सन्देश था। कृष्णभक्ति में वह बिलकुल कम हो गया, किन्तु फिर भी निम्नजातीय प्रभाव अभी भी पर्याप्त था। तुलसीदास ने भी निम्नजातीय भक्ति स्वीकार की, किन्तु उसको अपना सामाजिक दायरा बतला दिया। निर्गुण मतवाद के जनोन्मुख रूप और उसकी क्रान्तिकारी जातिवाद-विरोधी भूमिका के विरुद्ध तुलसीदास जी ने पुराण-मतवादी स्वरूप प्रस्तुत किया। निर्गुण-मतवादियों का ईश्वर एक था, किन्तु अब तुलसीदास जी के मनोजगत् में परब्रह्म के निर्गुण-स्वरूप के बावजूद सगुण ईश्वर ने सारा समाज और उसकी व्यवस्था—जो जातिवाद, वर्णाश्रम धर्म पर आधारित थी—उत्पन्न की। राम निषाद और गुह का आलिंगन कर सकते थे, किन्तु निषाद और गुह ब्राह्मण का अपमान कैसे कर सकते थे? दार्शनिक क्षेत्र का निर्गुण मत जब व्यावहारिक रूप से ज्ञानमार्गी भक्तिमार्ग बना, तो उसमें पुराण-मतवाद को स्थान नहीं था। कृष्णभक्ति के द्वारा पौराणिक कथाएँ घुसीं, पुराणों ने रामभक्ति के रूप में आगे चलकर वर्णाश्रम धर्म की पुनर्विजय की घोषणा की।

साधारण जनों के लिए कबीर का सदाचारवाद तुलसी के सन्देश से अधिक क्रान्तिकारी था। तुलसी को भक्ति का यह मूल तत्त्व तो स्वीकार करना ही पड़ा कि

राम के सामने सब बराबर हैं, किन्तु चूँकि राम ही ने सारा समाज उत्पन्न किया है, इसलिए वर्णाश्रम धर्म और जातिवाद को तो मानना ही होगा। पं. रामचन्द्र शुक्ल जो निर्गुण मत को कोसते हैं, वह यों ही नहीं। इसके पीछे उनकी सारी पुराण-मतवादी चेतना बोलती है।

क्या यह एक महत्त्वपूर्ण तथ्य नहीं है कि रामभक्ति-शाखा के अन्तर्गत, एक भी प्रभावशाली और महत्त्वपूर्ण कवि निम्नजातीय शूद्र वर्गों से नहीं आया? क्या यह एक महत्त्वपूर्ण तथ्य नहीं है कि कृष्णभक्ति-शाखा के अन्तर्गत रसखान और रहीम-जैसे हृदयवान मुसलमान कवि बराबर रहे आए, किन्तु रामभक्ति-शाखा के अन्तर्गत एक भी मुसलमान और शूद्र कवि प्रभावशाली और महत्त्वपूर्ण रूप से अपनी काव्यात्मक प्रतिभा विशद नहीं कर सका? जबकि यह एक स्वत:सिद्ध बात है कि निर्गुण-शाखा के अन्तर्गत ऐसे लोगों को अच्छा स्थान प्राप्त था।

निष्कर्ष यह कि जो भक्ति-आन्दोलन जनसाधारण से शुरू हुआ और जिसमें सामाजिक कट्टरपन के विरुद्ध जनसाधारण की सांस्कृतिक आशा-आकांक्षाएँ बोलती थीं, उसका 'मनुष्य-सत्य' बोलता था, उसी भक्ति-आन्दोलन को उच्चवर्गीयों ने आगे चलकर अपनी तरह बना लिया, और उससे समझौता करके, फिर उस पर अपना प्रभाव कायम करके, और अनन्तर जनता के अपने तत्त्वों को उनमें से निकालकर, उन्होंने उस पर अपना पूरा प्रभुत्व स्थापित कर लिया।

और इस प्रकार, उच्चवंशी उच्चजातीय वर्गों का—समाज के संचालक शासक वर्गों का—धार्मिक-सांस्कृतिक क्षेत्र में पूर्ण प्रभुत्व स्थापित हो जाने पर, साहित्यिक क्षेत्र में उन वर्गों के प्रधान भाव—शृंगार-विलास—का प्रभावशाली विकास हुआ और भक्ति-काव्य की प्रधानता जाती रही। क्या कारण है कि तुलसीदास भक्ति-आन्दोलन के प्रधान (हिन्दी क्षेत्र में) अन्तिम कवि थे? सांस्कृतिक-साहित्यिक क्षेत्र में यह परिवर्तन भक्ति-आन्दोलन की शिथिलता को द्योतित करता है। किन्तु यह आन्दोलन इस क्षेत्र में शिथिल क्यों हुआ?

ईसाई मत का भी यही हाल हुआ। ईसा का मत जनसाधारण में फैला तो यहूदी धनिक वर्गों ने उसका विरोध किया, रोमन शासकों ने उसका विरोध किया। किन्तु जब वह जनता का अपना धर्म बनने लगा, तो धनिक यहूदी और रोमन लोग भी उसको स्वीकार करने लगे। रोमन शासक ईसाई हुए और सेण्ट पॉल ने उसी भावुक प्रेममूलक धर्म को कानूनी शिकंजों में जकड़ लिया, पोप जनता से फीस लेकर पापों और अपराधों के लिए क्षमापत्र वितरित करने लगा।

यदि हम धर्मों के इतिहास को देखें, तो यह जरूर पाएँगे कि तत्कालीन जनता की दुरवस्था के विरुद्ध उसने घोषणा की, जनता को एकता और समानता के सूत्र में बाँधने की कोशिश की। किन्तु ज्यों-ज्यों उस धर्म में पुराने शासकों की प्रवृत्तिवाले

लोग घुसते गए और उनका प्रभाव जमता गया, उतना-उतना गरीब जनता का पक्ष न केवल कमजोर होता गया, वरन् उसको अन्त में उच्चवर्गों की दासता—धार्मिक दासता—भी फिर से ग्रहण करनी पड़ी।

क्या कारण है कि निर्गुण-भक्तिमार्गी जातिवाद-विरोधी आन्दोलन सफल नहीं हो सका? उसका मूल कारण यह है कि भारत में पुरानी समाज-रचना को समाप्त करनेवाली पूँजीवादी क्रान्तिकारी शक्तियाँ उन दिनों विकसित नहीं हुई थीं। भारतीय स्वदेशी पूँजीवाद की प्रधान भौतिक-वास्तविक भूमिका विदेशी पूँजीवादी साम्राज्यवाद ने बनाई। स्वदेशी पूँजीवाद के विकास के साथ ही भारतीय राष्ट्रवाद का अभ्युदय और सुधारवाद का जन्म हुआ, और उसने सामन्ती समाज-रचना के मूल आर्थिक आधार, यानी पेशेवर जातियों द्वारा सामाजिक उत्पादन की प्रणाली समाप्त कर दी। गाँवों की पंचायती व्यवस्था टूट गई। ग्रामों की आर्थिक आत्मनिर्भरता समाप्त हो गई।

भक्ति-काल की मूल भावना साधारण जनता के कष्ट और पीड़ा से उत्पन्न है। यद्यपि पंडित हजारीप्रसाद द्विवेदी का यह कहना ठीक है कि भक्ति की धारा बहुत पहले से उद्गत होती रही, और उसकी पूर्वभूमिका बहुत पूर्व से तैयार होती रही। किन्तु उनके द्वारा निकाला गया यह तर्क ठीक नहीं मालूम होता कि मध्ययुगीन भक्तों की भावना में जनता के सांसारिक कष्टों के तत्त्व नहीं हैं। पंडित रामचन्द्र शुक्ल के इस कथन में हमें पर्याप्त सत्य मालूम होता है कि भक्ति-आन्दोलन का एक मूल कारण जनता का कष्ट है। किन्तु पंडित शुक्ल ने इन कष्टों के मुस्लिम-विरोधी और हिन्दू-राजसत्ता के पक्षपाती जो अभिप्राय निकाले हैं, वे उचित नहीं मालूम होते। असल बात यह है कि मुसलमान सन्त-मत भी उसी तरह कट्टरपंथियों के विरुद्ध था, जितना कि भक्ति-मार्ग। दोनों एक-दूसरे से प्रभावित भी थे। किन्तु इस बात से इनकार नहीं किया जा सकता कि भक्ति-भावना की तीव्र आर्द्रता और सारे दुखों और कष्टों के परिहार के लिए ईश्वर की पुकार के पीछे जनता की भयानक दु:स्थिति छिपी हुई थी। यहाँ यह हमेशा ध्यान में रखना चाहिए कि यह बात साधारण जनता और उसमें से निकले हुए सन्तों की है, चाहे वे ब्राह्मण वर्ग से निकले हों या ब्राह्मणेतर वर्ग से। साथ ही, यह भी स्मरण रखना होगा कि श्रृंगार-भक्ति का रूप उसी वर्ग में सर्वाधिक प्रचलित हुआ जहाँ ऐसी श्रृंगार-भावना के परिपोष के लिए पर्याप्त अवकाश और समय था, फुरसत का समय। भक्ति-आन्दोलन का आविर्भाव, एक ऐतिहासिक-सामाजिक शक्ति के रूप में, जनता के दुखों और कष्टों से हुआ, यह निर्विवाद है।

किसी भी साहित्य को हमें तीन दृष्टियों से देखना चाहिए। एक तो यह कि वह किन सामाजिक और मनोवैज्ञानिक शक्तियों से उत्पन्न है, अर्थात् वह किन शक्तियों के कार्यों का परिणाम है, किन सामाजिक-सांस्कृतिक प्रक्रियाओं का अंग है? दूसरे यह कि उसका अन्त:स्वरूप क्या है, किन प्रेरणाओं और भावनाओं ने उसके

आन्तरिक तत्त्व रूपायित किये हैं? तीसरे, उसके प्रभाव क्या हैं, किन सामाजिक शक्तियों ने उसका उपयोग या दुरुपयोग किया है और क्यों? साधारण जन के किन मानसिक तत्त्वों को उसने विकसित या नष्ट किया है?

तुलसीदास जी के सम्बन्ध में इस प्रकार के प्रश्न अत्यन्त आवश्यक भी हैं। रामचरितमानसकार एक सच्चे सन्त थे, इसमें किसी को भी कोई सन्देह नहीं हो सकता। रामचरितमानस साधारण जनता में भी उतना ही प्रिय रहा जितना कि उच्चवर्गीय लोगों में। कट्टरपंथियों ने अपने उद्देश्यों के अनुसार तुलसीदास जी का उपयोग किया, जिस प्रकार आज जनसंघ और हिन्दू महासभा ने शिवाजी और रामदास का उपयोग किया। सुधारवादियों की तथा आज की भी एक पीढ़ी को तुलसीदास जी के वैचारिक प्रभाव से संघर्ष करना पड़ा, यह भी एक बड़ा सत्य है।

किन्तु साथ ही यह भी ध्यान में रखना होगा कि साधारण जनता ने राम को अपना त्राणकर्ता भी पाया, गुह और निषाद को अपनी छाती से लगानेवाला भी पाया। एक तरह से जनसाधारण की भक्ति-भावना के भीतर समाये हुए समान प्रेम का आग्रह भी पूरा हुआ, किन्तु वह सामाजिक ऊँच-नीच को स्वीकार करके ही। राम के चरित्र द्वारा और तुलसीदास जी के आदेशों द्वारा सदाचार का रास्ता भी मिला। किन्तु वह मार्ग कबीर के और अन्य निर्गुणवादियों के सदाचार का जनवादी रास्ता नहीं था। सच्चाई और ईमानदारी, प्रेम और सहानुभूति से ज्यादा बड़ा तकाजा था सामाजिक रीतियों का पालन। (देखिए, रामायण में अनुसूया द्वारा सीता को उपदेश)। उन रीतियों और आदेशों का पालन करते हुए, और उसकी सीमा में रहकर ही, मनुष्य के उद्धार का रास्ता था। यद्यपि यह कहना कठिन है कि किस हद तक तुलसीदास जी इन आदेशों का पालन करवाना चाहते थे और किस हद तक नहीं। यह तो स्पष्ट है ही कि उनका सुझाव किस ओर था। तुलसीदास जी द्वारा इस वर्णाश्रम धर्म की पुन:स्थापना के अनन्तर हिन्दी साहित्य में फिर से कोई महान भक्त-कवि नहीं हुआ तो इसमें आश्चर्य नहीं।

आश्चर्य की बात यह है कि आजकल प्रगतिवादी क्षेत्रों में तुलसीदास जी के सम्बन्ध में जो कुछ लिखा गया है, उसमें, जिस सामाजिक-ऐतिहासिक प्रक्रिया के तुलसीदास जी अंग थे, उसको जान-बूझकर भुलाया गया है। पंडित रामचन्द्र शुक्ल की वर्णाश्रमधर्मी जातिवादग्रस्त सामाजिकता और सच्चे जनवाद को एक-दूसरे से ऐसे मिला दिया गया है मानो शुक्ल जी (जिनके प्रति हमारे मन में अत्यन्त आदर है) सच्ची जनवादी सामाजिकता के पक्षपाती हों! तुलसीदास जी को पुरातनवादी कहा जाएगा कबीर की तुलना में, जिनके विरुद्ध शुक्ल जी ने चोटें की हैं।

दूसरे, जो लोग शोषित निम्नवर्गीय जातियों के साहित्यिक और सांस्कृतिक सन्देश में दिलचस्पी रखते हैं और उस सन्देश के प्रगतिशील तत्त्वों के प्रति आदर रखते हैं, वे लोग तो यह जरूर देखेंगे कि जनता की सामाजिक मुक्ति को किस

हद तक किसने सहारा दिया और तुलसीदास जी का उसमें कितना योग रहा। चाहे श्री रामविलास शर्मा जैसे 'मार्क्सवादी' आलोचक हमें 'वल्गर मार्क्सवादी' या बुर्जुवा कहें, यह बात नि:सन्देह है कि समाजशास्त्रीय दृष्टि से मध्ययुगीन भारत की सामाजिक, सांस्कृतिक, ऐतिहासिक शक्तियों के विश्लेषण के बिना, तुलसीदास जी के साहित्य के अन्त:स्वरूप का साक्षात्कार नहीं किया जा सकता। जहाँ तक रामचरितमानस की काव्यगत सफलताओं का प्रश्न है, हम उनके सम्मुख केवल इसलिए नतमस्तक नहीं हैं कि उसमें श्रेष्ठ कला के दर्शन होते हैं, बल्कि इसलिए कि उसमें उक्त मानव-चरित्र के, भव्य और मनोहर व्यक्तित्व-सत्ता के भी दर्शन होते हैं। तुलसीदास जी की रामायण पढ़ते हुए, हम एक अत्यन्त महान व्यक्तित्व की छाया में रहकर अपने मन और हृदय का आप-ही-आप विस्तार करने लगते हैं और जब हम कबीर आदि महान जनोन्मुख कवियों का सन्देश देखते हैं, तो हम उनके रहस्यवाद से भी मुँह मोड़ना चाहते हैं। हम उस रहस्यवाद के समाजशास्त्रीय अध्ययन में दिलचस्पी रखते हैं, और यह कहना चाहते हैं कि निर्गुण मत की सीमाएँ तत्कालीन विचारधारा की सीमाएँ थीं, जनता का पक्ष लेकर जहाँ तक जाया जा सकता था; वहाँ तक जाना हुआ। निम्नजातीय वर्गों के इस सांस्कृतिक योग की अपनी सीमाएँ थीं। ये सीमाएँ उन वर्गों की राजनीतिक चेतना की सीमाएँ थीं। आधुनिक अर्थों में, वे वर्ग कभी जागरूक सामाजिक-राजनीतिक संघर्ष-पथ पर अग्रसर नहीं हुए। इसका कारण क्या है, यह विषय यहाँ अप्रस्तुत है। केवल इतना ही कहना उपयुक्त होगा कि संघर्षहीनता के अभाव का मूल कारण भारत की सामन्तयुगीन सामाजिक-आर्थिक रचना में है। दूसरे, जहाँ ये संघर्ष करते-से दिखाई दिये, वहाँ उन्होंने एक नये सामन्ती शासक वर्ग को ही दृढ़ किया, जैसा कि महाराष्ट्र में हुआ।

प्रस्तुत विचारों के प्रधान निष्कर्ष ये हैं : (1) निम्नवर्गीय भक्ति-भावना एक सामाजिक परिस्थिति में उत्पन्न हुई और दूसरी सामाजिक स्थिति में परिणत हुई। महाराष्ट्र में उसने एक राष्ट्रीय जाति खड़ी कर दी, सिख एक नवीन जाति बन गए। इन जातियों ने तत्कालीन सर्वोत्तम शासक वर्गों से मोर्चा लिया। भक्तिकालीन सन्तों के बिना महाराष्ट्रीय भावना की कल्पना नहीं की जा सकती, न सिख गुरुओं के बिना सिख जाति की। सारांश यह कि भक्ति भावना के राजनीतिक गर्भितार्थ थे। ये राजनीतिक गर्भितार्थ तत्कालीन सामन्ती शोषक वर्गों और उनकी विचारधारा के समर्थकों के विरुद्ध थे।

(2) इस भक्ति-आन्दोलन के प्रारम्भिक चरण में निम्नवर्गीय तत्त्व सर्वाधिक सक्षम और प्रभावशाली थे। दक्षिण भारत के कट्टरपंथी तत्त्व, जो कि तत्कालीन हिन्दू सामन्ती वर्गों के समर्थक थे, इस निम्नवर्गीय सांस्कृतिक जन-चेतना के एकदम विरुद्ध थे। वे उन पर तरह-तरह के अत्याचार भी करते रहे। मुस्लिम तत्त्वों से मार

खाकर भी, हिन्दू सामन्ती वर्ग, उनसे समझौता करने की विवशता स्वीकार कर, उनसे एक प्रकार से मिले हुए थे। उत्तर भारत में हिन्दुओं के कई वर्गों का पेशा ही मुस्लिम वर्गों की सेवा करना था। अकबर ही पहला शासक था, जिसने तत्कालीन तथ्यों के आधार पर खुलकर हिन्दू सामन्तों का स्वागत किया।

उत्तर प्रदेश तथा दिल्ली के आस-पास के क्षेत्रों में हिन्दू सामन्ती तत्त्व मुसलमान सामन्ती तत्त्वों से छिटककर नहीं रह सके। लूट-पाट, नोच-खसोट के उस युग में, जनता की आर्थिक-सामाजिक दु:स्थिति गम्भीर थी। निम्नवर्गीय जातियों के सन्तों की निर्गुण-वाणी का, तत्कालीन मानों के अनुसार, क्रान्तिकारी सुधारवादी स्वर, अपनी सामाजिक स्थिति के विरुद्ध क्षोभ, और अपने लिए अधिक मानवोचित परिस्थिति की आवश्यकता बतलाता था। भक्तिकाल की निम्नवर्गीय चेतना के सांस्कृतिक स्तर अपने-अपने सन्त पैदा करने लगे। हिन्दू-मुस्लिम सामन्ती तत्त्वों के शोषण-शासन और कट्टरपंथी दृढ़ता से प्रेरित हिन्दू-मुस्लिम जनता भक्ति-मार्ग पर चल पड़ी थी, चाहे वह किसी भी नाम से क्यों न हो। निम्नवर्गीय भक्ति-मार्ग निर्गुण-भक्ति के रूप में प्रस्फुटित हुआ। इस निर्गुण-भक्ति में तत्कालीन सामन्तवाद-विरोधी तत्त्व सर्वाधिक थे। किन्तु तत्कालीन समाज-रचना के कट्टर पक्षपाती तत्त्वों में से बहुतेरे भक्ति-आन्दोलन के प्रभाव में आ गए थे। इनमें से बहुत-से भद्र सामन्ती परिवारों में से थे। निर्गुण भक्ति की उदारवादी और सुधारवादी सांस्कृतिक विचारधारा का उन पर भी प्रभाव हुआ। उन पर भी प्रभाव तो हुआ, किन्तु आगे चलकर उन्होंने भी भक्ति-आन्दोलन को प्रभावित किया। अपने कट्टरपंथी पुराणमतवादी संस्कारों से प्रेरित होकर, उत्तर भारत की कृष्णभक्ति, भावावेशवादी आत्मवाद को लिये हुए, निर्गुण मत के विरुद्ध संघर्ष करने लगी। इस सगुण मत में उच्चवर्गीय तत्त्वों का पर्याप्त से अधिक समावेश था। किन्तु फिर भी इस सगुण शृंगारप्रधान भक्ति की इतनी हिम्मत नहीं थी कि वह जाति-विरोधी सुधारवादी वाणी के विरुद्ध प्रत्यक्ष और प्रकट रूप से वर्णाश्रम धर्म के सार्वभौम औचित्य की घोषणा करे। कृष्णभक्तिवादी सूर आदि सन्त-कवि इन्हीं वर्गों से आए थे। इन कवियों ने भ्रमरगीतों द्वारा निर्गुण मत से संघर्ष किया और सगुणवाद की प्रस्थापना की। वर्णाश्रम धर्म की पुन:स्थापना के लिए सिर्फ एक ही कदम आगे बढ़ना जरूरी था। तुलसीदास जी के अदम्य व्यक्तित्व ने इस कार्य को पूरा कर दिया। इस प्रकार भक्ति-आन्दोलन, जिस पर प्रारम्भ में निम्नजातियों का सर्वाधिक जोर था, उस पर अब ब्राह्मणवाद पूरी तरह छा गया और सुधारवाद के विरुद्ध पुराण मतवाद की विजय हुई। इसमें दिल्ली के आस-पास के क्षेत्र तथा उत्तर प्रदेश के हिन्दू-मुस्लिम सामन्ती तत्त्व एक थे। यद्यपि हिन्दू मुसलमानों के अधीन थे, किन्तु दुख और खेद से ही क्यों न सही, यह विवशता उन्होंने स्वीकार कर ली थी। इन हिन्दू सामन्त तत्त्वों की सांस्कृतिक क्षेत्र में अब पूरी विजय हो गई थी।

(3) महाराष्ट्र में इस प्रक्रिया ने कुछ और रूप लिया। जन-सन्तों ने अप्रत्यक्ष रूप से महाराष्ट्र को जाग्रत् और सचेत किया, रामदास और शिवाजी ने प्रत्यक्ष रूप से नवीन राष्ट्रीय जाति को जन्म दिया। किन्तु तब तक ब्राह्मणवादियों और जनता के वर्ग से आए हुए प्रभावशाली सेनाध्यक्षों और सन्तों में एक-दूसरे के लिए काफी उदारता बतलाई जाने लगी। शिवाजी के उपरान्त, जनता के गरीब वर्गों से आए हुए सेनाध्यक्षाओं और नेताओं ने नये सामन्ती घराने स्थापित किये। नतीजा यह हुआ कि पेशवाओं के काल में ब्राह्मणवाद फिर जोरदार हो गया। कहने का सारांश यह कि महाराष्ट्र में वही हाल हुआ जो उत्तर प्रदेश में। अन्तर यह था कि निम्नजातीय सांस्कृतिक चेतना जिसे पल-पल पर कट्टरपंथ से मुकाबला करना पड़ा था, वह उत्तर भारत से अधिक दीर्घकाल तक रही। पेशवाओं के काल में दोनों की स्थिति बराबर-बराबर रही। किन्तु आगे चलकर, अंग्रेजी राजनीति के जमाने में, पुराने संघर्षों की यादें दुहराई गईं, और 'ब्राह्मण-ब्राह्मणेतरवाद' का पुनर्जन्म और विकास हुआ। और इस समय भी लगभग वही स्थिति है। फर्क इतना ही है कि निम्न जातियों के पिछड़े हुए लोग शिड्यूल्ड कास्ट फेडरेशन में हैं, और अग्रगामी लोग कांग्रेस, पेजेंट्स एंड वर्कर्स पार्टी, कम्यूनिस्ट पार्टी तथा अन्य वामपक्षी दलों में शामिल हो गए हैं। आखिर जब इन्हीं जातियों में से पुराने जमाने में सन्त आ सकते थे, आगे चलकर सेनाध्यक्ष निकल सकते थे, तो अब राजनीतिक विचारक और नेता क्यों नहीं निकल सकते?

(4) सामन्तवादी काल में इन जातियों को सफलता प्राप्त नहीं हो सकती थी, जब तक कि पूँजीवादी समाज-रचना सामन्ती समाज-रचना को समाप्त न कर देती। किन्तु सच्ची आर्थिक-सामाजिक समानता तब तक प्राप्त नहीं हो सकती, जब तक कि समाज आर्थिक-सामाजिक आधार पर वर्गहीन न हो जाए।

(5) किसी भी साहित्य का वास्तविक विश्लेषण हम सब तक नहीं कर सकते, जब तक कि हम उन गतिमान सामाजिक शक्तियों को नहीं समझते, जिन्होंने मनोवैज्ञानिक-सांस्कृतिक धरातल पर आत्मप्रकटीकरण किया है। कबीर, तुलसीदास, आदि सन्तों के अध्ययन के लिए यह सर्वाधिक आवश्यक है। मैं इस ओर प्रगतिवादी क्षेत्रों का ध्यान आकर्षित करना चाहता हूँ।

[नई दिशा : मई, 1955 में प्रकाशित। नई कविता का आत्म-संघर्ष में संकलित]

अंग्रेजी जूते में हिन्दी को फिट करनेवाले ये भाषायी रहनुमा

उस दिन जब सरकारी अफसर और सेक्रेटेरिएट के कर्मचारीगण सरकारी कामों में हिन्दी-मराठी के प्रयोग के सम्बन्ध में डॉ. वा. ना. पंडित, डॉ. रघुवीर और पंडित रविशंकर शुक्ल आदि के भाषण सुनने बैठे थे, तब आपका प्रतिनिधि अन्य उपस्थित पत्रकार-प्रतिनिधियों के साथ बैठा हुआ न केवल भाषण सुन रहा था, वरन् श्रोताओं के भावों को जानने के लिए विकलतापूर्वक इधर-उधर नजर फेर रहा था।

आपके प्रतिनिधि ने हजारों सभाएँ देखी हैं। किन्तु श्रोताओं में जो पथरीली चुप्पी और जड़ीभूत उकताहट वहाँ उसे देखने को मिली, उससे यह पता चलता है कि अगर सरकारी कर्मचारियों को सभा में अनिवार्य रूप से उपस्थित होने का आदेश न होता तो शायद ही उस सभा में डेढ़ सौ आदमी इकट्ठा होते। आपके प्रतिनिधि ने न केवल सभा का एक हिस्सा बनकर 'विद्वानों' और नेताओं के भाषण सुने, वरन् उस सभा के आस-पास कई चक्कर लगाए। यहाँ तक कि वह होटलों में यह देखने को गया कि वहाँ कितने सरकारी कर्मचारी सभा से उकताकर चाय पीने बैठे हुए हैं!!

कई बार जब वक्ता ऐसी कोई महत्त्वपूर्ण अथवा प्रभावकारी बात कहते, तो ताली पीटने के बजाय पीछे की तरफ बैठे हुए सरकारी कर्मचारी दबी हुई हँसी हँसते। किन्तु, चूँकि सभी दबी हुई हँसी हँसते, इसलिए हँसी का एक सामूहिक कोलाहल तो हो ही जाता!

सरकारी कर्मचारियों की दबी हुई हँसी, पथरीली चुप्पी और जड़ीभूत उकताहट को सिर्फ यह कहकर नहीं टाला जा सकता कि ये लोग देशभक्ति से हीन हैं और मात्र पेटपूजक उदरम्भरि हैं। वस्तुत: हिन्दी और मराठी के प्रयोग की सुविधा से उन्हें कोई खुशी नहीं हुई। इसका कारण यह नहीं कि ये लोग अपनी मातृभाषा को अन्यों से कम प्यार करते हैं। इसका कारण यह भी नहीं है कि ये पशु हैं और मनुष्योचित स्फूर्ति और सद्गुणों का उनमें अभाव है। इसका कारण गहरा और बहुत गहरा है। और वह है मध्य प्रदेश मंत्रिमंडल की भाषा-सम्बन्धी नीति!

एक बात यहाँ और भी स्पष्ट कर देनी चाहिए। वह यह कि सरकारी कामों में हिन्दी-मराठी के प्रयोग के प्रश्न में साधारण पढ़ी-लिखी जनता की भी दिलचस्पी

है। अतएव यह समस्या केवल सरकारी कर्मचारियों की समस्या न होकर जनता की समस्या है।

सरकारी कामों में हिन्दी-मराठी का प्रयोग किसलिए? जनता की सुविधा के लिए या मंत्रिमंडल अथवा उसके प्रभाव में रहनेवाले सरकारी-गैरसरकारी बड़े आदमियों की झक की पूर्ति के लिए?

नया खून अपनी भाषा-सम्बन्धी नीति के बारे में यह कई बार स्पष्ट कह चुका है कि वह अंग्रेजी को उसी प्रकार दफना देना चाहता है, जिस प्रकार मंत्रिमंडल और डॉ. रघुवीर उसे खत्म कर देना चाहते हैं। हमको तो अंग्रेजी भाषा से बिल्कुल प्रेम नहीं है। अंग्रेजी साहित्य से अवश्य है।

किन्तु, हम यह जानते हैं कि जो लोग हिन्दुस्तानियत और भारतीय संस्कृति के नाम पर, एक ओर, भाषा में प्राचीन संस्कृत शब्दों के समान नये शब्द बनाने पर तुले हुए हैं, ठीक वे ही लोग भारतीय जनता से इतनी दूर हैं कि वे न उसकी आवश्यकताएँ समझते हैं न उसे समझने की उन्हें कोई चिन्ता ही है।

हर काम करने के दो तरीके हैं : (1) या तो उसे जनता की दृष्टि से किया जाए।

(2) अथवा, जनता-विरोधी प्रतिक्रियावाद की दृष्टि से—इस दृष्टि को आप भारतीय संस्कृति का नाम दें या कोई और। ये दो तरीके एक-दूसरे से इतने अलग-अलग हैं कि उनमें कोई समानता नहीं है।

उदाहरणत:, हिन्दी की पारिभाषिक शब्दावली बनाने का काम अकेले मध्य प्रदेश का नहीं है। हिन्दी भाषा का ठेका न मध्य प्रदेश मंत्रिमंडल को दिया जा सकता है, न उसे लेना ही चाहिए। राजस्थान, पंजाब का कुछ हिस्सा, देहली, मध्यभारत, विन्ध्य प्रदेश, मध्य प्रदेश, उत्तर प्रदेश, हिमाचल प्रदेश और बिहार—इन सब प्रदेशों की शैक्षणिक सांस्कृतिक भाषा हिन्दी ही है। अतएव हिन्दी भाषा की पारिभाषिक शब्दावली इन सब प्रान्तों के लिए एक साथ बननी चाहिए, तभी वह हिन्दी भाषा की सर्वमान्य पारिभाषिक शब्दावली होगी।

निश्चय ही, इन सब हिन्दी प्रान्तों के प्रसिद्ध हिन्दी विद्वानों की वैज्ञानिक प्रतिभा और सम्मति प्राप्त करने के लिए इन सब प्रान्तों की ओर से हिन्दी-भाषाशास्त्रियों की एक समिति का संगठन होना चाहिए, जो पारिभाषिक शब्दावली सम्बन्धी नीति निर्धारित करे और जिसकी देखरेख में पारिभाषिक शब्द बनाए जाएँ।

ठीक उसी तरह मराठी भाषा-भाषी प्रदेश केवल बरार नहीं है, वरन् उसके अन्तर्गत मराठवाड़ा, खानदेश, कोंकण, गोआ, पूना-सोलापुर-बम्बई आदि प्रदेश हैं। अतएव उसके लिए जो भी पारिभाषिक शब्दावली बनेगी, वह इन प्रदेशों के मराठी विद्वानों की एक सम्मिलित गोष्ठी या समिति के तत्त्वावधान में और उसकी निगरानी में बने। तभी वह मराठी भाषा की शब्दावली होगी और सर्वमान्य हो सकेगी।

आज स्थिति यह है कि उत्तर प्रदेश ने अपने लिए अलग पारिभाषिक शब्दावली

तैयार की है और मध्यभारत ने अलग। एक ओर तो यह कहा जाता है कि हिन्दी राष्ट्रभाषा इसलिए है कि वह सर्वजन-सुलभ है, किन्तु शासकों की वर्तमान नीति उसके राष्ट्रभाषात्व को खत्म कर रही है। इसका पहला प्रमाण तो यही है कि हर हिन्दी प्रान्त के लिए अलग-अलग शब्दावलियाँ बन रही हैं। फलत:, जो शब्द उत्तर प्रदेश में प्रचलित होगा, उस पारिभाषिक शब्द को मध्य प्रदेश वाला न समझ सकेगा, और जो मध्य प्रदेश की पारिभाषिक शब्दावली होगी, उसे मध्य भारत वाले न समझ सकेंगे।

ध्यान में रखने की बात है कि पारिभाषिक शब्दों का प्रयोग आजकल बहुत बढ़ गया है। देश की राजनीतिक-सामाजिक-सांस्कृतिक चेतना की वृद्धि के साथ ही, इन पारिभाषिक शब्दों के प्रयोग-उपयोग में वृद्धि बहुत स्वाभाविक ही है। इसलिए किसी एक प्रान्त द्वारा अपने लिए विशिष्ट पारिभाषिक शब्दावली के प्रयोग से हिन्दी में ही भेद पड़ जाएँगे। मध्य प्रदेश की सरकारी हिन्दी उत्तर प्रदेश की सरकारी हिन्दी न रह सकेगी। चूँकि सांस्कृतिक क्षेत्रों में आजकल पारिभाषिक शब्दों का प्रयोग-उपयोग बहुत अधिक बढ़ गया है, इसलिए वे उसके लिए बहुत महत्त्वपूर्ण हैं। जब उसकी पारिभाषिक शब्दावलियाँ इतनी भिन्न-भिन्न होंगी, तब हम उसमें एकता कैसे पैदा कर सकेंगे, यह समझ में नहीं आता। राष्ट्रभाषा वही है जिसकी पहुँच ज्यादा-से-ज्यादा आदमियों तक रहे। किन्तु हम तो हिन्दी की प्रेषणीयता को ही खत्म करने जा रहे हैं!

पारिभाषिक शब्दावली को बनाते समय हमें यह ध्यान में रखना चाहिए कि जो शब्द सदियों से हिन्दी में प्रचलित हैं, उन्हें पारिभाषिक महत्त्व प्रदान किया जाए। अंग्रेजी ने भी यही किया है। उदाहरणत:, 'पॉवर' शब्द को लिया जाए, तो उसमें हॉर्सपॉवर, इलेक्ट्रिक पॉवर, पॉवरफुल, फोर पॉवर कॉन्फ्रेंस, स्पिरिच्युअल पॉवर आदि विभिन्न अर्थ और आशय एक ही शब्द पॉवर में गूँथे गए हैं। अंग्रेजी में विभिन्न अर्थों के लिए एक ही शब्द का पारिभाषिक प्रयोग होता है।

किन्तु जहाँ वर्तमान प्रचलित भाषाओं में विशिष्ट अर्थवाची शब्द ही नहीं हैं, वहाँ निश्चय ही संस्कृत से ऐसा शब्द लेना चाहिए, जिसमें उच्चारण की सुविधा हो। उदाहरणत:, मैड्यूला ऑब्लोगेटा, क्लिनिकल डेथ आदि के लिए। यहाँ यह बात भी ध्यान में रखने की है कि दक्षिण की द्रविड़ भाषाओं में भी संस्कृत शब्दों का बहुत प्रयोग है। उसी तरह अन्य भारतीय भाषाएँ भी वैदिक संस्कृत से निकली हैं। अतएव वैज्ञानिक शब्दावली सभी भाषाओं में समान होनी चाहिए।

अगर हिन्दी लेखकों और विद्वानों ने पहले से ही बहुत-से पारिभाषिक शब्द बना लिये हैं तो उन्हें स्वीकार कर लेना चाहिए। हम एक उदाहरण लें। हिन्दी अखबारों ने 'शरणार्थी' शब्द गढ़ लिया है, अतएव पुनर्वास मंत्रालय की बजाय शरणार्थी उद्धार मंत्रालय बन सकता है। ऐसे शब्द आसानी से समझे जा सकते हैं। साहित्य,

मनोविज्ञान, भाषाशास्त्र, इतिहास, भूगोल, गणित, ज्योतिष आदि शास्त्रों और कलाओं की पारिभाषिक शब्दावलियाँ हिन्दी में बन चुकी हैं। अतएव उन्हें स्वीकार कर लेना चाहिए और उन्हीं के आधार पर अन्य शब्द बनाना चाहिए।

हिन्दुस्तान में एक हजार साल से मुसलमान रहते आए हैं। इस मध्य-एशियाई संस्कृति ने हमको बहुत-सी बातें दी हैं, जिसके उदाहरणस्वरूप हम अपने मध्ययुगीन हिन्दी साहित्य को ही रख सकते हैं। साथ ही उसने कानूनी शब्दावली भी दी है। यह कानूनी शब्दावली भारत के समस्त हिन्दी प्रान्तों और अहिन्दी प्रान्तों में प्रचलित है। आप उर्दू भाषा स्वीकार न कीजिए, किन्तु सदियों से भारत में जो कानूनी शब्दावली प्रचलित है, उसका तिरस्कार करना यह बतलाना है कि हम अपनी विरासत, अपनी परम्परा के प्रति मात्र सम्प्रदायवादी दृष्टि अपना रहे हैं, और 'भारतीय संस्कृति' के नाम पर सम्प्रदायवाद को न केवल जन्म दे रहे हैं, वरन् उसे लगातार बढ़ाते जा रहे हैं। यही कारण है कि यह सम्प्रदायवाद (1) विरासत में पाई हुई उर्दू पारिभाषिक शब्दावली का विरोध करता है; (2) हिन्दी अखबारों और हिन्दी लेखकों द्वारा बनाई हुई पारिभाषिक शब्दावली को उपेक्षा की दृष्टि से देखता है; (3) बोलियों में प्रचलित पारिभाषिक शब्दों को छूता तक नहीं है, जैसे—बिजली के निगेटिव और पॉजिटिव तार के लिए लखनऊ की तरफ प्रचलित शब्द हैं—ठंडा तार, गरम तार, आदि; और (4) अन्य हिन्दीतर भाषाओं में प्रचलित पारिभाषिक शब्दावली से सहायता लेने की बात तो सोची ही नहीं गई। जैसे, बंगाली, तमिल, मराठी, गुजराती आदि ने भी कई शब्द बना लिये हैं।

हिन्दी के इन प्रतिक्रियावादी भारतीय संस्कृतिवादी हिमायतियों के साम्प्रदायिक रूप के फलस्वरूप, आज बंगाली, मराठी, गुजराती, उर्दू, तमिल, तेलुगू के भीतर सम्प्रदायवादी विरोध पैदा हों तो इसमें आश्चर्य ही क्या है? यशपाल का यह कहना बिलकुल ही ठीक है कि रूस में अनिवार्य रूप से अन्य भाषाभाषी जनसमुदाय को रूसी पढ़ाई जाती है। लेकिन यह कब हुआ? ऊपर से थोपकर नहीं, भीतर से प्रचार करने के बाद। ठीक इसी तरह; आज वह हिन्दी भाषा, जो जनता की भाषा है, के सम्बन्ध में भीतर से अन्य भाषाभाषी जनता में जो प्रचार किया जाता है, उसके फलस्वरूप ही वह अखिल भारतीय भाषा हो सकती है, जैसे कि उसे होना चाहिए और वह है। अगर आप सरकारी विधानों द्वारा प्रतिक्रियावादी साहित्यिक मंचों से, हिन्दी के स्वाभाविक क्षेत्रों से बाहर अस्वाभाविक तरीके से, हिन्दी लाएँगे, तो वैसा विरोध भी होगा। जो छोटी अल्पसंख्यक भाषा है और जिसके पास पूँजी की शक्ति नहीं है, उसमें व्यर्थ की आशंका और भय से उद्विग्न विरोध का होना वैसे ही स्वाभाविक है, जैसे पूर्वी बंगाल में उर्दू के विरोध में बांग्ला का विद्रोह।

जो भारतीय संस्कृतिवादी, एक ओर, हिन्दी को दुरूह-से-दुरूह बनाने पर तुले हुए हैं, वे दुरूह-से-दुरूह पारिभाषिक शब्दावली भी बनाते हैं। और दूसरी ओर,

वे हैदराबाद में हिन्दी यूनिवर्सिटी की स्थापना की बात भी करते हैं। जनसंघ के मौलिकचन्द्र शर्मा, पुरुषोत्तमदास टंडन और डॉ. रघुवीर में आखिर मौलिक अन्तर क्या है?

ये लोग भारतीय संस्कृति का नाम लेते हैं, किन्तु मध्ययुगीन हिन्दी साहित्य की श्रेष्ठ परम्पराएँ इन्हें कोई प्रेरणा नहीं देतीं। ध्यान में रखने की बात है कि उन दिनों मराठी, गुजराती और मुसलमान कवियों ने भी प्रगल्भ भक्ति-रसपूर्ण कविताएँ हिन्दी में लिखी हैं। वह उस भक्ति-आन्दोलन का प्रभाव था। ईश्वरभक्ति के आधार पर जिस प्रकार वह पुनीत एकतावादी परम्परा कायम की जा सकती थी, उसी प्रकार आज भी जनता की मुक्ति का लक्ष्य लेकर चलनेवाली आन्दोलन-धारा से हिन्दी का विकास कर सकते हैं। निश्चय ही तब पारिभाषिक शब्दावली भी वैसी बनेगी।

ये लोग भारतीय संस्कृति की बात करते हैं। लेकिन वे अंग्रेजी में सोचते हैं जिसका अनुवाद वे हिन्दी में करते हैं। यही कारण है कि हिन्दी अखबारों में और हिन्दी के राजनीतिक क्षेत्रों में एडहॉक कमेटी के लिए 'अस्थायी समिति' शब्द चलता है जिसके लिए इन भाषायी सूरमाओं ने 'एतदर्थ समिति' शब्द ईजाद किया है। ये लोग पाणिनि और पतंजलि की बात करते हैं, किन्तु मध्ययुगीन हिन्दी की साहित्यिक परम्पराओं को भूल जाते हैं, हिन्दी की शब्द-शक्ति को भूल जाते हैं, और हिन्दीभाषी जनता को भूल जाते हैं, तथा हिन्दीभाषी शिक्षित जनता द्वारा बनाये हुए शब्दों को भी नजरअन्दाज कर देते हैं।

यह है मध्य प्रदेश की हिन्दी-मराठी की वर्तमान पारिभाषिक शब्दावली के प्रेरकों का रूप, जो मध्य प्रदेश के खदानों में ब्रिटिश हितों को तो धक्का पहुँचाना नहीं चाहता, किन्तु भारतीय के नाम पर बात करता है, अंग्रेजी में सोचता है और अंग्रेजी के बूट में हिन्दुस्तानी पैरों को ठूँस-ठाँसकर फिट करना चाहता है!!

[नया खून : 11 सितम्बर, 1953 में लेखक के नाम बिना प्रकाशित]

जिन्दगी के नये तकाजे और सामाजिक त्योहार

किसी जमाने में मैंने एडिनबरा (स्कॉटलैंड, ब्रिटेन) के बारे में किसी प्रसिद्ध इंग्लिश निबन्धकार का एक लेख पढ़ा था। अपने नगर के विकास के सम्बन्ध में लिखते हुए उसने यह कहा कि शहर का जो हिस्सा पुराना पड़ जाता है (एक जमाने में वह नया था और उसमें बड़े-बड़े सरदार और धनी लोग रहते थे), उसमें अब गरीब लोग रहते हैं, और धनियों ने अपने मुहल्ले अलग बसा लिये हैं। जो मुहल्ला बहुत पुराना पड़ जाता है, गरीबों के पल्ले पड़ता है और नया धनियों के जिम्मे आता है। यह प्रक्रिया स्पष्ट होती है ठीक पचास सालों के दरमियान, लेकिन वह चलती रहती है सदा-सर्वदा।

हमारे नागपुर का भी ठीक यही हाल है। जो मुहल्ले आज वीरान हो गए हैं, वहाँ गोर-गरीब रहते हैं, जो मुहल्ले पुराने या आधे पुराने हैं वहाँ गरीब मध्यवर्ग रहता है। और पहले महायुद्ध के अनन्तर दूसरे विश्वयुद्ध के बाद नये बन गये धनियों ने अपने लिए तथा धनी शिक्षित मध्यवर्ग के लिए नये-नये मुहल्ले बना लिये हैं, जैसे रामदास पेठ, न्यू कॉलोनी। एडनबरावाला नियम लगता सब जगह है।

कहने का सारांश यह कि आजकल के शहरों में नई बस्ती, पुरानी बस्ती, नया इलाहाबाद, पुराना इलाहाबाद, नई देहली, पुरानी देहलीवाला सत्य सब जगह लागू है।

यह नये और पुराने का भेद असल में गरीब और अमीर का भेद है। एक ही शहर की दो संस्कृतियाँ हैं—एक गरीब की संस्कृति और दूसरी अमीर की संस्कृति। एक ही शहर में दो राष्ट्र हैं। एक राष्ट्र गरीब है, काम करता है, कुलीगीरी करता है, मजदूरी करता है, रिक्शा चलाता है, क्लर्की करता है, टाइमकीपरी करता है, दर्जीगीरी करता है। और एक दूसरा राष्ट्र है, जो मैंगनीज की खदानें लेता है, अंग्रेजी, हिन्दी, मराठी अखबार निकालता है, चुनाव लड़ता है, और सरकार चलाता है, और उद्योगों में पैसा लगाता है।

नागपुर-जैसे शहर के सम्बन्ध में बाहर के लोग यह कल्पना करते हैं कि वह एक बड़ा ही मॉडर्न अपटुडेट सुशिक्षित शहर होगा, किन्तु जुम्मा दरवाजा, महल इतवारा चौक और इनके आगे-पीछे की गलियों में घूम जाने पर उसे कई दृश्य दिखाई देते हैं, जिन्हें हम गरीबों की संस्कृति के प्रकट स्वरूप कह सकते हैं।

मिसाल के लिए, अगर पुराने शहर में माता का रोग फैला हुआ हो और मौतें होती हों, तो मराठी कुम्हारों, कुनबियों, बुनकरों और महारों की औरतें एक मँजी हुई चमचमाती थाली में कुछ पवित्र पानी भरे बरतन और कुछ फूल-चन्दन इत्यादि रखकर, माता की कृपा के लिए ओवी छन्द गाती हुई सड़कों और बाजारों में निकलती हैं। उनके इस छोटे प्रोसेशन को देखकर एक ओर तो उनके अज्ञान पर ग्लानि होती है, तो दूसरी ओर (माता के रोग के कारण), उनकी विवश दुख-कातरता को देखकर मन पानी-पानी हो जाता है। आखिर वे क्या करें? देवी-देवताओं को भी न मनाएँ? उनके अज्ञान और अशिक्षा पर छींटाकशी करके फायदा क्या है! अपना दुख भुलाने के लिए उनके पास, मैं सच कहता हूँ, सिवा उनके अपने ईश्वर के और कोई रास्ता उनके लिए खुला नहीं छोड़ा गया है। उनके मुहल्ले गन्दे हैं जहाँ गटर नहीं है। औरतें और मर्द म्युनिसिपैलिटी द्वारा बनाए पाखानों में जाते हैं और गन्दे पानी के बहने का जो गली में रास्ता है, वहाँ बच्चे हगते हैं। वीरानी गलियों में अँधेरा बनकर ऊँघा करती है। सरकारी दवाखानों में दवा के बदले पानी मिलता है। तो वे क्या करें? मौतें धड़ाधड़ होती हैं। बच्चों की मौतों का तो कहना ही क्या!

और माँ का दिल तब किसी ईश्वर की कृपा के लिए गाने लगता है। और मातृ-हृदय औरतें जिनके चेहरों पर स्त्रीत्व का कोई आकर्षण नहीं है, केवल उस जीवन के दुख का पीला पलस्तर पड़ा हुआ है, सड़कों और गलियों में गाती हुई निकलती हैं। यह उनकी संस्कृति है, हमारी संस्कृति नहीं।

और इन अँधेरी गलियों में रहनेवाले हमारे नागपुर के नौजवान भी खूब हैं। बुधवारी बाजार में जब एक से मुलाकात हुई तब बड़ा ही मजा आया। वह तरकारी बेचनेवाला था। किन्तु उसके पास सिर्फ एक बड़े कद्दू और थोड़े धनिए के अलावा कुछ न था। किसी जमाने में उसने मुझे जबलपुर में देखा था। बस, इत्ती-सी बात हमारे आपसी आनन्द के लिए काफी थी। अपनी जिन्दगी की खूबी बतलाते हुए उसने बड़े ही मनमौजीपन से कहा, 'क्या है, बाबूजी, इसी तरह सुबह-शाम काम करते-करते बीच ही में खट से...!' उसका मतलब हार्ट-फेल से था।

मैंने उसके चेहरे की तरफ ध्यान से देखा। उस पर निराशा की कोई छाया न थी। उसके बदले, उद्दाम उद्धत सुनहले आनन्द की झाँईं उसके मुख पर डोल रही थी। मैंने कहा, 'नहीं भाई, अच्छा जमाना भी आएगा। घर में बाल-बच्चे भी तो होंगे?' उसने कहा, 'कौन करता है बाबूजी, शादी ऐसे जमाने में! अपन ही भूखों मर रहे हैं, उनको भी भूखों मारने का पाप कौन अपने सिर पर ले!' और फिर वह हँसा एक कृतज्ञता-भरी हँसी कि आखिर बाबूजी ने (अर्थात् मैंने) उसके दिल की नाजुक बात, कम-से-कम, पूछ तो ली। मैंने ठीक निम्न-मध्यवर्गीय पद्धति से उससे दो पैसे का कद्दू मोल लिया और अपना रास्ता नापा।

बरबस दो निष्कर्ष सामने आए—एक तो यह कि उस कद्दूवाले ने अपनी जिन्दगी पर खूब सोचा है। अपनी जिन्दगी के प्रति उसका जो रुख है, उसमें भयानक यथार्थताओं की स्वीकृति तो है ही, किन्तु साथ ही अपनी मस्ती कम न करने की उसमें दुर्दान्त वृत्ति भी है। उसकी इस भीतरी शक्ति का ही प्रफुल्ल रूप उसके चेहरे पर मनमौजी आनन्द बनकर झाँक रहा है। मन में यह माना और अनुमाना कि इस व्यक्ति ने खूब क्षितिज देखे हैं। सुबहें और साँझें खूब देखी हैं। मैदानों की दूरियों के आर-पार प्रसार का लुत्फ उसने खूब लिया है और दूर-दूर से आती हुई हवाओं की लहरों में यह खूब डोला है। प्रकृति की सौन्दर्य-शक्ति के अनुभव के बिना मनुष्य भला इतना मनमौजी आत्मविश्वास रख ही कैसे सकता है! वह कद्दूवाला एक घुमक्कड़ प्राणी होना चाहिए और उसके पैरों पर अनेक गाँवों और उनकी अनेक पगडंडियों की धूल होनी चाहिए!

किन्तु शहर में ऐसे लोग कम होते हैं। फिर भी, अलावा मुसीबतों की काली छायाओं के, जो उनकी पैदा की हुई नहीं हैं, कुछ ऐसे सुनहले क्षण भी होते हैं जो उनके पैदा किये हुए होते हैं। रात के डेढ़ बजे तिलक पुतले के पास किसी तारोंभरी रात में जब रिक्शेवाले (रिक्शा एक किनारे छोड़कर) गाली बककर कमर में हाथ डाले हुए, एक-दूसरे के शरीर पर वजन डालकर जब एक-दूसरे से झूमते हैं—झूमते हुए लड़ते हैं, लड़ते हुए झूमते हैं, एक-दूसरे की ओर दौड़कर झपटते हैं, झपटकर लड़ते और पटकते हैं और अन्य रिक्शेवाले उनको ठहाका मारते प्रोत्साहित करते जाते हैं, तब हँसी के फुहारे छूटते हैं—ऐसे झरने मानो जो अब तक पत्थरों में दबे हुए थे और जरा-सी दरारें पाकर बड़ी तेजी से साथ, बड़े वेग से, बहुत मस्ती से, एकाएक फूट पड़े हों। बाबूजियों की दुनिया बौनी भीतोंवाले कमरों में सो गई है, पर रिक्शेवालों की दुनिया सड़कों पर जाग रही है!!

किन्तु, ऐसे दृश्यों से यह सिद्ध नहीं किया जा सकता कि जनता के फ्रंट पर सुख-शान्ति है! होटलों में फटी चड्डी पहने होटलों के लड़कों के पीले चेहरों को किसने नहीं देखा है! कॉटन मार्केट के पास एक गन्दे होटल में जब मैं चाय पीने गया तब मैं हैरत में रह गया। एक लड़का जिसकी आँखों में पीलिया का पीलापन घनीभूत था, मेरे सामने आया। उसकी आँखों की बीमार पीली झाँईं को देखकर मुझसे वहाँ चाय न पी गई। मोढ़े पर बैठे हुए होटलवाले से जब मैंने यह कहा तो उसने मेरी तरफ ऐसे देखा, जैसे उसे मेरी बात अलजेब्रा का कोई गणित मालूम हो रही हो, बेकार और बेकाम!

चूँकि वह मेरे ही वर्ग का था, इसलिए उसने रुखाई से सिर्फ इतना ही कहा, 'हाँ, मैं उसे अस्पताल भिजवा दूँगा।' लेकिन शायद वह मुझसे ज्यादा जानता था। उसे मालूम था कि उस लड़के के कारण उसकी माँ के पास जो चार रुपए माहवार पहुँचते हैं, वे भी बन्द हो जाएँगे और इसके अलावा उस होटल में दो

बार जो उसे खाना मिलता है, वह भी बन्द हो जाएगा। और, तब वह न केवल मर जाएगा, अपने घरवालों को भी ले डूबेगा। किन्तु शायद उस होटल-मालिक में उदारता का भयानक अभाव था। वह उस लड़के की दवा तो करा ही सकता था, उसके गन्दे कपड़े तो उतरवा ही सकता था, और थोड़ा उसे आराम दे सकता था! लेकिन उसने ऐसा नहीं किया, और जब मैंने उसकी बीमारी की बात कही तब उसने मेरी तरफ ऐसे देखा, मानो मैंने उससे कोई ऐसी नई बात कही है जो अब तक दुनिया में देखी नहीं गई और इसीलिए जो सन्देहास्पद और गलत हो उठी हो!

लोग अपने दिल-ही-दिल में हाय खाकर ऐसे ही दृश्य देखा करते हैं, जिसमें से एक तजुर्बा तो मैं आपको सुनाऊँगा ही। शाम के साँवले धुँधलके में भोंसलों की छत्री के इसी तरफ नई शुक्रवारी रोड के दाहिने गटर में औंधी पड़ी हुई एक लगभग दो बरस की बच्ची, जो जोर से 'माँ', 'माँ' करते हुए रो रही थी। उसकी वह बेतहाशा भयानक निर्विराम रोने की आवाज (पछाड़ खाकर रोते हुए नि:सहाय दिल के झरने की तरह) सारी सड़क पर गूँज रही थी और गैलरियों में लड़कियाँ, बूढ़ी औरतें और जवान स्त्रियाँ, माताएँ और बहनें इकट्ठा हो गई थीं। उन एकत्र लोगों के फटे-फटे करुण चेहरों को देखकर, निचली मंजिल के दरवाजे पर खड़े क्लर्कों की, स्कूली लड़कों की, और फटी चड्डीवाले बहती हुई नाकवाले बच्चों की स्तब्ध व्यथित कतारों को देखकर, मेरे मन में तड़ाक से यह बात आ गई कि कोई माँ अपनी दुधमुँही बच्ची को छोड़कर चल दी है (इस 'भारतीय संस्कृति' वाले हिन्दुस्तान में अब तक जो नहीं हुआ सो हो रहा है) और वह बच्ची शाम के साँवले करुण धुँधलके में धाड़ मारकर रो रही है। 'माँ...! माँ!... माँ!...' वह बछड़ी आक्रोश करते हुए रँभा रही है अपनी गाय-माँ के लिए। और गैलरियों में, निचली मंजिल के दरवाजों में इकट्ठा माँएँ, बहनें, बच्चियाँ और बच्चे फटे-फटे चेहरों से देख रहे हैं यह भयानक करुण दृश्य!

कि इतने में नाटकीय आकस्मिकता से एक घटना होती है। म्युनिसिपैलिटी का एक ठेला ठहर जाता है। ठेले में एक मरी हुई गाय और एक कुतिया पड़ी हुई है जिसकी दुर्गन्ध सड़क पर फैल रही है। और एक अधेड़ व्यक्ति ठेले से उतरकर हम लोगों में शामिल हो जाता है। जाहिर है कि वह कर्मचारी भंगी है। वह पाँच मिनट यह दृश्य देखता है। और फिर सबकी एकटक नजरों के सामने बच्ची को पुचकारता है, अधगीले गटर में से 'माँ-माँ' रोती हुई, उबलती हुई, बिलखती हुई बच्ची को उठाता है। उसे कन्धे पर डालता है, पीठ थपथपाता है, पुचकारता है, और उस रोती हुई बच्ची को लिये वह मोटर ठेले के खुले पिछले भाग पर चढ़कर खड़ा होने को होता है कि उसकी ओर मेरी घूरती हुई नजर से किंचित् विचलित होकर मुझसे कहता है, 'पुलिस-थाने में रिपोर्ट कर आऊँगा, बाबूजी।'

उसके इस उद्‌गार से मेरा यह खयाल हवा हो जाता है कि जिसके कारण मैं उसकी ओर घूर रहा था। मेरी नाराजी उससे इसलिए थी कि जब उसने उस बच्ची को उठाया तब मैंने यह समझा कि वह उसका बाप है!

उसके उद्‌गार से आहत होकर मैंने जब उसे म्युनिसिपल मोटर की तरफ जाते हुए देखा, तब मोटर ठेले के पिछले खुले आँगननुमा बाजू पर मरी हुई गाय और मरी हुई कुतिया के पास खड़े हुए उस भंगी के चेहरे को और उसके कन्धे पर बिलखती हुई उस बालिका को मैं अपने मन में यों उतारने लगा जैसे जो चीज सदा के लिए चली जाएगी, उसका थोड़ा-सा अक्स अपने मन में तो खींच लूँ।

यह एक सच्ची आँखों-देखी घटना है। इसी से अन्दाज लगाया जा सकता है कि इन अँधेरी गलियों में जिन्दगी के कितने विद्रूप चित्र हैं और हमारे ये गरीब लोग कितनी अस्वाभाविक परिस्थितियों में रहते हैं।

अतएव, जब वे अपने अखाड़े के अस्त्रों का जुलूस निकालते हैं और ढोलक की जुझार बेतहाशा बुलन्द तड़तड़ के छन्द में लाठियों के पैंतरों की हरकत के जोशीले दृश्य दिखाते हुए आगे बढ़ते हैं तब देखनेवाले धड़क जाते हैं और किसी अबूझे जोश की थिरकन उनके रोमों में बिंध जाती या हृदय की जितनी भावात्मक शक्ति है, मन के भीतर जितनी भी सृजनशील मनोवृत्तियाँ हैं, वे सब अपने रूप परिवर्तित कर मात्र शारीरिक अग्नि की शक्ति की धारा में बहती हुई पैरों की उछाल, भँवों की तनावट, कनपटी की गरमाहट और लाठियों के इन पैतरों में दिखाई देती हैं।

ठीक है कि यह एक असांस्कृतिक रूप है। किन्तु इस सम्बन्ध में उनका भी क्या इलाज है! उसी तरह हमारे नागपुर में बाघ निकलते हैं। एक जमाने में ताजियों के सामने वे नाच-नाचकर अपना जोशोखरोश दिखाया करते थे। लेकिन अब हिन्दू-मुस्लिम तनाव के बाद वे अलग से निकलते हैं। गरीब लोगों के साँवले नौजवान पुत्र अपने सारे शरीर को रँग लेते हैं। और वह रंग क्या है, पेंट है। सारे शरीर को रंग-बिरंगे पेंट से ढाँककर और पीछे एक लम्बी कड़ी घुमावदार गुच्छेदार पूँछ खड़ी कर, वे सचमुच समझने लगते हैं कि वे बाघ हैं। अपने को पेंट कर वे एक डोज टिंक्चर चढ़ा लेते हैं। और फिर देखिए उनका जोशोखरोश! शरीर पर किसी जगह लिखा रहता है, 'पेंटर नागेश'।

निश्चय ही, यह गरीबों की संस्कृति है। ये उनके सांस्कृतिक कार्यक्रम हैं। हमें भले ही वे न रुचें, लेकिन उनकी अँधेरी जिन्दगी के ये ही सर्वोच्च क्षण हैं।

हर आदमी बहादुर बनना चाहता है, हीरो बनना चाहता है, अर्थात् आधुनिक शब्दावली में, वह कुछ 'कर दिखाना' चाहता है। उसकी यह उमंग और उछाह उसके जिन्दगी के पहियों में तेजी भरती है। लेकिन, जिनकी खुद की जिन्दगी का ही तेल निकाला जा रहा है, उनके पास सिवा इस प्रकार बाघ बनने के और रहा ही क्या है?

फिर भी यह कौन न मानेगा कि उनके सांस्कृतिक कार्यक्रमों में सुधार होना चाहिए। सांस्कृतिक रूप में उनके पास उत्तम मानसिक खाद्य पहुँचने की जरूरत है। अच्छाई, ईमानदारी में इन लोगों को सहज विश्वास है। अतएव केवल सांस्कृतिक कार्यक्रमों से कभी भी वह बात पैदा नहीं की जा सकती जो कि जिन्दगी की परिस्थितियों के बदल देने से होती है। किन्तु सांस्कृतिक कार्यक्रमों का अपना महत्त्व तो है।

आश्चर्य तो इस बात का है कि कांग्रेस सरकार के अधिष्ठित होते ही, एक जमाने में गणेशोत्सव, जो राष्ट्रीय-सामाजिक और सांस्कृतिक त्योहार माना जाता था, उसमें अब बैंड-बाजे के बदले लाउडस्पीकरों और सस्ते सिनेमा गीतों को लगाया जाता है। इसका वह पुराना सामाजिक सत्य अब नष्ट हो गया है।

गणेशोत्सव के वर्तमान स्वरूप से अब यह स्पष्ट पता चलता है कि नये युग के अनुसार इसमें नये परिवर्तन आवश्यक हैं। एक तो यह उत्सव दस दिनों तक चलता है। यह काफी लम्बा समय है। इस अवधि को अल्प कर, इसके द्वारा हम नवीन सांस्कृतिक-सामाजिक आन्दोलन का सूत्रपात कर सकते हैं।

अगर हमारे मध्यवर्गीय इस कार्य में सफल हुए तो निश्चय ही हमारे भिन्न वर्ग इस उदाहरण का अनुगमन करेंगे। आज तक हमारे पास सांस्कृतिक नेतृत्व रहा। अब उसमें ह्रास के चिह्न दृष्टिगोचर हो रहे हैं।

आवश्यकता इस बात की है कि हम नई सामाजिक आवश्यकताओं के अनुसार, जनता के हित की दृष्टि से, अपने में और अपने सांस्कृतिक कार्यक्रमों में परिवर्तन करें।

[नया खून : 18 सितम्बर, 1953 में लेखक के नाम बिना प्रकाशित]

❂❂❂